Uli Haider

„… Abends, wenn ich abgespannt bin, greife ich instinktiv nach einem ‚Wallace', bin im Nu in der Handlung, vergesse den ganzen Jammer des Alltags, bin froh und mutig." ADENAUER IN RHÖNDORF

Edgar Wallace. Das Original.

Alle Edgar Wallace Kriminalromane:

1 Die Abenteuerin.
2 A. S. der Unsichtbare.
3 Die Bande des Schreckens.
4 Der Banknotenfälscher.
5 Bei den drei Eichen.
6 Die blaue Hand.
7 Der Brigant.
8 Der Derbysieger.
9 Der Diamantenfluß.
10 Der Dieb in der Nacht.
11 Der Doppelgänger.
12 Die drei Gerechten.
13 Die drei von Cordova.
14 Der Engel des Schreckens.
15 Feuer im Schloß.
16 Der Frosch mit der Maske.
17 Gangster in London.
18 Das Gasthaus an der Themse.
19 Die gebogene Kerze.
20 Geheimagent Nr. Sechs.
21 Das Geheimnis der gelben Narzissen.
22 Das Geheimnis der Stecknadel.
23 Das geheimnisvolle Haus.
24 Die gelbe Schlange.
25 Ein gerissener Kerl.
26 Das Gesetz der Vier.
27 Das Gesicht im Dunkel.
28 Der goldene Hades.
29 Die Gräfin von Ascot.
30 Großfuß.
31 Der grüne Bogenschütze.
32 Der grüne Brand.
33 Gucumatz.
34 Hands up!
35 Der Hexer.
36 Im Banne des Unheimlichen.
37 In den Tod geschickt.
38 Das indische Tuch.
39 John Flack.
40 Der Joker.
41 Das Juwel aus Paris.
42 Kerry kauft London.
43 Der leuchtende Schlüssel.
44 Lotterie des Todes.
45 Louba der Spieler.
46 Der Mann, der alles wußte.
47 Der Mann, der seinen Namen änderte.
48 Der Mann im Hintergrund.
49 Der Mann von Marokko.
50 Die Melodie des Todes.
51 Die Millionengeschichte.
52 Mr. Reeder weiß Bescheid.
53 Nach Norden, Strolch!
54 Neues vom Hexer.
55 Penelope von der »Polyantha«.
56 Der Preller.
57 Der Rächer.
58 Der Redner.
59 Richter Maxells Verbrechen.
60 Der rote Kreis.
61 Der Safe mit dem Rätselschloß.
62 Die Schuld des Anderen.
63 Der schwarze Abt.
64 Der sechste Sinn des Mr. Reeder.
65 Die seltsame Gräfin.
66 Der sentimentale Mr. Simpson.
67 Das silberne Dreieck.
68 Das Steckenpferd des alten Derrick.
69 Der Teufel von Tidal Basin.
70 Töchter der Nacht.
71 Die toten Augen von London.
72 Die Tür mit den 7 Schlössern.
73 Turfschwindel.
74 Überfallkommando.
75 Der Unheimliche.
76 Die unheimlichen Briefe.
77 Der unheimliche Mönch.
78 Das Verrätertor.
79 Der viereckige Smaragd.
80 Die vier Gerechten.
81 Zimmer 13.
82 Der Zinker.

EDGAR WALLACE

Der Derbysieger

DOWN UNDER DONAVAN

Kriminalroman

GOLDMANN VERLAG

Aus dem Englischen übertragen von
Ravi Ravendro

Der Goldmann Verlag
ist ein Unternehmen der Verlagsgruppe Bertelsmann

Jubiläumsausgabe

Made in Germany · 1/90 · 16. Auflage

Satz: Mohndruck Graphische Betriebe GmbH, Gütersloh
Druck: Elsnerdruck, Berlin
Krimi: 242
Ge · Herstellung: Klaus Voigt
ISBN 3-442-00242-7

I

»Verteufeltes Pech!«

Die lauten, barschen Worte übertönten die Unterhaltung an dem großen Tisch, und die Spieler sahen einen Moment auf. Je nach Temperament und Veranlagung schauten sie neugierig oder ärgerlich auf den älteren Mann, der sich eben erhoben hatte. Sein abstoßendes Gesicht mit den grauen Bartstoppeln zeigte eine fahle Blässe, als er wütend um sich blickte.

Er trug einen schäbigen Smoking, der wenig zu seiner vornehmen Umgebung paßte. Sein weißes Hemd war nicht ganz sauber und zerknittert, und als er vom Tisch zurücktrat, sah man seine ausgefransten Hosen und die geflickten Lackschuhe.

Mit zitternder Hand fuhr er sich durchs Haar. Seine Gesichtsmuskeln zuckten, und sein ganzes Benehmen ließ den Kenner darauf schließen, daß er rauschgiftsüchtig war.

»Dieses verdammte Monte Carlo!« rief er unbeherrscht. »Niemals habe ich in diesem entsetzlichen Nest Glück! Ich gehe nach Nizza – jawohl!«

Weder sein Verhalten noch seine äußere Erscheinung ließen sich mit seinen Tischnachbarn in Einklang bringen. John Pentridge war ein heruntergekommener, mittelloser Mann.

Einer der Kasinoangestellten näherte sich ihm.

»Wäre es nicht besser, wenn sich Monsieur außerhalb des Spielsaals etwas erholen wollte?« fragte er leise und höflich.

Pentridge starrte ihn wild an.

»Ich bleibe hier!« brüllte er. »Erst haben Sie mich um mein Geld gebracht – was wollen Sie denn jetzt noch?«

»Sie stören die anderen Spieler«, erklärte der Angestellte ruhig. Zwei seiner Kollegen eilten ihm zu Hilfe.

»Ich bleibe hier – was fällt Ihnen ein! Wollen Sie wohl Ihre Hand von meinem Arm nehmen!«

Aber sie hatten ihn schon im Griff und führten ihn durch die großen Flügeltüren aus dem Spielsaal.

Er wollte sich zur Wehr setzen; der stahlharte Griff der beiden Leute überzeugte ihn jedoch davon, daß er nicht die geringste Aussicht hatte, etwas gegen sie auszurichten.

»Morgen komme ich wieder!« rief er, als sie ihn gerade durch die Tür schleppten. »Ich komme wieder, sage ich euch, ihr Lumpen. Und dann habe ich so viel Geld, daß ich das ganze Spielernest aufkaufen kann. Ihr Spitzbuben sollt einmal nach meiner Pfeife tanzen . . .«

Als sie im Vorsaal waren und ihn an die frische Luft setzen wollten, wurde der widerspenstige Mensch plötzlich ruhig und schrak zurück.

Die Beamten glaubten, daß er ihnen erneut Widerstand leisten würde, und wollten ihn gerade hart anpacken.

»Nein – nicht dahin«, sagte er atemlos und entsetzt. »Sehen Sie die Frau da – der darf ich nicht begegnen. Lassen Sie mich auf einem anderen Weg hinaus.«

Die letzten Worte hatte er schnell in Französisch gesprochen. Die Kasinoangestellten folgten seinen Blicken und bemerkten eine junge Dame, die gerade auf sie zukam.

Sie war ungewöhnlich schön und elegant, wenn auch unauffällig gekleidet. Abweichend von den üblichen farbenfreudigen Abendtoiletten trug sie ein enganliegendes schwarzes Kleid und einen kleinen schwarzen Hut. Sie war anscheinend eben erst mit dem Auto angekommen, denn sie hatte einen dunklen Trenchcoat über dem Arm. Ein schlanker, grauhaariger Herr begleitete sie. Offenbar wollten sie in den Spielsaal gehen.

»Schnell einen anderen Weg«, stöhnte der Gefangene. Er zeigte nicht mehr die geringste Aufsässigkeit, nur Schrecken und Angst spiegelte sich in seinen Zügen.

»Rechts«, sagte der Kasinoangestellte, der Mitleid mit dem Alten zu haben schien.

Sie brachten den unliebsamen Gast durch eine Seitentür in einen kleineren Salon und führten ihn von hier aus auf eine Terrasse.

»Monsieur«, erklärte der Beamte mit vollendeter Höflichkeit, »im Namen der Direktion muß ich Ihnen den Rat geben, die Spielsäle des Kasinos nicht wieder zu betreten.«

John Pentridge wischte sich die Stirn mit einem schmutzigen Taschentuch.

»Woher kommt sie bloß?« fragte er, ohne sich um seine Begleiter zu kümmern. »Das ist das Ende. Ich muß das Geschäft noch heute abend abschließen.« Die letzten Worte hatte er in Englisch gesprochen. »Wie ein Hund muß man leben, überall herumgehetzt, von einer Stadt zur anderen, von einem Land zum anderen.«

Plötzlich wandte er sich wieder den Kasinoangestellten zu.

»Für heute abend habt ihr mich erledigt«, sagte er höhnisch. »Aber morgen komme ich wieder! Dann kaufe ich mir das ganze Kasino! Und die ganze Rasselbande dazu!«

Nach dieser Drohung verließ er die Terrasse mit unsicheren Schritten, erreichte die große Freitreppe vor dem prachtvollen Gebäude des Spielklubs und verschwand in der Menge.

Aber er war beobachtet worden. Ein ungefähr gleichaltriger und ebenso schlechtgekleideter Mann folgte ihm auf der breiten Straße.

Pentridge wandte sich wütend um, als er eine Hand auf seinem Arm fühlte.

»Hallo, Penty«, sagte der Fremde freundlich, fast unterwürfig. »Du wirst doch deinen alten Kameraden nicht im Stich lassen. Kennst du den alten Chummy nicht mehr? Wir haben doch mehr als ein Ding miteinander gedreht.«

Pentridge sah ihn ärgerlich an.

»Ach so, du bist es«, versetzte er böse. »Was willst du denn von mir?«

»Meinen Anteil will ich haben, Penty.«

Sie gingen gerade unter einer elektrischen Bogenlampe, deren Licht erbarmungslos die tiefen Furchen in seinem Gesicht enthüllte. Seine kleinen Augen funkelten feindlich.

»Haben wir nicht seit Jahren zusammengearbeitet?« fragte er mit brüchiger Stimme. »Haben wir uns nicht miteinander durch die ganze Welt geschlagen? Penty, denkst du noch an die alten Tage in Melbourne? Ich wünschte, wir wären wieder in Australien. Weißt du noch, wie Carbine damals in Flemington das große Rennen machte?«

»Hör mal zu, Chummy«, erwiderte Pentridge aufgebracht. »Weil wir uns zufällig früher mal im Gefängnis kennengelernt haben und nun beide auf der Straße stehen, habe ich noch lange keine Ursache, für dich zu sorgen. Du hast stets deinen Anteil bekommen.«

»Aber nicht von der großen Sache«, widersprach Chummy. »Ich meine die große Entdeckung. Darauf habe ich nämlich schon all die Jahre gewartet, daß wir die zu Geld machen könnten. Hier in Monte Carlo ist ein reicher Kerl, ein Rumäne. Er hat schon überall von der Erfindung erzählt, die er jetzt kaufen will, und so habe ich auch davon gehört. Ich bin doch daran beteiligt, denn ich habe dir geholfen, die Pläne zu klauen. Und wenn du nicht mit mir teilen willst, kann ich ja heute abend noch zu einer gewissen jungen Dame gehen, die gerade mit dem Auto in Monte Carlo angekommen ist.« Seine Stimme klang drohend. »In einer Stunde fährt sie nach Marseille zurück. Wenn ich der sage, daß . . .«

»Halt das Maul«, zischte Pentridge. Er war so erregt, daß seine Lippen zuckten. »Komm mit, wir wollen die Sache in aller Ruhe besprechen. Geh aber nicht neben mir, sondern bleibe in einiger Entfernung – ich will nicht, daß man uns hier zusammen sieht.«

Er ging durch die belebten Straßen Monte Carlos zu dem vornehmen Villenviertel der reichen Leute, das abseits des regen Verkehrs lag, und bog schließlich in den Torweg eines großen Hauses ein.

»Wohin gehst du denn?« fragte Chummy und blieb argwöhnisch stehen.

»Wir wollen uns doch an einem ruhigen Platz unterhalten. Komm nur mit, hier wohnt ein Freund von mir.«

Nur widerstrebend folgte ihm Chummy auf den düsteren Weg, der dicht von Bäumen beschattet war.

Pentridge griff nach dem Totschläger in seiner Tasche.

»Was ich dir sagen wollte –«, begann Chummy, aber weiter kam er nicht, denn Pentridge schlug mehrmals heftig auf ihn ein.

Zwei Minuten später verließ der Verbrecher die finstere Allee und ging mit schnellen Schritten davon. Der Zug nach Nizza fuhr gerade ein, als er den Bahnsteig erreichte, und es gelang ihm, noch aufzuspringen. In einem leeren Abteil ließ er sich nieder, überzeugt, daß niemand ihn mit seinem früheren Freund gesehen hatte. Er schien auch recht zu behalten, denn als der Tote am nächsten Morgen gefunden wurde, meldete sich niemand, der über den Mörder etwas aussagen konnte. In Monte Carlo werden derartige Verbrechen möglichst geheimgehalten, da man die Fremden nicht erschrecken will. Infolgedessen wurden die Nachforschungen noch am ersten Tage eingestellt, und Chummy wurde in einem stillen Winkel des Friedhofes begraben, wo die Namenlosen beigesetzt werden.

2

In der warmen Frühlingsnacht bewegte sich eine fröhliche, lachende Menge in den Straßen Monte Carlos. Am Tage hatten die großen Rennen stattgefunden, und es hielten sich viele Fremde in der Stadt auf. Aus Nizza, Mentone, ja selbst aus San Remo und anderen Orten der Küste waren sie angelockt worden. Die herrlichen Parkanlagen waren bevölkert von festlich gekleideten Menschen, und die Cafés waren überfüllt.

Zwei Herren traten langsam aus dem Palace-Hotel und blieben auf der breiten, marmorgedeckten Terrasse vor dem Gebäude stehen, um die bunte Menge zu betrachten. Sie waren beide noch jung, und an dem eleganten Schnitt ihrer Anzüge konnte man sie auf den ersten Blick als Engländer erkennen.

Offenbar hatten sie keine große Eile, denn sie warteten einige Zeit und ließen das anregende Bild auf sich wirken. Der größere mochte ungefähr dreißig Jahre zählen, hatte ein sonngebräuntes, glattrasiertes Gesicht und hielt sich so gerade, daß man ihn für einen Offizier hätte halten können. Trotzdem hatte Milton Sands nur als Freiwilliger den Krieg bei den südafrikanischen Jägern mitgemacht. Über seinen großen, klaren, grauen Augen, die freundlich in die Welt schauten, wölbten sich buschige, dunkle Brauen, und in seinen Zügen drückten sich Energie und Tatkraft aus. Besonders der scharfgezeichnete Mund und das eckige, harte Kinn verrieten starke Willenskraft. In gewissem Gegensatz dazu standen allerdings die vielen Lachfältchen in seinen Augenwinkeln.

Eric Stanton, sein Begleiter, machte durchaus den Eindruck eines vornehmen, guterzogenen Engländers. Auch er war glattrasiert und hielt sich aufrecht, aber seine Züge waren weicher und milder. An seiner gesunden Gesichtsfarbe konnte man erkennen, daß er sich viel in der freien Luft aufhielt.

Er streifte die Asche seiner Zigarette ab und wandte sich dann plötzlich an Milton Sands.

»Also, wo soll die Reise hingehen?«

Sands sah sich lächelnd um.

»Ich werde mich wieder zu dem Sündenbabel begeben.«

»Ins Kasino? Ich hoffe nur, daß Sie mehr Glück haben als mein –« Er wollte gerade sagen ›Freund‹, änderte aber seine Absicht. »– als Wilton. Wie ist es Ihnen denn kürzlich am Spieltisch ergangen?«

Sands blies einige Rauchringe in die stille Abendluft, bevor er antwortete. Er freute sich darüber, daß Toady Wilton Geld verloren hatte, denn er konnte diesen Menschen nicht leiden.

»Das ist eigentlich schwer zu sagen«, entgegnete er vorsichtig. »In gewisser Weise ist es mir nicht schlecht gegangen. Meinen Zweck habe ich allerdings nicht erreicht. Ich bin mit verhältnismäßig geringen Mitteln aus London abgefahren, und ich habe bis jetzt weder etwas verloren noch etwas gewonnen.«

Eric Stanton lachte.

»Sie haben wirklich einen unverwüstlichen Humor. Ich habe mir schon oft überlegt, ob die Leute auf ihre Kosten kommen, die ins Kasino gehen. Ich habe niemals gespielt – wenigstens nicht, um Geld zu gewinnen. Ich beteilige mich wohl an den Rennwetten, aber Roulette, Bakkarat und andere Gücksspiele habe ich noch nicht versucht.«

»Das ist auch sicher eine ganz vornehme Lebensauffassung, aber ich bin nicht hier, um die Zeit totzuschlagen, sondern um

Geld zu verdienen. Daraus mache ich gar kein Hehl. Ich kam nach Monte Carlo mit einem System und einem Betriebskapital von zweihundert Pfund. Das System habe ich immer noch!«

»Den gewünschten Erfolg hat es Ihnen anscheinend nicht gebracht.«

»Ich probiere es eben erst aus, aber ich sehe dem Resultat mit philosophischer Ruhe entgegen. Wenn Sie wollen, können Sie mich einen Glücksjäger und Abenteurer nennen. Es macht mir ungeheuren Spaß, anderen Leuten Geld abzunehmen, besonders wenn ich es mit einem dicken französischen Croupier zu tun habe. Aber auf alle Fälle habe ich eine kluge Vorsichtsmaßregel ergriffen«, meinte er lächelnd. »Im Hotel habe ich eine größere Summe hinterlegt, damit ich unter allen Umständen meine Rechnung bezahlen kann. Außerdem habe ich schon mein Rückreisebillett nach London in der Tasche. Drückende Sorgen sind also nicht vorhanden. Und das übrige Geld –«, er deutete vielsagend auf das Kasino hin, das in hellem Lichterglanz strahlte – »kann ich ruhig verspielen. Also vorwärts!«

Sie gingen die Stufen langsam hinunter und bahnten sich einen Weg durch die auf und ab flutende Menge.

Drei Herren im Abendanzug saßen an einem kleinen Marmortisch auf der Terrasse des Hotels, tranken Kaffee und rauchten Zigaretten. Sie hatten die beiden mit Interesse beobachtet.

»Warum haben Sie sich denn vor Ihrem Freund versteckt, Toady?« fragte Sir George Frodmere gelangweilt.

Toady Wilton sah ihn mißmutig an.

»Lassen Sie mich doch in Ruhe!«

»Warum ärgern Sie sich über meine Frage? Es ist doch keine Beleidigung, wenn man Freund eines Millionärs genannt wird!«

»Sie machen schon den ganzen Abend Bemerkungen über mich«, erwiderte Wilton düster. »Ich habe es satt, daß man mich immer zum besten hält. Wenn Sie durchaus wissen wollen, warum ich weggesehen habe, will ich es Ihnen sagen. Ich wollte nicht haben, daß er mich in Ihrer Gesellschaft sieht!«

Sir George lachte leichthin. Er war nicht empfindlich, und die Beleidigung, die in diesen Worten lag, berührte ihn nicht. Er strich seinen kurzen Schnurrbart und betrachtete Wilton wohlwollend durch sein Monokel. Sir George Frodmere war ein hübscher Mann mit frischer Gesichtsfarbe. Ein Typ, wie ihn französische Karikaturisten zeichnen, wenn sie einen charakteristischen Engländer darstellen wollen.

»Mein lieber Toady«, erwiderte er gönnerhaft, »ein Mann, der sein ganzes Leben lang mit Herzögen, Lords und Mitgliedern der Aristokratie verkehren will, sollte etwas höflicher zu einem Baronet sprechen. Ich weiß wohl, daß Ihr Freund prinzipiell etwas gegen mich hat, aber er kann mir nichts vorwerfen, und nach außen hin bin ich jedenfalls immer noch das Musterbeispiel eines englischen Barons. Übrigens ist dieser Stanton eine tadellose Erscheinung«, fuhr er nachdenklich fort. »Er sieht seiner Mutter sehr ähnlich. Ich kann mich noch auf sie besinnen.«

Bei diesen Worten faßte er Wilton plötzlich scharf ins Auge, und Toady wurde unruhig.

»Sie war eine schöne Frau.« Sir George kniff die Augenlider zusammen. »Es ist wirklich schade, daß sie ein so trauriges Leben hatte. Sie ist doch damals ihrem Mann fortgelaufen?«

»Ja«, brummte Toady und schlug vor, jetzt zu gehen.

»Ihre ungeschickte Bemühung, mich abzulenken, beweist mir, daß Sie entweder sehr bescheiden sind und nicht gern über sich selbst sprechen, oder daß Sie ein besonders schlechtes Gewissen haben. Und da ich allzu große Bescheidenheit früher noch nie bei Ihnen bemerkt habe, bleibt nur die zweite Möglichkeit übrig. Sie ist also damals von dem alten Stanton fortgegangen, weil –«

»Sie wissen doch alles ganz genau«, entgegnete Wilton barsch. »Sie hat ihn verlassen, weil er sie zu Unrecht beschuldigte, daß sie ein Verhältnis mit Lord Chanderson gehabt hätte.«

»Und ihr kleines Töchterchen hat sie auch mitgenommen, nicht wahr? Habe ich nicht recht? Es war eine romantische Geschichte. Und man hat nachher nie wieder etwas von ihr gehört.«

»Mein Freund Stanton hat ein kleines Vermögen ausgegeben, um ihren Aufenthalt ausfindig zu machen. Aber es ist eine unangenehme Sache, und ich wünschte, Sie sprächen nicht mehr darüber.«

»Man hat nichts mehr von ihr gehört«, wiederholte Sir George, ohne sich um die Bemerkung Wiltons zu kümmern. »Weder von ihr noch von ihrer Tochter. Aber der alte Stanton hat entdeckt, daß er sich von anderen Leuten hatte hinters Licht führen lassen. Alles war nur auf die Machenschaften eines ganz gemeinen Menschen zurückzuführen, der wahrscheinlich aus reiner Bosheit die Beweise gegen die Frau gefälscht hat. Haben Sie etwas gesagt, Toady?«

»Nein«, entgegnete Wilton kleinlaut.

»Als Stanton sein Unrecht einsah, hat er große Summen ausgegeben, um ihren Aufenthalt zu erfahren«, fuhr Sir George fort. »Schließlich hinterließ er die Hälfte seines Vermögens seiner Frau und seiner Tochter, die er beide so tief gekränkt hatte.«

»Es war eben eine Verkettung unglücklicher Umstände«, erwiderte Wilton undeutlich. »Ihr Mann glaubte, sie hätte ein Verhältnis mit Chanderson gehabt. Er sah Briefe, die der Lord an sie geschrieben haben sollte, und nachher stellte sich heraus, daß es nur Fälschungen waren.«

»Ja, das habe ich auch gehört.«

Er trank seinen Likör aus.

»Und Sie waren der beste Freund des alten Stanton und haben auch noch eine kleine Erbschaft von ihm erhalten.«

»Aber welchen Zweck hat es denn, all die alten Geschichten wieder aufzuwärmen?« fragte Toady nervös. »Sie wissen ebensogut wie ich, daß er mir in seinem Testament nichts hinterlassen hat. Nur auf dem Totenbett hat er noch eine Bemerkung über mich gemacht, und sein Sohn schloß daraus, daß mir der alte Herr Geld zukommen lassen wollte.«

»Und er hat Ihnen auch Geld zukommen lassen. Sie sind wirklich ein Glückspilz, Toady. Wenn Eric Stanton Sie so gut kennen würde, wie ich Sie kenne, hätten Sie wahrscheinlich keine zehntausend Pfund erhalten.«

Wilton antwortete nicht, sondern wandte sich an Bud Kitson, der neben ihm saß und bisher geschwiegen hatte. Bud fühlte sich in der Gesellschaft der beiden anderen Herren nicht recht wohl. In seinem schlechtsitzenden Anzug sah er nicht vorteilhaft aus, und er wußte nicht, was er mit seinen großen Händen anfangen sollte. An der allgemeinen Unterhaltung konnte er sich auch nicht beteiligen, da er nicht zu den Kreisen seiner beiden

Begleiter gehörte. Von Zeit zu Zeit faßte er nervös an seinen Kragen, als ob ihn dieser drückte, und es machte ihm anscheinend wenig Vernügen, diese Abendkleidung zu tragen.

»Wann kommt denn der Junge, auf den wir warten?« fragte er.

»Sie müssen sich noch etwas gedulden, Bud«, entgegnete Sir George. »Unser Freund Soltescu trinkt gern etwas, und Sie wissen ja wohl selbst, daß solche Leute es für gewöhnlich nicht sehr genau mit der Zeit nehmen und immer unpünktlich sind.«

»Ich wünschte nur, er käme«, meinte Toady mißvergnügt. »Er ist ja wahnsinnig, daß er in Monte Carlo mit sechzigtausend Pfund in der Tasche herumläuft! Sämtliche Verbrecher Europas treiben sich doch hier auf den Straßen herum!«

»Nicht alle«, erwiderte Sir George belustigt. »Wenigstens kenne ich drei, die hier in aller Ruhe vor dem Palace-Hotel sitzen. Aber ich gebe Ihnen recht, Toady. Es wäre ein Skandal, wenn dieses schöne Geld in fremde Hände fallen sollte, nachdem wir uns so große Mühe gegeben und so viele Pläne ausgearbeitet haben. Von Rechts wegen gehörte es uns eigentlich schon.«

»Ich begreife die Geschichte nicht«, mischte sich Bud Kitson ein. »Ich dachte, dieser Mensch wäre einer von uns. Was ist denn nun eigentlich los?«

Sir George sah ihn lächelnd an.

»Die Sache ist furchtbar einfach«, sagte er liebenswürdig. »Monsieur Soltescu ist unheimlich reich und hat große Ländereien und Fabriken in der Nähe von Bukarest. Er hat schon einige unserer interessanten Unternehmungen finanziert, und an einer der letzten sind Sie ja auch persönlich interessiert. Aber wenn er auch gewissermaßen unser Teilhaber ist, so bleibt er doch im Grunde genommen ein dummer Kerl. Jawohl, das stimmt, obwohl er zu den größten und reichsten Geschäftsleuten Europas gehört, hinter vielen fragwürdigen Affären steckt und heute oder morgen eine Erfindung kaufen will, die ihn vielleicht zu einem der reichsten Leute der Welt macht. Sie haben Bud das wahrscheinlich noch nicht auseinandergesetzt?«

Wilton schüttelte den Kopf. Er hatte es nicht für nötig gehalten, diesem primitiven Menschen, den er nur als ein Werkzeug betrachtete, auch noch Erklärungen zu geben.

»Also dann will ich es Ihnen sagen«, begann Sir George, neigte sich etwas vor und sprach jetzt vollkommen ernst. »Soltescu besitzt die größten Glasfabriken in ganz Südeuropa. Seit Jahren hat er den Versuch gemacht, bruchsicheres, biegsames Glas herzustellen – Glas, das man biegen kann wie ein Stück Pappe, ohne daß es bricht. Die Chemiker der ganzen Welt arbeiten seit Jahrzehnten an der Lösung dieses Problems, aber ohne den geringsten Erfolg. Soltescu ist aber felsenfest davon überzeugt, daß man solches Glas fabrizieren kann, und hat deshalb einen Preis von fünfundzwanzigtausend Pfund für die Erfindung ausgesetzt. Und jetzt ist er einer solchen Erfindung auf der Spur. Ich weiß nicht, wer sie ihm angeboten hat.« Er zuckte die Schultern. »Der Mann muß aber hier in der Nähe leben und verhältnismäßig arm sein. Soltescu hat schon längere Zeit über die Angelegenheit verhandelt und auch bereits Proben des neuen Glases erhalten. Er ist hergekommen, um den Vertrag abzuschließen.«

Bud Kitson nickte.

»Er gehört zu den unvorsichtigen Menschen, die immer große Geldsummen mit sich herumtragen«, erklärte Sir George weiter. »Wahrscheinlich hat er im Augenblick sechzigtausend Pfund in der Tasche, denn er will den Mann gleich in bar auszahlen. Das heißt, er wird die Erfindung natürlich um eine viel geringere Summe kaufen können, so daß noch eine schöne Portion von dem Geld übrigbleibt.« Er klopfte mit dem Mittelfinger auf den Marmortisch. »Die Vorsehung schickt uns nun nicht jeden Tag einen so reichen Mann in den Weg, und da ist es mir ziemlich gleich, ob er ein Fremder oder ein Geschäftsfreund ist. Geld ist eben Geld, und eine so günstige Gelegenheit darf man nicht vorübergehen lassen«, meinte er mit einem Schulterzucken. »Außerdem steht er meistens unter Alkohol, und ich sehe nicht ein, warum wir nicht doppelt an ihm verdienen sollten.«

»Was wollen Sie damit sagen?« fragte Bud leise. »Sollen wir ihm auflauern und ihm das Geld sofort abnehmen?«

»Nein, ganz so gewinnsüchtig sind wir doch nicht«, entgegnete Sir George lächelnd. »Er soll ruhig erst sein Patent kaufen.

Es hat keinen Zweck, dem armen Erfinder das Geld wegzunehmen. Aber was übrigbleibt, ist auch noch eine sehr große Summe.«

»Verstehe vollkommen.« Bud Kitson nickte.

»Also, um es Ihnen weiter zu erklären«, begann der Baronet wieder, fing aber einen warnenden Blick von Toady Wilton auf und schwieg.

Ein Herr von etwa fünfundvierzig Jahren stieg die breite Marmortreppe zur Hotelterrasse hinauf. Er war etwas untersetzt, hatte einen kahlen Kopf und einen schwarzen Spitzbart. Den Hut hielt er in der Hand. Er trocknete sich die Stirn mit einem seidenen Taschentuch. Er strauchelte und wäre beinahe gefallen. Sir George und Toady bemerkten sofort, daß er zuviel getrunken hatte und benommen war.

»Ach, da sind Sie ja!« rief Soltescu auf Englisch. Er beherrschte diese Sprache sehr gut, denn er war in England aufgewachsen. »Freue mich sehr, Sie zu sehen.«

Er gab dem Baron beide Hände und hätte ihn auch geküßt, wenn ihm Sir George nicht ausgewichen wäre.

»Ich habe Sie leider warten lassen müssen«, sagte er schnell und liebenswürdig. »Ich bitte das zu entschuldigen. Aber ich hatte auch viele Schwierigkeiten zu überwinden. Obendrein sind alle Straßen in diesem Monte Carlo so voller Menschen, daß man kaum vorwärtskommt. Mein Auto ist außerdem nicht hier. Ich habe mir schon den ganzen Weg lang Vorwürfe gemacht, daß ich nicht zu der verabredeten Stunde hier sein konnte!«

Je länger er sprach, desto mehr Fehler machte er. Wie die meisten Rumänen suchte er London selten zu seiner Erholung auf, da er die Annehmlichkeiten von Paris dem nüchternen Leben in der Themsestadt vorzog.

»Ich habe aber nur wenig Zeit, weil ich heute abend noch nach Nizza muß, um mit meinem Erfinder zu sprechen.«

»Was sind Sie doch für ein tüchtiger Geschäftsmann«, erwiderte Sir George anerkennend. »Wir Engländer könnten noch viel von Ihnen lernen.«

Soltescu zuckte die Schultern.

»In vielen Dingen müssen wir uns aber immer wieder die Engländer zum Vorbild nehmen«, entgegnete er mit einem höflichen Lächeln.

Zweifellos hatte er schon viel Alkohol zu sich genommen, aber trotzdem konnte er noch vollkommen klar denken.

»Wir waren schon besorgt um Sie, Monsieur Soltescu«, sagte Toady Wilton verbindlich.

»Besorgt um mich?« wiederholte der Rumäne überrascht.

»Ja. Wir halten es nämlich nicht gerade für sehr ratsam, zu dieser Zeit in Monte Carlo mit einer so großen Summe in der Tasche spazierenzugehen«, erklärte Sir George.

Monsieur Soltescu lachte und klatschte in die Hände, um den Kellner zu rufen. Er bestellte eine Flasche süßen Sekt, und der Baron schauderte bei dem Gedanken, daß er eventuell auch ein Glas mittrinken müßte.

»Sehen Sie, hier ist mein Geld.« Soltescu zog seine Brieftasche heraus.

Sir George hatte schon bemerkt, wie stark der Sakko des Mannes auf der rechten Seite aufgebauscht war, und er atmete erleichtert auf.

»O nein, mein Geld habe ich mir nicht stehlen lassen«, erklärte Soltescu stolz und schlug mit der Ledertasche auf den Tisch, daß Gläser und Kaffeetassen in Gefahr gerieten. Er entschuldigte sich allerdings auch sofort dafür.

Kitson, dessen Blicke magnetisch von der schwarzen Ledertasche angezogen wurden, und der in diesen Dingen Fachmann war, sah aber, daß der Rumäne trotz der liebenswürdigen Entschuldigung die Tasche fest in der Hand hielt.

»Heute abend gehe ich nach Nizza zu der entscheidenden Besprechung. Es ist bereits alles arrangiert. Endlich komme ich in den Besitz der chemischen Formel und der Beschreibung des Herstellungsprozesses. Ich sage Ihnen, die Welt wird staunen!« Er strahlte vor Freude. »Vor allem die Fachwelt wird staunen! Die Sache gehört zu den wichtigsten Erfindungen, die während des letzten Jahrzehnts gemacht wurde, und wird geradezu eine Revolution auf dem Wirtschaftsmarkt hervorrufen. Hoffentlich haben Sie verstanden, was ich Ihnen sagen wollte. Mein Englisch ist nicht so einwandfrei, wie es eigentlich sein sollte, besonders wenn ich ein wenig mehr als gewöhnlich getrunken habe.«

»Sie brauchen sich nicht zu entschuldigen, Monsieur Soltescu«, erwiderte Sir George liebenswürdig. »Ich wäre nicht auf den Gedanken gekommen, daß Sie heute abend schon etwas getrunken haben.«

Der Rumäne lachte und steckte die Brieftasche wieder ein.

»Oh, ich habe schon ganz gehörig gefeiert. Zwei Flaschen Sekt habe ich geleert, und ich fühle mich recht vergnügt. Aber jetzt wollen wir den geschäftlichen Teil besprechen.«

Er setzte sich aufrecht und rückte seinen Stuhl so, daß er alle drei sehen konnte.

»Sie haben einen großen Schlag für die Rennen vorbereitet und sind davon überzeugt, daß die Sache gelingen wird und daß wir eine Menge Geld dabei machen werden. Ich selbst komme zum Derby nach England hinüber. Es wird mir Vergnügen machen, als Zuschauer dabeizusein. Ich frage Sie nicht«, fuhr er fort und hob die Hand, »ob Ihre Pläne mit dem Gesetz in Übereinstimmung stehen, oder ob sie irgendwie unehrenhaft sind. Mir genügt es, wenn ich Geld dabei verdienen kann und wenn es ein großes sportliches Ereignis wird. Sie gehören zu den besten Adelskreisen Englands, Sir George, und ich bin zufrieden, wenn Sie die Sache selbst planen. Ich übernehme die Finanzierung. Welche Summe benötigen Sie?«

»Fünftausend Pfund.«

»Fünftausend Pfund«, wiederholte Soltescu nachdenklich. »Und welche Sicherheit bieten Sie mir dafür?«

»Mein Name muß Ihnen genügen«, entgegnete Sir George nachdrücklich.

»Genügt mir auch. Morgen überweise ich Ihnen den Betrag.« Er dachte einen Augenblick nach. »Nein, morgen noch nicht. Heute abend fahre ich nach Paris. Ich gebe Ihnen einen Scheck auf meine Bank – Crédit Lyonnais – ich habe ein Konto bei der Zentrale in Paris.«

»Aber warum wollen Sie mir die Summe nicht heute abend in bar zahlen?« fragte George freundlich. »Sie tragen doch soviel Geld mit sich herum.«

»Das geht nicht.« Der Rumäne schüttelte den Kopf. »Es ist möglich, daß ich die ganze Summe brauche. Ich stehe vor dem Ankauf einer großen Erfindung und ich weiß nicht, was ich im Anschluß daran in den nächsten Tagen noch alles zu erledigen habe. Sie verstehen mich doch?« wandte er sich an Toady Wilton.

»Vollkommen«, antwortete dieser höflich. Er hatte jedoch kein Wort verstanden, denn Soltescu sprach schnell und vergaß in der Begeisterung alle englischen Sprachregeln. Nur Leute, die lange mit ihm bekannt waren, konnten ihm folgen.

»Heute abend reise ich nach Paris, wie ich Ihnen schon gesagt habe. Um 23.43 fahre ich von Nizza ab. Meine Adresse in Paris ist Ihnen ja bekannt.«

Er erhob sich etwas unsicher, schüttelte Sir George mit großer Herzlichkeit beide Hände und verabschiedete sich mit demselben Enthusiasmus von Wilton und Kitson.

Sie sahen ihm nach, als er die Treppe hinunterging.

»Er fährt heute abend. Sie haben doch gehört, wie er es sagte«, bemerkte Sir George leise. »Wilton, gehen Sie sofort zum Bahnhof und nehmen Sie drei Schlafwagenkarten von Nizza nach Paris, und sehen Sie vor allem zu, daß Sie herausbringen, welche Bettnummer Soltescu hat.«

Am selben Abend trat Milton Sands gegen neun Uhr in das prachtvoll dekorierte Vestibül des Kasinos. Er hatte eine Zehn-Francs-Zigarre im Mund und weniger als zehn Francs in der Tasche. Sein Geld war verspielt, aber er empfand keine Reue und machte sich auch nicht die mindesten Vorwürfe darüber. Er nahm das Leben mit all seinen Wechselfällen in philosophischer Ruhe hin. Wie schlecht war es ihm nicht in Australien gegangen, als er ohne Wasser und Nahrung durch die wildesten Einöden wandern mußte! Nur der unerschütterliche Glaube, daß er aus all diesen Gefahren herauskommen würde, hatte ihm damals durchgeholfen. Zwar hatte er nicht auf ein Land gehofft, in dem Milch und Honig fließt, aber wenigstens auf eine Gegend mit vielen Bächen, wo er sein Pferd tränken und Wild schießen konnte, um sich am Leben zu erhalten. Er hatte Goldkonzessionen in Coolgardie für einen billigen Preis aus der Hand gegeben, und die Käufer hatten später Millionen daraus gezogen. Sein Vorleben befähigte ihn dazu, auch die schwersten Verluste mit Gleichmut zu ertragen.

Er ging zum Hotel zurück, stieg langsam die breite Marmortreppe hinauf und winkte den Portier zu sich.

»Lassen Sie mein Gepäck herunterholen. Ich fahre heute abend nach Paris.«

Der Mann in der glänzenden Uniform murmelte einige Worte des Bedauerns. Auch er hatte auf seinem Posten schon genügend Erfahrung gesammelt. Mr. Sands war nicht der erste Gast des Hotels, der sich längere Zeit hier aufhalten wollte, dann aber plötzlich die Absicht äußerte, mit dem Nachtschnellzug abzufahren. In Monte Carlo kam dergleichen öfter vor.

Milton ging in sein Zimmer, zog sich um, und nachdem er gepackt hatte, beobachtete er den Hausdiener, der das geringe Gepäck hinaustrug.

»François, würden Sie einmal nachsehen, ob Mr. Eric Stanton im Hotel ist?« fragte er.

»Jawohl, Monsieur«, erwiderte der Mann diensteifrig und verließ das Zimmer. Bald darauf erschien er wieder.

»Der Herr ist unten im Vestibül.«

Milton Sands nickte nur, ging den langen Korridor entlang und traf Eric gerade, als dieser in den Fahrstuhl steigen wollte.

»Ich möchte Sie einen Augenblick sprechen, Stanton.«

Er führte Eric zu einem entlegenen Teil der Empfangsräume.

»Sie haben mich bisher nur oberflächlich kennengelernt – wie einen gelegentlichen Bekannten, den man einmal in Monte Carlo sieht. Aber ich kenne Sie, und ich möchte Sie um einen großen Gefallen bitten. Vorausschicken muß ich, daß ich Geld von Ihnen leihen will. Es handelt sich nur um fünf Pfund.«

»Sie können auch fünfzig Pfund von mir bekommen, wenn Sie sie brauchen«, erwiderte Stanton lächelnd.

Milton Sands schüttelte den Kopf.

»Nein, ich brauche nur so viel Geld, daß ich nach London komme. Dort warten schon verschiedene Schecks auf mich, die ich einkassieren kann.«

»Fahren Sie etwa auch schon heute abend mit dem Nachtzug?«

»Ja – Sie auch?«

»Ich habe eben ein Telegramm erhalten, das mich nach Hause ruft. Monte Carlo fällt mir auch etwas auf die Nerven. Ich fange an, mich hier zu langweilen.«

»Das ist ja eine angenehme Nachricht für mich. Soll ich schnell zum Bahnhof gehen und noch einen Platz im Schlafwagen für Sie belegen?«

»Das wäre sehr liebenswürdig von Ihnen. Aber Sie können die Karte nicht lösen, ohne Geld in der Tasche zu haben«, sagte er, als Milton fortgehen wollte.

Mit einem Lächeln zog er seine Brieftasche heraus und gab ihm einige Banknoten.

»So, hier haben Sie wenigstens tausend Francs. Nehmen Sie das Geld doch. Sie brauchen es unterwegs. Wenn Sie allerdings tatsächlich nur fünf Pfund von mir annehmen wollen, können Sie mir ja den Rest zurückgeben.«

»Fünf Pfund müssen ausreichen«, erwiderte Milton kurz. »Ich möchte wirklich nicht mehr Geld in der Tasche haben, als ich unumgänglich für Essen und Logis brauche.«

Es fiel ihm nicht schwer, noch einen Platz im Schlafwagen zu bekommen, denn zu dieser Zeit reisten wenig Leute von Monte Carlo ab. Der Nachtzug war auch nicht besonders beliebt; die vornehme Gesellschaft zog den Luxuszug am Tage bei weitem vor.

Er besorgte die Fahrkarte und kehrte dann zu Stanton zurück, der sich inzwischen für die Reise vorbereitet hatte und soeben seine Rechnung im Hotel bezahlte. Auch Sands beglich seine Rechnung und erhielt noch etwas Geld von seinem Depot zurück.

In Muße gingen sie zum Bahnhof, da sie noch genügend Zeit hatten.

»Welche Pläne haben Sie jetzt eigentlich?« fragte Stanton plötzlich.

»Ich mache niemals Pläne für lange Zeit und für die Zukunft. Es ist mir sehr unangenehm, mich festlegen zu müssen.«

»Es war ja auch etwas anmaßend von mir, Sie danach zu fragen«, entgegnete Eric. »Aber vielleicht habe ich mich nicht ganz richtig ausgedrückt. Ich wollte eigentlich wissen, ob Sie einer regelmäßigen Beschäftigung nachgehen.«

»Ich sagte Ihnen ja schon früher, daß ich ein Glücksjäger bin. Einen Beruf habe ich nicht – ich verdiene mein Geld als Abenteurer. Und ich mache niemals Pläne für die Zukunft, weil ich mich immer erst im letzten Augenblick entscheiden kann. So habe ich es stets in meinem Leben gehalten, und so soll es auch bleiben.«

Eine Zeitlang gingen sie schweigend nebeneinander her.

»Ich muß allerdings gestehen«, sagte Milton dann, daß ich augenblicklich gezwungen bin, irgendwelche Zukunftspläne zu schmieden. Ich habe viel Zeit auf die Ausarbeitung meines Systems verwandt, und ich war fest davon überzeugt, daß ich Erfolg damit haben müßte. Es ist eins von den Systemen, zu deren Durchführung man eine Million Pfund braucht. Ich habe es daher scherzhaft das Eine-Million-Pfund-System getauft. Und jetzt weiß ich, daß man es nicht nötig hat, zu spielen, wenn man über eine so hohe Summe verfügen kann.«

Eric Stanton hatte diesen jungen Mann gern, dem kein Schicksalsschlag etwas anzuhaben schien, und dem Abenteuer nur eine willkommene Unterbrechung des eintönigen Lebens bedeuteten.

»Ich habe Beziehungen zu großen Firmen«, sagte er zögernd, »und ich könnte Ihnen vielleicht zu einem Posten verhelfen.«

Milton lachte und schlug ihm vergnügt auf die Schulter.

»Mein lieber Freund«, erwiderte er offen, »wenn Sie mir eine Vertrauensstellung geben, dann brenne ich eventuell in der nächsten Woche mit einer großen Summe durch. Nein, das ist nichts für mich. Ich habe ganz andere Absichten. Aber auf jeden Fall bin ich Ihnen äußerst dankbar, daß Sie mir so freundlich helfen wollen. Ich bin ein Spieler und werde ein Spieler bleiben bis zum Ende meines Lebens. Es sei denn, daß ich irgendeine Beschäftigung entdecke, in der ich meine Begabung besser verwerten kann.«

»Ich will Ihnen meine Adresse geben, und wenn ich Ihnen irgendwie behilflich sein kann, dann lassen Sie es mich wissen.«

Milton nahm die Karte, die ihm Eric gab.

»Man trifft selten einen Menschen wie Sie«, sagte er »Die reichen Leute sind im allgemeinen verdorben, weil sie von allerhand Vagabunden und schlechten Elementen getäuscht und betrogen werden, so daß sie überhaupt nichts mehr von ihren Mitmenschen wissen wollen. Aber vielleicht komme ich noch einmal in die Lage, Ihre Güte zu erwidern. Inzwischen können wir uns ja die Langeweile auf der Reise vertreiben, indem wir uns nach einem passenden Beruf für mich umsehen. Irgend etwas muß ich schließlich anfangen.« Er hatte halb im Scherz, halb im Ernst gesprochen. »Morgen muß ich mir jedenfalls klar darüber sein, was ich tun will. Ob wir nun zu dem Resultat kommen, daß ich zur Bühne gehe – und ich bin keineswegs ein schlechter Schauspieler –, oder ob ich mich als Kellner in einem Lokal auf dem Montmartre verdinge, ist ja im allgemeinen gleichgültig. Nur habe ich gehört, daß die Trinkgelder auf dem Montmartre sehr gut sein sollen, so daß man bei einer solchen Beschäftigung nicht schlecht fährt. Vielleicht könnte ich auch Plakatkleber in London werden. Ich wäre Ihnen sehr dankbar, wenn Sie mit mir beraten wollten, welcher Beruf für mich am zweckmäßigsten ist.«

3

Es gibt verrufene Viertel in Nizza, von denen die Fremden, die auf der Promenade des Anglais im hellen Sonnenschein lustwandeln und sich an den Mimosen und den schönen Palmen erfreuen, für gewöhnlich gar nichts erfahren.

In einer kleinen Nebenstraße ließ Monsieur Soltescu sein Auto halten. Der Chauffeur hatte sich sehr gewundert, daß dieser gutgekleidete Herr zu einer so armseligen Straße fahren wollte.

Die Passage du Bue ist eng und von hohen, häßlichen Häusern eingefaßt, in denen kleine Handwerker, Arbeiter und Krämer wohnen. Nummer 27 war das baufälligste Gebäude der Reihe, aber Monsieur Soltescu kannte derartige Wohnungen. Sie waren immerhin noch besser als die Behausungen seiner Fabrikarbeiter. Er war nicht sentimental veranlagt und kümmerte sich wenig um das Elend seiner Mitmenschen.

»Sie wollen Monsieur Pentridge besuchen?« fragte der schlechtgekleidete Pförtner; selbst dieses erbärmliche Haus hatte einen Pförtner. Er hatte allerdings nur die Pflicht, wöchentlich die Mieten von den Bewohnern einzusammeln. »Ja, Monsieur Pentridge ist zu Haus. Vierter Stock, links die erste Tür von der Treppe aus.«

Soltescu stieg die wackligen Stufen schnell hinauf. Er lächelte bei dem Gedanken, daß er in größte Gefahr kommen könnte, wenn jemand die große Summe in seiner Brieftasche vermutete. Als er an die beschriebene Tür kam, klopfte er. Zuerst meldete sich niemand, und erst auf wiederholtes Pochen erhielt er Antwort.

»Herein!« rief eine unangenehme, heisere Stimme.

Der Rumäne öffnete die Tür und trat in ein kleines, schlecht möbliertes Zimmer. Außer einem alten Feldbett, das in der einen Ecke des Zimmers stand, konnte er nur noch einen Tisch, einen gebrechlichen Stuhl und einen kleinen Wandschrank entdecken. Eine schmutzige Petroleumlampe beleuchtete den Raum nur spärlich.

John Pentridge, den er aufsuchen wollte, saß auf der Bettkante. Er trug ein paar alte Hosen und ein unsauberes Hemd, das vorn offenstand. Auf dem Bett lag der armselige Smokinganzug, den er gerade ausgezogen haben mußte. Er war eben erst gekommen und hatte seinem Chauffeur eine Belohnung versprechen müssen, um zur verabredeten Zeit zu Hause sein zu können.

Mit einem verschlagenen Blick betrachtete er den Fremden und gab sich nicht einmal die Mühe, aufzustehen. Soltescu glaubte, noch niemals einen Mann von so abstoßendem Äußeren gesehen zu haben.

»Sind Sie Monsieur Soltescu?«

Pentridge hatte in Englisch gefragt, und der Rumäne nickte. Ohne weitere Aufforderung nahm er den Stuhl, rückte ihn an das Bett heran und setzte sich.

»Mr. Pentridge, ich bin bereit, das wichtige Geschäft sofort mit Ihnen abzuschließen. Heute abend noch muß ich nach Paris weiterfahren, wo ich verschiedene Konferenzen angesetzt habe. Sie werden also verstehen, daß ich keine Zeit zu weitschweifigen Verhandlungen habe.«

»Ich begreife vollkommen«, entgegnete der andere unliebenswürdig. »Haben Sie das Geld mitgebracht?«

»Darüber wollen wir später sprechen«, meinte Soltescu diplomatisch. »Zuerst geben Sie mir einmal Ihre chemische Formel.« Er sprach etwas heiser, weil er in der Zwischenzeit noch mehr getrunken hatte. »Sie müssen wissen, daß ich in der Hauptsache Glasfabrikant bin, und als Fachmann kann ich Ihnen gleich sagen, ob die Formel etwas taugt oder nicht.«

»Sie haben doch aber die Glasproben gehabt«, entgegnete Pentridge und sah ihn feindselig an. »Ist Ihnen denn das nicht Beweis genug?«

»Die Proben habe ich geprüft. Sie sind gut und tadellos, das will ich nicht im geringsten bestreiten. Aber vor allem muß ich die Formel sehen.«

Pentridge erhob sich schwerfällig, ging zu dem kleinen Wandschrank, der über dem Bett hing, schloß ihn auf und nahm einen Briefumschlag heraus, den er fest in der Hand hielt.

»Ich muß Ihnen aber vorher noch etwas sagen. Sie werden viel Unannehmlichkeiten haben, wenn herauskommen sollte, woher Sie die Papiere haben. Ich will damit nicht gerade andeuten, daß ich die Formel auf unehrliche Weise erworben habe. Seit den letzten dreißig Jahren trage ich sie mit mir herum, und ich habe die Glasproben selbst hergestellt. Das glauben Sie kaum, wenn Sie mich so sehen, aber ich hatte einen guten Lehrmeister. Haben Sie jemals etwas von Granford Turner gehört?«

»Granford Turner? Der Name ist mir allerdings bekannt. Das war doch der berühmte Erfinder. Vor fünfzig Jahren wurde sein Name viel genannt. Ich entsinne mich jetzt an die Tragödie seines Lebens.«

Pentridge nickte.

»Er hat seine Frau erschossen und wurde deshalb lebenslänglich nach Australien deportiert. Und dort kam ich mit ihm zusammen. Er ist einer der größten Erfinder, der jemals gelebt hat. Jetzt ist er gestorben«, fügte er schnell hinzu.

»Unter welchen Umständen sind Sie denn mit ihm zusammengekommen?« fragte Soltescu neugierig.

»Das kann Ihnen gleichgültig sein«, erwiderte Pentridge abweisend. »Hier ist die Formel und eine Beschreibung des Herstellungsprozesses mit sämtlichen Einzelheiten. Alle Wärmegrade, bei denen die verschiedenen Mischungen zum Fluß kommen, können Sie daraus entnehmen.«

»Den Erfinder selbst kann ich also nicht sprechen?«

»Ich habe Ihnen doch schon gesagt, daß er tot ist«, entgegnete Pentridge kurz. »Das muß Ihnen genügen. Diese Papiere habe ich die ganzen letzten Jahrzehnte mit mir herumgeschleppt. Ich wußte, daß ich früher oder später noch einmal ein Vermögen damit verdienen könnte. Ich hätte sie auch schon früher verkauft, aber –« Er sprach nicht weiter, denn er konnte doch nicht gut erklären, wie er in ihren Besitz gekommen war. Auch wollte er nicht sagen, daß er mit der Veräußerung aus Angst vor dem Mann gewartet, dessen Geheimnis er gestohlen hatte.

»Zeigen Sie einmal her«, verlangte Soltescu.

Pentridge reichte ihm die Schriftstücke widerwillig.

Der Rumäne zog seinen Stuhl nahe an den Tisch und las die engbeschriebenen Seiten, die den Herstellungsprozeß behandelten, aufmerksam durch. Ab und zu machte er eine Pause und äußerte einige zustimmende Bemerkungen.

»Ja, das ist der richtige Weg! Niemand von uns hat früher an eine solche Lösung gedacht.«

Die freudige Aufregung, die ihn beim Lesen packte, machte ihn beinahe nüchtern. Niemand konnte die Wichtigkeit dieser Entdeckung besser beurteilen als er. Aber er wollte noch weitere Beweise haben.

Pentridge beobachtete, daß sich Soltescu im Zimmer umsah, und ahnte, was der Mann sagen wollte. Er nahm einige kleine Päckchen, eine Spirituslampe, einige dünne Scheiben Glas, ein kleines Gebläse und zwei Schachteln mit weißlichem und rötlichem Pulver aus dem Wandschrank.

»Der Inhalt ist genau nach dem Rezept gemischt«, erklärte

er. »Sie brauchen nicht erst lange nach den Formeln zu suchen.«

In der nächsten halben Stunde saß Soltescu mit Pentridge zusammen und beobachtete eingehend und interessiert die blaue Flamme und das geschmolzene Glas. Pentridge gab ein wenig von dem weißen Pulver hinzu, dann auch eine geringe Quantität der rötlichen Substanz. Er schmolz die Masse und ließ sie abkühlen, um sie dann wieder zum Fluß zu bringen. Schließlich hatte er ein Stück farbloses Glas, das sich von den gewöhnlichen Sorten, wie sie im Handel vorkommen, kaum unterschied. Er wartete einige Zeit, bis es sich abgekühlt hatte, und löste es dann mit einem Messer von der Stahlplatte. Obgleich es noch ziemlich heiß war, nahm er es in seine bloßen Hände und bog es. Das Experiment gelang. Das Stück wies nicht die geringsten Bruchstellen auf und nahm seine frühere Gestalt wieder an, sobald der Druck nachließ.

»Ausgezeichnet – das Glas ist nicht nur biegsam, sondern auch elastisch«, sagte Sotescu halb zu sich selbst. Er zog seine Brieftasche heraus. »Was verlangen Sie für die Erfindung?«

Pentridge zögerte.

»Ich wollte zuerst zwanzigtausend Pfund dafür haben, aber sie ist viel mehr wert. Ich gebe die Formel nicht unter fünfzigtausend her.«

Er täuschte sich aber, wenn er glaubte, daß Soltescu mit sich handeln ließe. Der Rumäne war fest entschlossen, keinen Shilling mehr auszugeben, als abgemacht worden war.

»Mein lieber Freund«, erwiderte er mit einem breiten Grinsen. »Sie glauben wohl, daß ich zuviel getrunken habe? In gewisser Weise haben Sie recht. Aber trotzdem weiß ich noch sehr genau, was ich tue. Der Preis war auf zwanzigtausend Pfund festgesetzt. Ich frage nicht einmal, wem Sie die Formel gestohlen haben, und bin bereit, Ihnen die ausgemachte Summe zu zahlen. Wenn Sie ein reicher, unabhängiger Mann sind und die Erfindung anderswo besser verkaufen können, so tun Sie es doch! Ich biete Ihnen jedenfalls zwanzigtausend Pfund dafür. Entweder nehmen Sie das Geld, und das Geschäft ist perfekt, oder ich habe kein weiteres Interesse an der Sache. Der Zug nach Paris fährt gleich ab, und ich kann nicht länger warten.«

»Gut, dann geben Sie mir zwanzigtausend«, entgegnete Pentridge verbissen.

Er streckte begierig die Hand aus, und Soltescu zählte die einzelnen Scheine.

»Was wollen Sie denn nun mit all dem Geld machen?« fragte der Rumäne.

Die Augen des heruntergekommenen Mannes leuchteten merkwürdig auf.

»Sehen Sie«, sagte er eifrig. »Sie sind ein reicher Mann und haben schon immer ein großes Vermögen gehabt. Aber ich bin nur ein armer Teufel, der immer hin- und hergehetzt wurde. Sie können das Leben genießen und haben auch die Zeit dazu. Aber ich werde alt, und ich habe all diese Jahre ärmlich gelebt. Mein bißchen Verdienst habe ich im Kasino verspielt. Aber jetzt werde ich einmal das große Spiel machen, nach dem ich mich mein Leben lang gesehnt habe. Verstehen Sie, was ich meine?« Er sah Soltescu mit brennenden Blicken an, als ob er Zustimmung von ihm erwarte.

»Ich habe nicht mehr lang zu leben, und ich kaufe mir morgen die schönsten Anzüge. Weg mit diesem abscheulichen Plunder!« rief er und warf den alten Smoking auf den Boden. »Morgen gehe ich nach Monte Carlo, und zwar genauso elegant wie diese Snobs, die ich in den letzten fünfundzwanzig Jahren gesehen habe. Im Kasino werden sie mich nicht wiedererkennen, wenn ich mich neu eingekleidet habe. Und ich setze jedesmal den Höchstsatz. Das ist die einzig vernünftige Art, Geld zu gewinnen.«

»Mein Lieber«, entgegnete Soltescu freundlich, als er die Schriftstücke sorgfältig in seine Brusttasche steckte, »ich möchte Ihnen nur eins sagen. Wenn ich tatsächlich Zeit hätte, dann würde ich mit Ihnen um das Geld spielen, das ich Ihnen eben ausbezahlt habe. Und ich würde gewinnen, weil ich das Geld nicht notwendig habe, und Sie würden verlieren, weil das Geld für Sie lebensnotwendig ist. Sie sind wirklich ein unverbesserlicher Narr.«

Nach diesen Worten verließ Soltescu in heiterer Stimmung

das Zimmer und pfiff vergnügt, während er die Treppe hinunterstieg und zu seinem Wagen ging. Er war davon überzeugt, daß er noch nie in seinem Leben ein so großes und vorteilhaftes Geschäft abgeschlossen hatte.

4

»Ich fürchtete schon, daß Ihre Nachforschungen ergebnislos sein würden, Miss President«, sagte Lord Chanderson, der neben einer elegant gekleideten jungen Dame auf dem Bahnsteig in Marseille auf und ab ging.

Sie lächelte geduldig.

»Ich bin schon daran gewöhnt, daß diese Reisen nicht zum gewünschten Ziel führen«, erwiderte sie ruhig, »aber wir dürfen natürlich keine Chance ungenützt vorübergehen lassen. Es wäre immerhin einmal möglich, daß ich den Mann finden könnte, den mein Großvater seit so vielen Jahren sucht. Solange ich jung und gesund bin, kann ich ihn ja in seinen Bemühungen unterstützen. Er ist zwar noch rüstig und stark, aber das Reisen strengt ihn doch zu sehr an, und wenn er mit Leuten verhandeln muß, die nicht englisch sprechen, wird er leicht verwirrt. Aber es war wirklich zu egoistisch von mir, daß ich Ihre Liebenswürdigkeit so sehr in Anspruch genommen habe.«

Er schüttelte lächelnd den Kopf.

»Bitte, entschuldigen Sie sich doch nicht, Miss President. Sie wissen, daß ich mich selten vor zwei Uhr schlafen lege, und es hat mir das größte Vergnügen gemacht, Sie noch zum Zug zu bringen. Ich freue mich wirklich, daß ich gerade zufällig in Marseille war und Ihnen behilflich sein konnte.«

Sie sah ihn dankbar an.

»Ich war auch sehr froh. Es ist nicht gerade angenehm für eine junge Dame, in einer französischen Stadt nach einem Mann zu suchen und den Behörden klarzumachen, daß es sich um einen Verbrecher handelt. Ohne Ihre Hilfe wären mir die Nachforschungen in Marseille sehr schwergefallen. Und wenn Sie mich nicht überallhin begleitet hätten, wäre auch meine Reise nach Monte Carlo unmöglich gewesen.«

»Ich freue mich stets, wenn ich etwas für Ihren Großvater tun kann. Er ist ein so außergewöhnlicher Mann. Nur wenige Leute, mit denen ich zusammengekommen bin, haben so großen Eindruck auf mich gemacht wie er.«

»Er schätzt Sie ebenso und hat das größte Vertrauen zu Ihnen.« Sie lächelte freundlich. »Ich hätte niemals geglaubt, daß der Vorsitzende des Jockey-Klubs sich so für unsere Angelegenheiten interessieren würde.«

Lord Chanderson lachte ein wenig. Er war schon ein älterer Herr, aber er hatte immer noch einnehmende Züge. In England war er eine bekannte Persönlichkeit.

»Ihr Großvater gehört zu den kleinen Rennstallbesitzern, die wir sehr schätzen«, entgegnete er höflich. »Sie wissen, daß wir alle Neulinge mit großer Vorsicht aufnehmen.«

»Meinen Sie, daß man diesen Leuten nicht trauen kann und daß sie unehrlich sind?«

Er zuckte die Schultern.

»Das möchte ich gerade nicht behaupten. Aber sie arbeiten in neuerer Zeit mit allen Mitteln, und solche Gebräuche sollen bei den Rennen nicht einreißen. Es ist tatsächlich erstaunlich, daß Ihr Großvater mit nur einem Rennpferd –«

»Sie meinen zwei«, unterbrach sie ihn.

»Zwei?« sagte er erstaunt. »Ich dachte, er hätte nur das eine.«

»Sie vergessen das Pferd, das wir im Derby laufen lassen wollen«, sagte sie ernst. »Mein Großvater hält viel von Donavan.«

»Ich habe noch niemals von ihm gehört«, sagte Lord Chanderson lachend. »Man sieht doch, daß man selbst als Vorsitzender des Rennklubs um halb zwei Uhr nachts noch manches lernen kann, selbst auf dem Bahnsteig von Marseille. Ich glaube aber, wir gehen jetzt zu Ihrem Abteil zurück – in vier Minuten fährt der Zug ab.«

Ein Schaffner ging an ihnen vorbei.

»Bitte einsteigen!« rief er.

Miss President reichte Lord Chanderson herzlich die Hand und stieg dann ein. Sie ließ das Fenster herunter und plauderte noch mit ihm, bis sich der Zug in Bewegung setzte. Dann winkte sie und er grüßte freundlich mit dem Hut.

Er war einer der englischen Sportsleute, die sie verehrte. Sie kannte viele, die sich für den Rennsport interessierten, aber nicht alle waren ihr sympathisch. Lord Chanderson gehörte zu der alten Generation, war ein Aristokrat vom Scheitel bis zur Sohle, ein Mann mit hervorragender Bildung und Takt. Es war tatsächlich ein glücklicher Zufall gewesen, daß er sich gerade in Marseille aufgehalten hatte. Ihrem Großvater war das Gerücht zu Ohren gekommen, daß der Mann, den er suchte, in der Nähe von Marseille gesehen worden war. Zweifellos stimmte die Nachricht, aber Nachforschungen nach einem Mann, von dem man nur eine zwanzig Jahre alte Fotografie besitzt, sind ziemlich aussichtslos. Ihre Erkundungsfahrt war ohne Erfolg geblieben, aber als sie von Marseille abfuhr, hatte sie eine angenehme Erinnerung an die liebenswürdige Fürsorge Lord Chandersons, der ihr mit größter Zuvorkommenheit geholfen hatte. Nur durch reinen Zufall hatte ihr Großvater von dem Aufenthalt Lord Chandersons in Marseille erfahren und ihr daher einen Empfehlungsbrief an den bekannten Sportsmann mitgeben können. Der Lord war John President stets in der freundschaftlichsten und liebenswürdigsten Weise begegnet, seitdem dieser sich wieder in England aufhielt.

Mary President ging in ihr Schlafwagenabteil und kleidete sich aus. Sie merkte aber bald, daß sie die Nacht nicht ungestört verbringen würde, denn der Herr im nächsten Abteil war anscheinend stark angetrunken. Er sang laut und unterhielt sich zwischendurch mit sich selbst. Die Worte konnte sie allerdings nicht verstehen, da ihr seine Sprache unbekannt war. Er mußte sehr vergnügt sein, denn ab und zu hörte sie lautes Lachen. Sie hoffte, daß die Geräusche des Zuges den Lärm übertönen würden, aber der Mann hatte eine durchdringende Stimme, und Mary Presidents Hoffnung erfüllte sich nicht. Schließlich hörte sie, daß jemand den Gang entlangkam, an die Tür des nächsten Abteils klopfte und den Sänger in scharfem Ton zur Ruhe verwies.

Aber der Mann schien sich wenig daraus zu machen; er antwortete mit einem frechen Lachen und erkundigte sich, wie der andere dazu käme, an seine Tür zu klopfen.

Mary versuchte alles mögliche, um einzuschlafen. Sie dachte an den Zweck ihrer Reise, aber dadurch wurde sie nicht ruhiger. Sie hatte John Pentridge in Marseille gesucht, wie ihn ihr Großvater während der letzten fünf Jahre in ganz Europa und früher in Australien gesucht hatte. Ein Bekannter hatte ihn in Marseille gesehen und ihrem Großvater sofort Nachricht zukommen lassen. Daraufhin hatte sie sich gleich auf den Weg nach Südfrankreich gemacht. Das war nicht die erste Reise, die sie zu diesem Zweck unternommen hatte. Sie hatte schon fast alle großen Städte Europas besucht, um den Mann zu finden, der die Erfindung John Presidents gestohlen hatte.

Allmählich schlief sie doch ein, aber sie erwachte plötzlich wieder, als jemand versuchte, ihre Tür zu öffnen. Von außen konnte man nur mit dem Schlüssel des Kontrolleurs aufmachen. Zollbeamte waren es sicher nicht, denn sie fuhren durch Frankreich und hatten keine Grenze zu passieren. Sie drückte auf den Knopf ihrer kleinen Repetieruhr, und diese schlug vier. Sie hatte also höchstens eine Viertelstunde geschlafen. Langsam öffnete sich die Tür. Das Innere ihres Abteils war vollkommen dunkel, und als sie aufsah, bemerkte sie die Umrisse einer untersetzten Gestalt.

»Wer ist da?« fragte sie schnell und langte nach dem Lichtschalter. Aber bevor sie ihn umdrehen konnte, sprang der Mann zurück und warf die Tür ins Schloß. Sie erhob sich und klingelte dem Schaffner, der gleich darauf verschlafen zu ihrer Tür kam.

Nein, er war nicht im Gang gewesen, und außer ihm hatte niemand einen Schlüssel zu den Schlafkabinen.

»Mademoiselle hat sicher geträumt«, sagte er höflich lächelnd, aber innerlich fluchte er, denn selbst der höflichste Schlafwagenschaffner läßt sich nicht gern in seiner Ruhe stören.

»Ich habe durchaus nicht geträumt«, entgegnete sie ernst.

Aber sie sprach nicht weiter mit ihm darüber, da es zwecklos war.

Der Herr nebenan war anscheinend inzwischen eingeschlafen. Das konstatierte sie dankbar, als sie sich wieder niederlegte. Aber sie selbst kam nicht zur Ruhe. Sie drehte das Licht wieder aus. Der Zug fuhr verhältnismäßig ruhig durch das Rhonetal. In anderthalb Stunden würde der Morgen dämmern und ihr das Gefühl der Sicherheit wiedergeben. Es mochte ein Irrtum sein, aber sie hatte die Überzeugung, daß der Mann, der sie eben gestört hatte, etwas gegen sie im Schilde führte. Er mußte irgendeine böse Absicht haben. In letzter Zeit waren ja häufig Diebstähle auf dieser Strecke vorgekommen.

Der Fremde störte sie nicht mehr, aber ein neues aufregendes Erlebnis wartete auf sie. Plötzlich gellten schrille Pfiffe der Lokomotive. Der Zug fuhr langsam und hielt dann mit einem scharfen Ruck an, so daß sie beinahe aus dem Bett gefallen wäre. Glücklicherweise war das elektrische Licht intakt geblieben. Sie schaltete es wieder ein und hörte nun, daß überall die Türen aufgerissen wurden. Die aus dem Schlaf gerissenen Reisenden eilten auf den Gang hinaus und sprachen wild durcheinander. Mary warf schnell ihren Morgenrock über und öffnete auch ihre Tür.

Es mußte irgendein Unglück passiert sein ... Als sie auf den Korridor trat, öffnete sich gerade die Tür des nächsten Abteils, und ein untersetzter Herr kam heraus. Mit blutunterlaufenen Augen starrte er um sich. Unter dem Arm trug er eine dicke, schwarze Ledermappe. Er fragte Mary etwas in einer fremden Sprache, die sie nicht verstand. Sie schüttelte nur den Kopf, denn selbst wenn sie ihn verstanden hätte, wäre sie nicht in der Lage gewesen, ihm die Ursache des Aufenthalts anzugeben. Er eilte auf die Plattform hinaus, kam aber gleich wieder zurück. In seiner Hast machte er einen Fehltritt und wäre beinahe gefallen. Dabei entglitt ihm die Mappe. Selbst in dieser ungewissen Lage konnte sich Mary eines Lächelns nicht erwehren, als der fremde Herr sich bückte, um die Mappe wieder aufzuheben. Als er sie schnell an sich riß, sah er nicht, daß ein Brief herausgefallen war. Aber Mary hatte es bemerkt und nahm ihn auf. Der kleine, aufgeregte Mann mit dem kahlen Kopf und dem großen, schwarzen Spitzbart tat ihr leid, und sie wollte ihm helfen. Zufällig fiel ihr Blick auf die fast schon verblichene Aufschrift, und sie erkannte sofort die charakteristische Schrift ihres Großvaters.

»Das biegsame Glas.
Die Art seiner Herstellung.
Eine Erfindung von John President.«

Sie hielt das Dokument in Händen, nach dem ihr Großvater seit dreißig Jahren vergeblich suchte!

Bevor sie sich über die Tragweite ihrer Entdeckung klarwerden konnte, riß Monsieur Soltescu mit einer plötzlichen Bewegung den Brief aus ihrer Hand. Die vielen Worte, die er erregt sprach, sollten wohl einen Dank bedeuten. Im nächsten Augenblick war er in seinem Abteil verschwunden.

Ein paar Herren in Schlafanzügen kamen den Gang entlang. Zweifellos waren es Engländer. Einer sah sie lächelnd an und kam auf sie zu.

»Kann ich Ihnen irgendwie behilflich sein?« fragte er höflich.

Konnte ihr überhaupt jemand helfen? Konnte sie in kurzen Worten sagen, was sie eben erlebt hatte, und ihr Recht auf den Briefumschlag geltend machen, der sich in dem Besitz des fremden Herrn befand? Nein, das war unmöglich. Sie mußte einen anderen Weg finden, um das Schriftstück wiederzuerlangen.

Sie schüttelte nur den Kopf, denn sie war noch zu erregt, um sprechen zu können.

»Es würde mir ein Vergnügen sein –«

Er hatte die Worte kaum ausgesprochen, als es einen plötzlichen Zusammenstoß gab. Lautes Krachen ertönte und das Licht ging aus. Ein zweiter Zug war auf den Expreßzug aufgefahren, und im nächsten Augenblick war alles in größter Erregung. Schreckensschreie, Hilferufe und wildes Fluchen klangen wirr durcheinander.

Mary sah eine elektrische Taschenlampe aufblitzen und hörte ein Stöhnen, als ob jemand große Schmerzen hätte. Ein Mann eilte an ihr vorüber, und sie fühlte instinktiv, daß dieser Fremde versucht hatte, in ihr Abteil einzudringen. Drei Minuten später kletterte sie, an allen Gliedern zitternd, auf den Bahndamm hinunter, um zu sehen, was vorgefallen war.

Das Ende des Zuges hatte am meisten gelitten. Zwei Wagen waren ineinandergeschoben. Ein Reisender war getötet und mehrere schwer verletzt worden. Sie wartete draußen, bis sie erkannte, daß keine Gefahr mehr drohte. Der Zug war nicht in Brand geraten, und es waren auch sonst keine weiteren Komplikationen zu befürchten. Glücklicherweise befand sich ihr Wagen in der Mitte und stand noch auf den Schienen. Sie kletterte hinein und suchte ihr Abteil auf. Plötzlich ging auch das Licht wieder an. Der Schaffner hatte die schadhafte Stelle gefunden und sofort reparieren können. Er kam den Gang entlang und beruhigte die nervösen Fahrgäste. Es drohe keine Gefahr, sie sollten sich nur in aller Ruhe ankleiden.

Mary President hatte nicht bis zu dieser Aufforderung gewartet. Sie war schon fertig, als er an ihre Tür klopfte. Kurz darauf stand sie wieder auf dem Bahndamm zwischen den anderen Reisenden. Monsieur Soltescu rief, so laut er konnte, und gestikulierte heftig.

»Ich bin beraubt worden«, schrie er. »Man hat mich in der unverschämtesten Art und Weise bestohlen!«

»Aber beruhigen Sie sich doch, Monsieur«, erwiderte der Beamte, an den er sich gewandt hatte. »Sie werden in Ihrem Abteil alles an Ort und Stelle finden, wie Sie es verlassen haben.«

»Ich habe mich schon umgesehen und alles durchsucht, aber meine schwarze Ledermappe ist verschwunden! Und sie hat ungeheuren Wert für mich – mindestens drei Millionen . . .«

Mary President holte tief Atem. Sie hatte vorher den kühnen Gedanken gehegt, in das Abteil dieses Mannes einzudringen und nach dem Brief zu suchen. Einen Diebstahl hatte sie geplant, und nun war sie froh, daß sie doch aus Furcht zurückgeschreckt war.

Ein Herr kam den Bahndamm entlang und trat auf den Rumänen zu.

»Was, haben Sie Ihre Mappe verloren?« fragte er auf Englisch.

»Das ist doch kaum möglich, Soltescu.«

»Doch, ich habe sie verloren. Es ist ein unersetzlicher Verlust«, klagte er. »Ich habe sie in meinem Abteil liegenlassen, und jetzt ist sie nicht mehr zu finden.«

Er ging in Begleitung des Schaffners in den Wagen zurück. Durch das Fenster konnte Mary von außen beobachten, wie genau sie alles untersuchten. Zwei Herren hinter ihr sprachen englisch, und sie fühlte sich erleichtert. Im Notfall konnte sie sich an sie wenden, und dieser Gedanke beruhigte sie und gab ihr ein Gefühl der Sicherheit.

»Wenn ich mich nicht sehr irre, ist das unser alter Freund Soltescu«, bemerkte der eine trocken.

»Natürlich. Seinetwegen haben wir die ganze Nacht nicht schlafen können. Ich möchte fast sagen, daß ihm recht geschehen ist.«

Sie wandte sich um und erkannte den Herrn, mit dem sie kurz vor dem Zusammenstoß gesprochen hatte.

»Das würde ich eigentlich nicht sagen«, entgegnete Milton Sands. »Man kann nie wissen, aus welchem Grund sich ein Mann dem Alkohol ergibt. Aber da er offenbar eine große Summe bei sich hatte, ist mir die Ursache nicht klar.«

Der Rumäne erschien wieder, trat auf die äußere Plattform hinaus und hielt eine erregte Ansprache an die Umstehenden.

»Meine verehrten Freunde, man hat mich bestohlen. Wer es war, weiß ich nicht, aber ich will Ihnen nur das eine sagen: Das Geld, das ich verloren habe, schmerzt mich durchaus nicht, aber es war ein Schriftstück in der Mappe, das von größter Bedeutung für mich ist. Jedem, der mir die Mappe zurückgibt, will ich eine hohe Belohnung zahlen.«

Seine Worte wurden schweigend aufgenommen, und wenn der Dieb zugegen war, so kümmerte er sich allem Anschein nach nicht um dieses Angebot.

5

Sir George Frodmere hatte sich im Hotel Monsigny in Paris eingemietet und ging unruhig in seinem Wohnzimmer auf und ab. Seine beiden Verbündeten mußten jeden Augenblick kommen. Sie hatten in verschiedenen Hotels übernachtet, um nicht zusammen gesehen zu werden. Sie waren in ihren Vorsichtsmaßregeln sogar so weit gegangen, daß sie nach dem Eisenbahnunglück in verschiedenen Zügen nach Paris reisten.

Schließlich trafen sie fast zur selben Zeit ein, und Sir George schloß die Tür sorgfältig hinter ihnen.

»Jetzt wollen wir einmal offen miteinander reden«, sagte er mit scharfer Stimme. »Wer hat das Geld?«

»Durchsuchen Sie mich«, erwiderte Kitson mürrisch.

Er rauchte am Rest einer Zigarre und betrachtete Sir George mit argwöhnischen Blicken.

»Wollen Sie mir vielleicht erzählen, daß Sie die Mappe nicht haben?« fragte Sir George ungläubig.

»Was soll ich haben?«

»Die Mappe!«

»Ich habe nichts«, erklärte Mr. Kitson entschieden. »Aber ich vermute, daß Sie das Geld haben!«

Der Baronet kniff die Augen zusammen.

»Ich habe es überhaupt nicht zu sehen bekommen«, sagte er kurz. »Wir wollen uns doch hier keinen Humbug vormachen. Wir stecken zu tief in unseren gemeinsamen Unternehmungen, um uns gegenseitig zu betrügen! Was wissen Sie davon, Wolton?«

»Ich?« fragte Toady wütend. »Wie kommen Sie darauf, derart unverschämte Fragen an mich zu stellen? Sie wollen doch nicht etwa sagen, daß ich ein gemeiner Dieb bin? Es ist einfach unerhört. Ich weiß nur«, fuhr er vorsichtiger fort, »daß Sie sich etwas eingebildet haben. Bis jetzt hielt ich die Sache für einen Scherz. Ich habe niemals nur im Traum daran gedacht, daß Sie die Absicht hatten, das Geld zu stehlen.«

Sir George lachte verächtlich.

»Sie nehmen den Mund ein wenig zu voll, Toady Wilton. Ich

lasse mir von Ihnen nichts vormachen. Sie wissen doch ganz genau, daß wir alle hinter dem Geld her waren. Wenn man Sie hört, sollte man annehmen, daß Sie noch niemals ein Wässerchen getrübt haben. Ich möchte dagegen fragen, ob Sie sich überhaupt schon an einem anständigen Unternehmen beteiligt haben. Der Verdacht fällt auch auf Sie. Machen Sie bloß nicht dieses Sonntagsschulgesicht. Diese Verstellung kann ich nicht leiden. Also sagen Sie klar und deutlich: Haben Sie das Geld, oder haben Sie es nicht?«

»Nein, ich habe es nicht«, erwiderte Wilton düster.

Sie standen sich einen Augenblick schweigend gegenüber und maßen sich mit den Blicken. Jeder hatte die beiden anderen im Verdacht, daß sie sich gegen ihn verbündet hätten.

»Jemand muß es aber doch haben«, sagte Sir George schließlich wütend.

»Ich bin davon überzeugt, daß Sie es haben«, entgegnete Bud Kitson.

Sir George fuhr herum.

»Was, Sie verdammter Hund, mich haben Sie im Verdacht?« brüllte er.

»Ich habe gehört, daß hier in Europa die merkwürdigsten Dinge passieren sollen«, erklärte der Amerikaner ruhig. »Und ich würde auch kein Herzklopfen bekommen, wenn ich entdeckte, daß Sie das Geld genommen haben.«

Die Situation war gefährlich, und Sir George Frodmere wußte genau, daß er den Bogen nicht überspannen durfte. Er war auf die Hilfe dieser beiden Leute angewiesen, und selbst wenn einer von ihnen sich das Geld angeeignet haben sollte, konnte er nur durch Freundlichkeit und Ruhe zum Ziel kommen.

»Vielleicht hat Soltescu die Mappe überhaupt nicht verloren«, warf er in gleichgültigem Ton hin.

»Natürlich hat er sie verloren!« rief Kitson. »Darüber brauchen Sie sich keine Gedanken zu machen. Ich habe noch kurz vorher gesehen, wie er sie in der Hand hatte. Als er den Gang entlangging, ließ er sie fallen, und eine junge Dame aus dem nächsten Abteil half ihm noch beim Aufheben.«

»Was war denn das für eine junge Dame?« fragte Sir George plötzlich.

Der Amerikaner schüttelte den Kopf.

»Weiß ich nicht«, erwiderte er kurz. »Ich kann doch unmöglich alle Mädels kennen, die von Nizza nach Paris reisen.«

»Es war eine Miss President«, erklärte Toady Wilton. »Die Enkelin des alten President.«

Sir George runzelte die Stirn.

»Der die Rennpferde hat?«

»Ja.«

Es blieb Sir George keine Zeit, über diesen merkwürdigen Zufall nachzudenken. Er hatte sich für den Vormittag mit Soltescu verabredet und war schon sehr ungehalten, daß seine beiden Komplicen so spät kamen. Aber er mußte sie unbedingt sprechen, bevor der Rumäne im Hotel erschien. Er erklärte ihnen nun in kurzen Worten, wie er mit Soltescu vorgehen wollte.

»Wahrscheinlich wird er jetzt nicht mehr mitmachen«, klagte Toady Wilton.

»Nein, so ist er nicht«, entgegnete Sir George überzeugt. »Er hat unendlich viel Geld und kann noch zehnmal soviel verlieren wie in der vorigen Nacht, ohne daß es ihm etwas ausmacht. Sie haben ja keine Ahnung, wie reich dieser Mann ist. Sie werden sehen, daß er noch ebenso scharf auf die Sache ist wie vorher.«

»Ich wundere mich nur, daß er Ihnen sein Vertrauen schenkt.« Wilton ging zum Kamin und nahm eine Zigarre aus dem Kasten, der dort stand.

»Er hat alle Ursache, mir zu trauen«, erwiderte der Baronet mit einem schlauen Lächeln. »Ich habe ihn im vorigen Jahr überall in London herumgeführt. Und wenn ich nicht gewesen wäre, hätte er zwölftausend Pfund verloren.«

Wilton sah ihn ungläubig an.

»Ich dachte mir schon, daß Sie das überraschen würde«, sagte Sir George ironisch. »Es kam durch diesen Millington. Sie kennen ihn doch? Er unterhält die Spielhölle in Pimlico. Durch irgendwelche Manipulationen hat er es verstanden, Soltescu in sein Lokal zu locken, und die Leute spielten damals sehr hoch. Man sollte allerdings kaum annehmen, daß sich ein so gerissener

Spieler wie Soltescu rupfen ließe, aber merkwürdigerweise waren ihm die anderen über. Als ich sah, wie der Hase lief, ging ich zu Millington, nahm ihn beiseite und fragte ihn, wieviel Kommission er mir einräumen würde. Aber der Mann war unvernünftig, wollte nicht mit sich reden lassen und lachte mich nur aus.«

»Daraufhin sind Sie wohl mit Soltescu fortgegangen?« fragte Wilton und nickte beifällig.

»Ganz recht.«

»Aber wie können Sie sagen, daß Sie ihm zwölftausend Pfund gerettet haben?«

»Soviel hatte er an dem Abend bei sich, und ich kenne die Millington-Bande. Die hätten ihn bis aufs Hemd ausgezogen.«

Es klopfte, und ein Kellner kündigte Monsieur Soltescu an. Der Rumäne sah bleich und müde aus und war vollkommen nüchtern. Trotzdem schien ihn der Verlust kaum berührt zu haben.

In gewisser Weise war der kleine Mann wirklich bewunderungswürdig. Er hatte große Selbstbeherrschung, und er war weit und breit wegen seines Wagemuts bekannt. Fast alle anrüchigen Unternehmungen Europas finanzierte er, und wenn auch die Regierungen der verschiedenen Staaten seine Tätigkeit nicht schätzten, so galt sein Name doch viel bei den internationalen Abenteurern, die er gut für ihre Dienste bezahlte.

Er erwähnte seinen Verlust nur mit wenigen Worten.

»Es ist ein unglücklicher Zufall. Aber ich habe eine so hohe Belohnung ausgesetzt, daß ich mit Sicherheit auf die Rückgabe der Mappe rechnen kann.«

»Wieviel Geld hatten Sie denn eigentlich noch darin?«

»Die Summe war nicht so unbedeutend«, entgegnete Soltescu leichthin. »Vierzigtausend Pfund in englischen Banknoten. Aber nicht das verlorene Geld macht mir soviel Sorge. Der Verlust der Schriftstücke trifft mich am schwersten.«

Er sprach an diesem Morgen fließend Englisch.

»Aber Sie sind doch Fachmann, kennen die Formel und haben die ganze Beschreibung des Herstellungsprozesses gelesen, wie Sie sagten? Genügt das nicht? Könnten Sie nicht wieder alles aufschreiben? Vielleicht gelingt es Ihnen, die Formel noch einmal aus dem Gedächtnis zu rekonstruieren?« meinte Sir George.

Soltescu schüttelte lächelnd den Kopf.

»Nein, ich war gestern nicht auf der Höhe«, gestand er offen ein. »Und ich habe mir schon angewöhnt, mich nicht auf die Dinge zu besinnen, die ich in solchen Fällen erlebe. Wenn ich über alle meine dummen Streiche nachdächte, bekäme ich ein zu großes moralisches Minus.«

»Schreiben Sie die Belohnung öffentlich aus?«

»Ja. Die genauen Einzelheiten kann ich natürlich nicht in die Zeitung bringen. Ich hatte die Papiere aus dem Umschlag herausgenommen und das Kuvert zerrissen, denn es standen einige Worte darauf, die mir unangenehm waren: ›Das biegsame Glas. Die Art der Herstellung. Eine Erfindung von John President.‹«

»John President?« fragte Sir George atemlos. »Donnerwetter, ich glaube, ich weiß jetzt, wer Ihre Mappe hat!«

Soltescu sah ihn verblüfft an.

»Woher wissen Sie es denn?« fragte er ungläubig.

»Ich bin meiner Sache ganz sicher. Was für eine Belohnung haben Sie denn ausgesetzt?«

Der Rumäne drohte Sir George mit dem Finger.

»Mein Freund, Sie sind tatsächlich sehr schlau und gerissen«, sagte er bewundernd. »Ich habe eine Belohnung von vierzigtausend Pfund ausgesetzt, doppelt soviel, wie mich die Schriftstücke ursprünglich gekostet haben. Die Sache ist es mir wert.«

»Vierzigtausend Pfund!« wiederholte Sir George. »Wissen Sie denn, wer in dem Abteil neben Ihnen schlief?«

»Darum habe ich mich nicht gekümmert«, entgegnete Soltescu ironisch. »Ich schicke meine Visitenkarte nicht zu meinen Nachbarn, wenn ich den Schlafwagen benütze.«

»Nun, dann will ich es Ihnen sagen. Es war die Enkelin John Presidents«, entgegnete Sir George langsam und mit Nachdruck. »Wenn Sie die Papiere von ihm gekauft haben –«

»Ich habe sie nicht von ihm, sondern von einem Mann, der sie dem Erfinder wahrscheinlich gestohlen hat. Also das war John Presidents Enkelin?« fragte er und versuchte, sich an die Vorgänge der Nacht zu erinnern. »Ich möchte nur wissen – ja, es muß stimmen«, sagte er dann und fuhr erregt mit der Hand durch das Haar. »Ich besinne mich jetzt genau. Ich habe die Mappe fallen lassen, und dabei flog der Umschlag mit den Schriftstücken heraus. Sie hob das Kuvert auf – ja, das muß sie gewesen sein.«

Aufgeregt ging er im Zimmer auf und ab.

»Wo ist sie jetzt?« fragte er dann schnell. »Ist sie in Paris oder in London?«

»Sie kam mit meinem Zug nach Paris. Ich habe sie auch gesehen. Sie ist sehr hübsch. Dunkle Haare und dunkelbraune Augen, gut gewachsen – direkt mein Typ. Ich glaube allerdings kaum, daß sie noch in Paris ist. Sie wird nach London weitergefahren sein. Aber das können wir ja bald herausbringen. Ich werde meinen Diener in London anrufen; er soll sich erkundigen, ob sie angekommen ist.«

»Ich gehe zur Polizei und beantrage einen Haftbefehl gegen sie!« rief Soltescu erregt.

»Das wäre das Dümmste, was Sie tun könnten«, unterbrach ihn Sir George. »Was halten Sie denn von der Sache, Toady?«

Wilton hatte die Unterhaltung schweigend angehört. Er hatte das unangenehme Gefühl, daß er von diesem Geschäft ausgeschlossen war. Er war nur Spezialist für Rennsachen. In allen Schiebungen auf diesem Gebiet konnte man ihn einen Meister nennen.

Mr. Bud Kitson schwieg ebenfalls, hörte dem Gespräch aber interessiert zu und hielt den Augenblick für geeignet, sich einzumischen.

»Es würde doch nicht schwer sein, der jungen Dame die Mappe wieder abzujagen. Dazu braucht man doch keine Polizei.«

»Das ist allerdings ein guter Gedanke.« Sir George sah den Amerikaner mit zusammengekniffenen Augen an. »Wirklich keine schlechte Idee. Glauben Sie, daß Sie die Sache machen können?«

»Wenn sie die Mappe tatsächlich hat, kann ich sie sicher besorgen.«

»Was halten Sie davon, Soltescu?«

Der Rumäne sah Bud argwöhnisch von der Seite an.

»Mir ist es schließlich gleich, wie ich wieder in ihren Besitz komme, wenn ich die Schriftstücke überhaupt wiedersehe. Ich bin bereit, eine große Summe zu zahlen. Das Geld in der Mappe können Sie als Belohnung behalten.«

Bud Kitsons Augen leuchteten auf.

»Natürlich wird das Geld unter uns allen reell verteilt, wenn der Plan gelingen sollte«, warf Sir George dazwischen.

Der Amerikaner grinste verständnisvoll.

»Es wird schon richtig verteilt werden«, sagte er zuversichtlich. Aus seinem Ton war zu entnehmen, daß er sich die Verteilung anders dachte als Sir George.

»Nun wollen wir aber noch einmal über die andere Sache sprechen«, erklärte der Baronet.

Ein paar Minuten später saßen sie um den Tisch und besprachen die große Schiebung, die alles bis jetzt Dagewesenes in den Schatten stellen sollte.

Monsieur Soltescu war in ganz Europa bekannt. Obwohl er ein Großindustrieller war, kümmerte er sich eigentlich wenig um seine Fabriken. Er interessierte sich nur für die keramischen und die Glaswerkstätten, die die bedeutendsten in ganz Südeuropa waren. Damit hatte er den Grundstock seines ungeheuren Vermögens gelegt, und diese Fabriken warfen auch den größten Gewinn ab.

Aber im Grunde genommen war er ein Abenteurer und spekulierte in internationalen Unternehmungen. Und wenn er genügend dabei verdiente, kam es ihm auch nicht darauf an, sein eigenes Vaterland zu schädigen.

Milton Sands kannte fast alle Millionäre in Europa, und während der Fahrt von Dover nach London gab er Eric Stanton eine kurze Charakteristik von Soltescu. Sein Begleiter hörte ihm interessiert und belustigt zu.

»Jetzt haben wir aber immer noch keinen neuen Beruf für Sie ausfindig gemacht«, meinte Stanton, als der Zug durch Tonbridge fuhr.

»Ich habe schon ohne Ihren Rat einen Entschluß gefaßt. Der

Diebstahl im Zug hat mich auf eine gute Idee gebracht. Ich werde Detektiv«, erklärte Milton selbstzufrieden.

Eric Stanton sah ihn überrascht an.

»Wie kommen Sie denn darauf?«

»Das ist der richtige Beruf für mich«, sagte Milton Sands überzeugt. »Damit kann man auf anständige, nette Weise seinen Lebensunterhalt verdienen. Ich halte mich für ganz besonders geeignet dafür. Ein abenteuerlustiger, gewandter junger Mann kann in diesem Fach etwas leisten. Sehen Sie, der alte Soltescu hat eine Belohnung von vierzigtausend Pfund für die Wiederbeschaffung der Mappe ausgesetzt. Das ist doch gerade genug Geld, um einen zu fieberhafter Tätigkeit anzuspornen. Was sollte ich denn sonst auch noch werden? Ich könnte höchstens noch Straßenkehrer oder Taschendieb in London spielen. Denken Sie doch einmal: vierzigtausend Pfund! Die Sache lohnt sich. Ich bin großzügig und vorurteilslos genug, um den Beruf eines Detektivs erfolgreich zu gestalten.«

»Haben Sie sich denn schon früher einmal als Detektiv betätigt?« fragte Eric belustigt.

»In gewisser Weise, ja«, entgegnete Milton ernst. »Ich gehörte einige Jahre der berittenen Polizeitruppe in Australien an. Es war zwar nicht viel Detektivarbeit damit verbunden, besonders nicht im modernen Sinne, aber man hat doch allerhand kennengelernt, und man mußte seinen Verstand anstrengen, um etwas zu leisten.«

Es trat eine Pause in der Unterhaltung ein, bis der Zug durch die Außenbezirke Londons fuhr.

»Wollen Sie tatsächlich ein Privatdetektiv werden?« fragte Eric dann.

Sands sah ihn ein wenig erstaunt an.

»Ja, gewiß. Haben Sie etwas dagegen?«

»Nein. Es ist mir nur etwas eingefallen. Wenn Sie wirklich diesen Beruf ergreifen, könnte ich Ihnen vielleicht in verschiedener Weise helfen. Ich habe Sie gern, Sands, und ich bewundere Ihren persönlichen Mut, Ihre Umsichtigkeit, Ihre Stärke und Ihre Entschlußkraft.«

»Das lasse ich mir gefallen. Sie scheinen mich ja genau geprüft zu haben, da Sie mich so gut kennen.«

»Ich erkenne Ihre Vorzüge gern an, und ich habe gefunden, daß Sie trotz all Ihrer Redensarten im Grunde sehr ehrlich sind und daß man sich auf Sie verlassen kann. Das sind Eigenschaften, die in unserer Zeit selten geworden sind.«

Milton Sands errötete ein wenig.

»Ich weiß Ihre Worte wohl zu würdigen. Ja, Sie können sich darauf verlassen, daß ich meinen Freunden gegenüber zuverlässig bin.«

Eric Stanton nickte.

»Das weiß ich, und ich möchte Ihnen deshalb Ihren ersten Auftrag geben. Ich habe keine Ahnung, was Sie dazu gebracht hat, den Beruf eines Detektivs zu ergreifen, aber ich bin fest davon überzeugt, daß Sie sich dazu eignen und daß Sie Erfolg haben werden.«

»Einen Augenblick. Hören Sie bitte erst, was ich Ihnen noch zu sagen habe. Ich möchte nicht ein Detektiv im gewöhnlichen Sinne des Wortes werden, sondern mich auf die Rennen spezialisieren. Der Rennsport ist bisher in England über jeden Zweifel erhaben gewesen, aber in der jetzigen Zeit drängen sich unsaubere Elemente ein. Es würde also ein Mann Beschäftigung finden, der seine Tätigkeit besonders dieser Sache widmet. Ich bin natürlich auch bereit, andere Aufträge anzunehmen, aber ich wollte Ihnen von vornherein sagen, daß ich mich möglichst auf Rennen beschränken will.«

»Der Auftrag, den ich Ihnen erteilen will, hat allerdings nichts mit Pferderennen zu tun«, meinte Eric lächelnd. »Ich hätte Sie gern gebeten, mich morgen in meiner Wohnung aufzusuchen, aber es kann sein, daß ich nicht in der Stadt bin. Vielleicht haben wir jetzt noch Zeit genug, die Sache zu besprechen. Ich will Sie ausreichend für Ihre Bemühungen bezahlen und Ihnen alle Auslagen und Reisespesen ersetzen.«

»Ich bin bereit, den Auftrag anzunehmen«, erwiderte Milton. »Bitte, erklären Sie mir das Nähere.«

Er nahm die Zigarre, die Eric ihm anbot, und steckte sie an.

»Sie wissen wahrscheinlich nicht, daß meine Eltern einen

schweren Konflikt miteinander hatten, als ich noch klein war. Mein Vater war sehr jähzornig und erhob eine falsche Beschuldigung gegen meine Mutter. Das hat ihm später sehr leid getan.« Stanton zögerte einen Augenblick. »Ich glaube, wir können nicht nur als Leute von Welt, sondern auch als Freunde über die Angelegenheit sprechen.«

Sands nickte.

»Sie dürfen mir ruhig vertrauen. Was auch immer der Inhalt dieser Unterredung sein wird, ich werde niemals Dritten mitteilen, was ich gehört habe.«

Stanton lächelte resigniert.

»Es ist leider schon so weit gekommen, daß ich diese Forderung nicht an Sie zu stellen brauche. Die Geschichte ist in den Kreisen der Gesellschaft allgemein bekannt, nur habe ich früher nicht mit Ihnen darüber gesprochen. Die Beschuldigung, die mein Vater gegen meine Mutter erhob, richtete sich gegen ihre Ehre. Er behauptete sogar, daß meine kleine Schwester nicht sein Kind sein könnte. Das ist der schwerste Vorwurf, den man einer empfindsamen, hochgebildeten Frau machen kann. Meine Mutter zog die Konsequenzen, verließ das Haus und nahm ihre Tochter mit sich. Von jenem Tag an hat man sie nicht mehr gesehen.« Erics Stimme zitterte leicht. »Wir wissen nur, daß sie vor einigen Jahren starb, lange nach dem Tode meines Vaters. Meine Schwester aber ist noch am Leben, und wahrscheinlich hat sie von ihrer Mutter Instruktionen erhalten, sich nicht um die Aufrufe zu kümmern, die ich von Zeit zu Zeit in die Zeitungen setzen lasse. Ich möchte Ihnen nun den Auftrag geben, den Aufenthaltsort meiner Schwester ausfindig zu machen.«

»Hat Ihr Vater denn feststellen können, daß seine Anschuldigungen nicht zu Recht bestanden?«

»Ja«, erwiderte Stanton leise. »Er bekam den Beweis, daß er sich geirrt hatte. Entweder war es eine Verkettung unglücklicher Umstände, oder man hat ihn absichtlich getäuscht. Er hatte den Verdacht, daß Lord Chanderson ein Verhältnis mit meiner Mutter hatte. Sie kennen ihn sicher dem Namen nach, er ist einer der angesehensten Sportsleute, der Vorsitzende des Jockey-Klubs und ein Mann von untadeligem Charakter. Er war mit meiner

Mutter allerdings sehr eng befreundet. Die Fremdenliste eines Pariser Hotels, in dem meine Mutter einmal logierte, enthielt auch den Namen Lord Chandersons, der zur gleichen Zeit dort gewohnt haben soll. Auf Grund dieser Tatsache hat mein Vater voreilig die Anklage gegen meine Mutter erhoben und dabei diesen furchtbaren Irrtum begangen. Sie hat tatsächlich dort gewohnt, aber wie sich später herausstellte, war Lord Chanderson zu jener Zeit als Attaché bei der Gesandtschaft in Berlin tätig, und er konnte nachweisen, daß er sich damals auch wirklich in Berlin aufgehalten hatte. Es muß also ein anderer Lord Chandersons Namen fälschlicherweise in die Hotelliste eingetragen haben. Das ist die ganze Geschichte, die natürlich für mich sehr schmerzlich und peinlich ist, wie Sie wohl verstehen werden.«

»Welche Anhaltspunkte können Sie denn sonst noch geben?«

»Eigentlich keine. Ich habe schon so viele Leute beauftragt, dieses Rätsel zu lösen und den Aufenthalt meiner Schwester ausfindig zu machen. Auf die vielfachen Aufrufe in den Zeitungen hat sich niemand gemeldet. Von dem Tod meiner Mutter habe ich durch eine Zeitungsannonce erfahren. Als ich die Sache genauer untersuchte, stellte sich heraus, daß die Redaktion einen eingeschriebenen Brief mit dem nötigen Geld erhalten hatte. Er war zwei Jahre vorher datiert, und ich entnehme daraus, daß meine Mutter diese Anordnungen schon lange vor ihrem Tod getroffen hatte. Ich möchte meinen Vater nicht verurteilen. Ich habe ihm auch keine Vorwürfe gemacht, da er selbst schon schwer genug unter seinem Irrtum litt. Es ist eine schreckliche Tragödie, die mein Leben verdüstert.«

»Das sind allerdings sehr geringe Unterlagen«, entgegnete Sands nachdenklich. »Aber wenn Sie nichts dagegen haben, suche ich Sie sofort auf, wenn Sie nach London zurückkommen. Wir können dann die geschäftliche Seite der Sache arrangieren.«

Die beiden reichten sich die Hände, als sie sich auf dem Bahnhof trennten. Eric Stantons Wagen wartete, aber Sands lehnte die Einladung, mitzufahren, ab. Er rief eine Taxe und fuhr zu seiner bescheidenen Wohnung im Westen.

6

»Dean macht das Rennen!« schrien die Leute wild durcheinander. Auf den billigeren Plätzen hatte man es zuerst leise geäußert, aber nun ertönte dieser Ruf von allen Seiten.

Drei Pferde galoppierten dicht nebeneinander, dem Feld weit voraus. Aber ein viertes Pferd machte sich auffallend bemerkbar. Es war stark und kräftig gebaut, und seine wilde, rotbraune Mähne flatterte im Winde. Alle Augen waren auf Dean gerichtet.

Er lief ganz allein auf der Außenseite und holte gegen die Spitzengruppe immer mehr und mehr auf.

»Dean macht das Rennen!«

Näher und näher kam das Feld. Der berühmte Jockey Mahon spornte Battling Jerry an, denn er hatte sich umgesehen und die drohende Gefahr erkannt.

Einmal, zweimal gebrauchte er die Peitsche, aber er konnte nichts mehr aus dem Pferd herausholen.

Zwanzig Meter vom Ziel entfernt, strauchelte Battling Jerry und schwankte. Mahon riß ihn wieder in die Höhe, aber es war zu spät. Dean hatte als Erster das Ziel passiert.

Eric Stanton wischte sich die Stirn.

Was war das für ein Rennen gewesen!

»Dieser verdammte Dean!« brummte Wilton, der neben ihm stand.

»Wieso denn?«

»Ich dachte, Jerry würde gewinnen«, entgegnete Toady Wilton ärgerlich. Er war sonst eine unfehlbare Autorität in bezug auf Rennen, aber heute hatte er viel Geld verloren.

»Ich war meiner Sache wegen Jerry nicht so sicher«, erklärte Stanton nachdenklich, »und ich habe auch nichts dagegen, daß der alte Dean gesiegt hat.«

Wilton sah ihn verwundert an, denn Stanton war der Eigentümer von Battling Jerry.

»Wenn Sie so denken, ist ja weiter nichts über die Angelegenheit zu sagen. Ich wünschte nur, ich hätte nicht auf Jerry gesetzt.«

Wilton verschwand in der Menge, und Eric Stanton ging zu seinem Pferd. Sein Trainer Clew überwachte gerade das Absatteln.

»Beinahe hätten wir das Rennen gewonnen«, meinte der Mann. »Aber Jerry konnte auf den letzten fünfzig Metern nicht mehr gegen Dean ankommen. Mahon wußte das auch. Und Jerry hat das Letzte hergegeben. . .«

»Mahon kann das ja am besten beurteilen. Ich glaube ihm unbedingt«, entgegnete Eric. »Auf jeden Fall war es ein glänzendes Rennen.« Er sah sich um. »Wo ist Mr. President?«

Clew lächelte.

»Es ist phantastisch, wie der alte Herr seinen Dean trainiert. Das Pferd muß doch jetzt schon zehn Jahre alt sein!«

»Die Australier verstehen sich auf Pferde. Aber ich will nichts gegen Sie gesagt haben, Clew«, fügte er hinzu.

»Ich begreife«, entgegnete Clew ruhig. »Aber vor dem alten Mr. President kann man wirklich den Hut abnehmen. Er vollbringt geradezu Wunder mit Dean.«

In diesem Augenblick sah Eric den alten Herrn, über den sie gerade gesprochen hatten, und bahnte sich einen Weg durch die Presseleute.

John President stand etwas abseits von den anderen. Trotz seiner achtzig Jahre hielt er sich noch aufrecht wie ein Soldat.

Er hatte einen kleinen, kurzgeschnittenen Bart, und unter dem grauen Zylinder sah man seine schneeweißen Haare. Sein durchfurchtes Gesicht hatte eine frische Farbe und war sonnverbrannt. Als er Eric kommen sah, lächelte er ihm freundlich zu. Seine Bewegungen waren noch jugendlich lebhaft.

»Ah, Mr. Stanton«, sagte er mit tiefer, melodischer Stimme, »wir haben Sie geschlagen beim Rennen! Das tut mir einerseits wirklich leid, andererseits bin ich natürlich darüber hocherfreut.«

Eric nahm die ausgestreckte Hand und drückte sie kräftig.

»Auf jeden Fall war es ein glänzendes Rennen. Es ist wirklich erstaunlich, wie mustergültig der alte Dean von Ihnen trainiert wurde. Sie haben ja allerdings auch nur dieses eine Pferd.«

»Nein, das ist ein Irrtum. Ich besitze zwei«, erwiderte Mr.

President vergnügt. »Aber Dean ist so groß und stark, daß er einen Stall für sich allein braucht. Die Leute wissen im allgemeinen nicht recht, was sie von mir halten sollen«, fuhr der alte Herr fort und zeigte mit dem Kopf nach der Menge. »Manche sagen, es wäre Hochverrat, daß ein alter Australier wie ich mit einem so alten Pferd nach Ascot geht und die besten Preise wegschnappe. Dean hat tatsächlich kein schnittiges Aussehen, aber auf der Rennbahn zeigt er doch immer noch zähe Ausdauer!«

»Auf jeden Fall beweist er durch seinen Galopp, daß er es mit allen anderen Pferden in Ascot aufnehmen kann«, entgegnete Eric lächelnd.

»Er ist meine dritte Hoffnung«, sagte Mr. President etwas rätselhaft. »Ich verlasse mich auf ihn – und auf die beiden anderen auch. Eines Tages wird mein sehnlichster Wunsch doch noch in Erfüllung gehen.«

Eric sah ihn überrascht an, denn er verstand diese merkwürdigen Worte nicht. Was konnte denn der sehnlichste Wunsch dieses alten Mannes noch sein? Ein Mensch in seinen Jahren hat gewöhnlich keine Wünsche mehr. Aber Eric bekam keine weitere Erklärung.

Er unterhielt sich noch einige Zeit mit Mr. President und trennte sich dann von ihm, um seine Gäste aufzusuchen.

Es war ein herrlicher Frühlingstag, und der Andrang des Publikums zu dem Rennen war außergewöhnlich groß.

Als Stanton zum Teepavillon kam, fand er nahezu alle Plätze besetzt. Aber schließlich entdeckte er einen kleinen Tisch an der Außenseite, an dem noch ein Stuhl frei war. Ihm gegenüber saß eine junge Dame, die anscheinend ohne Begleitung war. Ihre großen, dunklen Augen wirkten äußerst anziehend; sie hatte feingeschnittene Züge, eine gerade Nase und frische, rote Lippen. Er hatte das Gefühl, daß er sie früher schon einmal gesehen haben mußte, und plötzlich entsann er sich.

»Verzeihen Sie, habe ich die Ehre mit Miss President?«

Sie nickte lächelnd.

»Wir haben uns doch bei dem Eisenbahnunglück in Südfrankreich gesehen?«

»Das stimmt. Ich kann mich deutlich an Ihre Stimme erinnern. Sie standen hinter mir, als Monsieur Soltescu so laut über seinen Verlust klagte.«

Ihre Züge verdüsterten sich einen Augenblick, aber er konnte die Ursache nicht ahnen. Sie plauderten miteinander, und nach einigen Minuten war es ihnen, als ob sie sich schon seit Jahren kennen müßten. Sein freundliches, offenes Wesen gefiel ihr sofort, und auch er fühlte, daß er ihr sympathisch war.

Sie waren so sehr in ihr Gespräch vertieft, daß sie nicht einmal bemerkten, wie sich der Teepavillon allmählich leerte. Erst als das Glockenzeichen von der Rennbahn her ertönte, erkannten sie, daß sie das Rennen versäumt hatten.

»Es täte mir sehr leid, wenn ich Sie aufgehalten hätte«, sagte sie lächelnd.

»Nein, nein, durchaus nicht. Ich habe sowieso kein großes Interesse an den anderen Rennen, die heute noch gelaufen werden. Darf ich Sie zum Sattelplatz begleiten?«

Sie nickte und nahm ihre Tasche auf.

»Wahrscheinlich treffen wir meinen Großvater dort«, meinte sie. Diese Feststellung machte sie etwas widerwillig, denn sie hatte sich in der Gesellschaft dieses schönen jungen Mannes außerordentlich wohl gefühlt.

Als sie fortgingen, begegnete ihnen am Ausgang ein Herr. Er grüßte Miss President höflich, aber sie nickte nur kühl.

»Kennen Sie Sir George Frodmere auch?« fragte Eric.

»Er kennt uns«, sagte sie gleichgültig. »Er bewundert meinen Großvater wegen seiner Tüchtigkeit. In der letzten Zeit war er öfter bei uns, aber ich mag seine Gesellschaft nicht sehr. Hoffentlich ist er nicht Ihr Freund.«

Eric lachte.

»Nein, er ist durchaus kein Freund von mir. Und er weiß auch, daß ich nicht viel von ihm halte.«

Sie betrachtete ihn lächelnd.

»Und was halten Sie von Mr. Wilton, der immer in seiner Begleitung ist? Kennen Sie den genauer? Ich sah Sie vorhin zusammen auf der Tribüne.«

Sie biß sich auf die Lippen und errötete, denn sie hatte nicht verraten wollen, wie sehr sie sich für ihn interessierte. Während sie in angeregter Unterhaltung über den Platz gingen, warf sie ab und zu einen scheuen Blick auf ihn.

Milton Sands beobachtete die beiden und lächelte verständnisvoll.

»Sehen Sie einmal dorthin, Miss Symonds«, sagte er.

Eine schlanke junge Dame ging neben ihm her. Ihre Augen strahlten, und ihre Umgebung schien sie auf das lebhafteste zu interessieren. Im Gegensatz zu den kostbaren Toiletten, die man bei den Rennen sehen konnte, war sie einfach gekleidet. In Wesen und Haltung aber machte sie durchaus den Eindruck einer Dame.

»Wen meinen Sie?« fragte sie eifrig. Sie besuchte zum erstenmal ein Rennen, und alles kam ihr neu und wunderbar vor.

»Dort den Herrn und die Dame.«

Sie nickte und lachte vergnügt.

»Sie glauben gar nicht, wie sehr ich mich freue. Es war zu liebenswürdig von Ihnen, daß Sie mich mitgenommen haben.« Sie lächelte ihn an. »Es ist alles so herrlich, und ich gehe auch so gern mit Ihnen. Sie sind so anders –«

»Darauf bilde ich mir auch etwas ein. Ich bin tatsächlich anders als die anderen.«

»Ich scherze aber nicht. Sie sind anders als alle meine früheren Chefs, für die ich gearbeitet habe.« In ihren großen Augen zeigte sich Bewunderung. »Sie sind immer so gut zu mir, und ich dachte doch früher, daß die Leute aus den Kolonien einen rohen Charakter hätten.«

»Sie haben eben noch nicht den nötigen Überblick im Leben. Habe ich Sie nicht aus dem entsetzlichen Büro des Rechtsanwalts befreit, wo Sie fünfundzwanzig Schilling die Woche für Ihre harte Arbeit erhielten und die unglaublichsten Schriftsätze dafür herunterklappern mußten? Habe ich Sie nicht zur Privatsekretärin des berühmtesten Detektivs gemacht?« Er sah Tränen in ihren Augen und war erstaunt. »Aber was fehlt Ihnen denn, liebes Kind? Ich mache doch nur Spaß.«

»Ich dachte, Sie meinten es im Ernst. Aber, bitte, machen Sie sich nicht lustig über mich.«

»Soll sich einer bei den Frauen auskennen! Sie müssen doch

immer daran denken, daß Sie der Juniorpartner des großen Detektivs Sands sind! Haltung, meine junge Dame!«

»Sollen wir uns vielleicht verkleiden und mit falschen Perükken und Bärten hier auf dem Rennplatz herumlaufen?« fragte sie vergnügt.

»Das haben wir im Augenblick nicht nötig. Aber wir wollen uns jetzt einmal wie durstige Rennbesucher benehmen und zum Teepavillon gehen.«

»Ja, das ist eine gute Idee.«

Zwei Jahre waren vergangen, seitdem Milton Sands ein ängstliches Mädchen vor den Angriffen einer wütenden Wirtin beschützt hatte. Milton hatte damals als Abenteurer ziemlich viel Pech und fast all sein Geld auf den Rennen in Ascot verloren. Früher bewohnte er eine Anzahl von Räumen im Imperial-Hotel, aber dann mußte er sich auf ein bescheidenes Zimmer in Pimlico beschränken, für das er die immer noch sehr hohe Miete von acht Schilling wöchentlich zahlte. Janet Symonds wohnte bei derselben Wirtin. Sie nahm damals Unterricht in Maschinenschreiben und Stenographie, war aber noch nicht weit mit ihren Kenntnissen gekommen.

Sie bekam eine wöchentliche Unterstützung von zehn Schilling, die ihr der Testamentsvollstrecker ihrer Mutter auszahlte. Aber das reichte natürlich nicht für ihren Lebensunterhalt aus, und sie war daher in Rückstand mit ihrer Mietzahlung gekommen. Die Wirtin ging auf ihr Zimmer und schimpfte entsetzlich, und als der Skandal gerade seinen Höhepunkt erreichte, erschien Milton Sands auf der Bildfläche. Er machte der unerquicklichen Szene ein kurzes Ende, nahm die Wirtin beiseite und zahlte die rückständige Miete für Miss Symonds. Die Frau hütete sich nachher, Janet gegenüber auch nur die geringste unangenehme Bemerkung zu machen, da sie sich vor Mr. Sands fürchtete.

Von jenem Tag an datierte die Freundschaft der beiden. Milton kümmerte sich auch weiterhin um das Mädchen, sorgte dafür, daß sie in ein Heim für junge Damen aufgenommen wurde, und verschaffte ihr die Stellung bei dem ›schrecklichen Rechtsanwalt‹, der in Wirklichkeit gar nicht so schrecklich war. Aber es folgten schöne Tage für sie, als er wieder in der Lage war, seine Zimmer im Imperial-Hotel zu beziehen und ein Detektivbüro aufzumachen. Er hatte hübsche, vornehm ausgestattete Räume in der Regent Street mit grausamtenen Vorhängen und einem mauvefarbenen Teppich. Die modernen Möbel paßten vorzüglich dazu. Auch das kleine Büro seiner Sekretärin war elegant eingerichtet.

»Sie müssen mir nun aber auch bei der Auffindung von Mr. Stantons Schwester helfen«, sagte er, als sie an dem Abend zur Stadt zurückkehrten. »Ich habe so eine Ahnung, daß Sie gewisse Informationen leichter bekommen können als ich.«

»Ich werde alles tun, was in meinen Kräften steht«, entgegnete sie bereitwillig.

7

Es kamen nur wenig Leute in das Büro der Detektivagentur, denn Milton annoncierte nicht in den Zeitungen und setzte einem jungen Mann, der ihn zur Aufgabe einiger Anzeigen veranlassen wollte, seine Gründe dafür auseinander.

»Ich ziehe es vor, nicht an die Öffentlichkeit zu treten. Ich habe eine ausgesuchte Kundschaft; die vornehmsten Herrschaften kommen zu mir«, erklärte er.

Aber seine Worte schienen auf den Besucher wenig Eindruck zu machen.

»Dann haben Sie doch auch das nötige Geld, um ein paar Annoncen aufzugeben.«

»Werden Sie nicht unverschämt«, warnte ihn Milton. »Sonst muß ich Sie aus dem Fenster hinauswerfen, und Sie landen dann auf der Lichtreklame des Zahnarztes, der unter mir seine Praxis ausübt.«

Er lachte, als der Annoncenreisende das Büro verließ.

»Wenn der wüßte, wie wir unsere Nachmittagsstunden hier zubringen«, sagte er und nahm einen Pack Spielkarten aus einer Schublade. »Was wollen wir spielen – Piquet oder Bezique?«

»Piquet«, antwortete Janet prompt und holte aus einer anderen Schublade eine Schachtel Pralinen hervor.

»Zehn Pfund für hundert Punkte«, schlug Milton vor.

»Nein, ein Schilling für tausend«, erklärte sie.

Aber sie wurden schon wieder unterbrochen, als sie kaum angefangen hatten zu spielen. Es klopfte leise an der Bürotür, und Milton raffte die Karten rasch zusammen. Janet hatte gerade noch Zeit genug, an ihre Maschine zu eilen. Sie schrieb mit rasender Geschwindigkeit, als Monsieur Soltescu hereintrat.

»Sind Sie Mr. Sands?« fragte er.

»Ja. Nehmen Sie bitte Platz, Monsieur Soltescu.«

»Woher kennen Sie mich denn? Sie haben mich doch noch nicht gesehen?« fragte der Rumäne lächelnd. Er fühlte sich sehr geschmeichelt.

»Ein Detektiv muß alle Leute kennen – wenigstens alle bedeutenden Leute«, erklärte Milton ernst. »Auf jeden Fall sind Sie mir bekannt. Ich habe Ihren Namen schon öfters gehört. In den Zeitungen wurde ja über die Waffenlieferungen nach den Philippinen berichtet, und wenn ich nicht irre, waren Sie auch einer der Geldgeber für die letzte Revolution in Südamerika. Waren Sie nicht auch in den Raub der Kronjuwelen verwikkelt?«

Monsieur Soltescu lachte.

»Sie dürfen nicht allen bösen Gerüchten glauben. Die sind zum größten Teil frei erfunden. Tatsache ist nur, daß ich ein verhältnismäßig großes Vermögen besitze, das mir natürlich Neid und Mißgunst vieler Leute einträgt. Ich kümmere mich aber nicht weiter darum. Ich hätte viel zu tun, wenn ich alle Leute verklagen wollte, die verleumderisch über mich sprechen.«

Er nahm Milton gegenüber am Schreibtisch Platz.

»Ich habe Ihre Annonce im Matin vor etwa drei Wochen gelesen«, sagte Sands. »Deshalb habe ich mich mit Ihnen in Verbindung gesetzt. Ich bin erst seit kurzer Zeit Privatdetektiv, aber ich kenne die Verbrecherbanden, die in den Eisenbahnzügen nach der Riviera arbeiten.«

»Die kommen nicht in Frage«, unterbrach ihn Soltescu sofort.

»Ich glaube, daß mir ein Gelegenheitsdieb die Mappe entwendet hat, und ich habe sogar einen ganz bestimmten Verdacht.«

Milton sah ihn durchdringend an.

»Das glaube ich auch«, entgegnete er ruhig. »Aber sagen Sie mir bitte, wen Sie verdächtigen.«

Soltescu zögerte.

»Ich weiß nicht, ob ich es Ihnen gleich sagen soll«, erwiderte er vorsichtig.

Milton lachte ironisch.

»Tun Sie nur, was Sie für gut halten. Sie brauchen mein Angebot ja auch nicht anzunehmen. Aber ich kann Ihnen nur sagen, daß es in England niemand gibt, der Ihnen mehr helfen könnte als ich.«

Die letzten Worte sagte er mit so viel Überzeugung, daß er den Rumänen beeindruckte.

»Nun, wir können es ja einmal versuchen«, erklärte Soltescu nach einer kurzen Pause.

»Sie müssen mir natürlich erst alle Unterlagen geben«, entgegnete Milton kurz. »Erzählen Sie mir bitte genau, was Sie verloren haben, und warum Ihr Verdacht auf eine ganz bestimmte Persönlichkeit fällt. Zunächst beschreiben Sie mir einmal die Aktentasche.«

Er griff nach Bleistift und Papier, um die Angaben schriftlich festzuhalten.

»Sie war aus schwarzem, russischem Leder, etwa fünfzig auf fünfunddreißig Zentimeter groß und durchaus nicht auffällig. Sie hatte vier besondere Abteilungen, und als Kennzeichen möchte ich erwähnen, daß mein Monogramm auf der Klappe eingeprägt war.«

Milton machte sich schnell die nötigen Notizen.

»In der Mappe befanden sich nicht ganz vierzigtausend Pfund in englischen Banknoten und etwas französisches Papiergeld. Aber darauf kommt es mir weniger an. Von größtem Wert für mich sind dagegen die Schriftstücke, die darin lagen. Sie waren mit einer Klammer zusammengehalten und enthielten die Beschreibung einer hochwichtigen Erfindung, nämlich des biegsamen Glases. Ursprünglich steckten die sechs Schreibmaschinenbogen in einem Briefumschlag. Bei dem Zusammenstoß ließ ich die Mappe fallen. Eine junge Dame hat die Papiere aufgehoben.« Er sprach langsam und betonte jedes Wort. »Und diese Dame habe ich im Verdacht, daß sie mir die Mappe entwendet hat. Die näheren Gründe möchte ich Ihnen jetzt nicht mitteilen. Sobald sie mir den Briefumschlag zurückgegeben hatte, ging ich damit in mein Abteil. Damals kam mir zum Bewußtsein, daß die Aufschrift auf dem Kuvert zu unliebsamen Vorfällen führen könnte. Ich nahm die Schriftstücke daher heraus und steckte sie ohne Hülle in meine Mappe.«

»Welche Aufschrift trug denn das Kuvert?«

Soltescu schüttelte den Kopf. Über diesen Punkt wollte er durchaus keine genaueren Angaben machen, denn es hätte seine Schwierigkeiten höchstens noch vergrößert, wenn er den Namen John President im Augenblick genannt hätte. Besonders da er jetzt wußte, daß John President tatsächlich noch lebte und daß diesem Mann die Papiere gestohlen worden sein mußten.

»Ich will Ihnen nur den Namen der Dame nennen. Es war Mary President, und ich habe allen Grund zu der Annahme, daß die Schriftstücke augenblicklich in ihrem Besitz sind.«

Milton Sands überlegte einen Augenblick.

»Ich glaube, daß Sie sich irren. Aber wenn Sie mir den Fall übertragen, werde ich sehen, was ich tun kann. Sie wünschen doch, daß ich den Dieb fasse?«

Soltescu lächelte.

»An der Bestrafung des Diebes habe ich weniger Interesse. Ich will vor allem die Schriftstücke selbst.«

Milton Sands klopfte nachdenklich mit dem Bleistift auf die Schreibtischplatte.

»Ich habe mich mit der Sache bereits befaßt. Soweit ich weiß, befanden sich in dem Zug von Nizza nach Paris mehrere verdächtige Persönlichkeiten – Bud Kitson, Sir George Frodmere, Mr. Toady Wilton, außerdem Tom Sench, der australische Bankräuber, und Black Boyd, der New Yorker Betrüger. Ich könnte Ihnen noch einige mehr oder weniger obskure Typen nennen.«

»Wie haben Sie denn das alles herausgebracht?« fragte Soltescu verblüfft.

Milton lächelte schlau, gab aber keine weitere Erklärung. Er hatte ja diese Leute selbst alle im Zug gesehen, hielt es jedoch nicht für klug, seinen Besucher darüber aufzuklären.

Der Rumäne erhob sich.

»Ihr Gesicht kommt mir merkwürdig bekannt vor«, sagte er plötzlich.

»Ich kann Ihnen auch den Grund dafür angeben. Vor zehn Jahren kam ich als ziemlich reicher junger Mann von Australien nach Nizza und spielte dort in einem Privatklub. Damals war ich im Besitz von vierzigtausend Pfund. Ich spielte die ganze Nacht mit einem sehr interessanten Rumänen und seinen Freunden, und als im am Morgen den Klub verließ, hatte ich nur noch einige Franc in der Tasche.«

Soltescu sah Milton Sands genauer an, dann lachte er laut auf.

»Ganz recht, jetzt besinne ich mich auf Sie. Ich kann mich deutlich erinnern. Sie haben damals so entsetzlich mit Ihrem Geld renommiert. Aber das eine kann ich Ihnen sagen: Das Spiel war absolut fair.«

»Ich habe auch nicht das Gegenteil behauptet«, erwiderte Milton, als er seinen Besucher zum Fahrstuhl geleitete.

»Nun, das wäre wenigstens ein Auftrag mehr«, meinte er ein paar Minuten später, als er wieder ins Büro zurückkam. »Wenn ich die Formel auch nicht finden werde, so kann ich doch meine Tätigkeit genügend hoch berechnen.«

8

»Höchst sonderbar«, erklärte Milton und sah von der Zeitung auf, in der er gelesen hatte.

Janet saß an einem kleinen Tisch hinter ihm und klebte Zeitungsausschnitte in ein Buch ein.

»Was meinen Sie denn?«

Er hatte an diesem Tage schon eine andere merkwürdige Entdeckung gemacht. Das Bild eines Verbrechers, der von Portland ausgebrochen war, hatte nämlich eine verblüffende Ähnlichkeit mit Bud Kitson.

»Also hören Sie zu«, sagte er und las Janet vor:

»Unter den Besuchern des Gestütes von Alvarez sah man in der letzten Woche auch Sir George Frodmere, den berühmten englischen Sportsmann. Wie wir erfahren haben, hat er verschiedene Rennpferde gekauft, unter anderem auch El Rey. Unsere Leser werden sich sicher noch an den Sieg erinnern, den dieses Pferd bei den großen Rennen in Rio während der letzten Saison errang. Über die Höhe des Preises hat man nichts Näheres erfahren, aber man nimmt an, daß eine sehr hohe Summe bezahlt worden ist. Sir George Frodmere kaufte El Rey im Auftrag eines bekannten rumänischen Sportsmannes. Das Pferd wird sofort nach Europa gesandt und soll in ein Gestüt in der Nähe von Bukarest übergeführt werden.«

Er las den Abschnitt langsam vor, weil er ihn aus dem Spanischen ins Englische übersetzen mußte.

»Das ist wirklich sehr merkwürdig«, meinte er und schüttelte den Kopf. »Frodmere muß sofort von London nach Brasilien gefahren sein. Ich vermute, daß er sich jetzt bereits wieder auf dem Rückweg befindet. Der Rumäne ist natürlich niemand anders als Soltescu.«

Auf Miltons Schreibtisch stand eine stattliche Reihe kleiner, dicker Bände. Er nahm einen zur Hand, der von Pferderennen in Südamerika handelte, und schlug im Inhaltsverzeichnis nach.

»Sehen Sie, hier steht es. El Rey, von Diamant aus Monata, ein dreijähriger Hengst. Das heißt also, daß das Pferd jetzt vier Jahre alt ist«, fügte er hinzu, nachdem er nach der Jahreszahl auf der Titelseite gesehen hatte. »Hat acht Rennen mitgemacht, von denen es sechs als erster gewann. Ich möchte nur wissen, was Soltescu wieder im Schilde führt, wenn er dieses Pferd kauft. Es hat doch keinen Sinn, El Rey von der Rennbahn zuzurückzuziehen und in ein Gestüt zu schicken. Ich glaube auch gar nicht einmal, daß er ein großes Gestüt besitzt.«

Er schloß das Buch und stellte es wieder zu den anderen Bänden. Den ganzen Vormittag blieb er sehr nachdenklich und blätterte viel in anderen Sportbüchern. Er hatte die Nachricht in einem kleinen brasilianischen Blatt gelesen. Es erschien in einer Stadt, in deren Nähe das Alvarez-Gestüt lag.

Am Nachmittag erkundigte sich Milton bei den verschiedenen Agenturen brasilianischer Zeitungen, konnte jedoch keine weiteren Nachrichten über diesen merkwürdigen Kauf erhalten.

In einer führenden Tageszeitung von Rio fand er nur die Bemerkung, daß Sir George Brasilien einen kurzen Besuch abgestattet hätte und mit dem nächsten Dampfer wieder nach England zurückkehren würde.

»Dieser Tage muß er ankommen«, erklärte er, als er wieder in sein Büro kam. Er nahm den Hörer vom Telefon und ließ sich mit der La Plata-Dampfschiffahrtsgesellschaft verbinden. »Können Sie mir sagen, wann Ihr nächster Dampfer England erreicht? – Am Dienstagmorgen?« Er war schon im Begriff, wieder aufzulegen, als ihm noch etwas einfiel. »Ach, sagen Sie mir bitte, ist Sir George Frodmere an Bord dieses Dampfers?«

»Sir George benützt diese Linie nicht«, erklärte er, als er den Hörer auflegte. »Aber sie transportieren einige Pferde für ihn, darunter sicher El Rey. Der Dampfer kommt am Dienstag in Tilbury an. Das trifft sich gut, denn ich habe gerade auch in der Nähe zu tun, allerdings schon am Tag vorher.«

»Das ist Ihnen wohl eben erst eingefallen?« fragte Janet lächelnd.

»Nein, das hängt mit meiner Tätigkeit für Eric Stanton zusammen. Ich habe in der Beziehung ein ziemlich schlechtes Gewissen. Dauernd nehme ich seine Bezahlung an und habe noch nicht den mindesten Erfolg aufzuweisen. Bedenken Sie, daß ich ja gar nicht ernstlich die Absicht hatte, ein Detektivbüro zu eröffnen.«

Sie sah ihn an und runzelte leicht die Stirn.

»Wie meinen Sie denn das?« fragte sie langsam. »Wissen Sie, daß ich mir schon längst Gewissensbisse mache? Am Ende haben Sie dieses Büro nur aufgemacht, damit ich eine angenehme Stellung finde?«

Er schüttelte lachend den Kopf.

»Nein, da sind Sie doch zu argwöhnisch. Aber das schlimmste an Stantons Auftrag ist, daß ich nicht einmal eine Fotografie von der jungen Dame, die er sucht, zur Verfügung habe. Ich besitze kaum einen Anhaltspunkt und muß warten, bis ein Wunder geschieht. Und dafür bekomme ich zwölf Pfund wöchentlich von dem Mann.«

»Gibt es denn gar keine Möglichkeit, sich einige Anhaltspunkte zu verschaffen?«

»Das könnte man vielleicht. Bis jetzt habe ich nur herausgebracht, daß gleichzeitig mit Stantons Mutter auch eine alte Dienerin aus dem Hause verschwand. Sie hat wahrscheinlich die Frau und das Kind begleitet. Nun ist es mir vor kurzem gelungen, eine Verwandte dieser Dienerin aufzufinden, und ich hoffe, daß ich dadurch die Frau selbst ausfindig machen kann. Und dann lassen sich ja schließlich weitere Schritte unternehmen. Aber ich habe jetzt auch andere Dinge zu tun. Vor allem muß ich herausbekommen, warum Sir George Frodmere ein Rennpferd für Soltescu gekauft hat. Soweit ich bisher feststellen konnte, besitzt der Mann überhaupt kein Gestüt. Ich habe mich auch bei verschiedenen Rumänen erkundigt, die hier in London leben, und niemand weiß etwas davon.«

»Außerdem haben Sie aber noch einen großen Auftrag, den Sie hoffentlich nicht vergessen werden.«

»Ach, meinen Sie, daß ich Soltescus Schriftstücke über den Herstellungsprozeß des biegsamen Glases wiederfinden soll? Daran denke ich Tag und Nacht. Ich habe doch wirklich Glück, daß ich drei so bedeutende Fälle zu bearbeiten habe. Es sollte mich nicht wundern, wenn ich sie eines Tages alle drei zugleich lösen würde. Ja, ich muß wirklich sagen, daß ich großes Glück habe.« Er lächelte verschmitzt. »Jetzt können Sie mit mir Tee trinken, bevor Sie nach Hause gehen.«

Sie erhob sich und zog ihren Mantel an.

»Helfen Sie mir nicht, das ist nicht nötig.«

»Es tut mir leid, daß ich nicht sofort zur Stelle war«, entschuldigte er sich und stand schnell auf. »Ich werde in letzter Zeit tatsächlich nachlässig.«

»Sie denken zuviel nach.«

»Worüber denn?«

»Über Miss President«, erwiderte sie kühl.

Er schaute sie erstaunt an und lächelte dann wieder.

»Wieso über Miss President?« fragte er, als ob er nicht recht verstanden hätte.

»Sie haben in der letzten Zeit verschiedene Briefe von ihr oder über sie erhalten.«

Der Ton, in dem sie das sagte, behagte ihm durchaus nicht, wenn sie auch nur eine Tatsache festgestellt hatte.

»Ich mache Ihnen ja nicht den geringsten Vorwurf deswegen«, sagte sie und lächelte seltsam. »Sie ist sehr schön und anziehend. Aber Sie sollten sich deshalb nicht in der Arbeit stören lassen.«

»Aber um Himmels willen! Eric Stanton hat mir doch diese Briefe geschrieben! Außerdem beschäftige ich mich gar nicht viel mit ihr.«

»Das glauben Sie«, erwiderte sie und schüttelte den Kopf. »Aber ich weiß ganz genau, daß Sie die ganze Zeit nur an sie denken, und zwar so intensiv, daß ich direkt Ihre Gedanken fühle.«

»Da täuschen Sie sich aber gewaltig. Ich denke dauernd an jemand anders«, entgegnete er ruhig. »Und wenn mir überhaupt während der Bürostunden eine Frau in den Sinn kommt, dann ist es nicht Miss President.«

»Es wäre doch besser, Sie würden sich nicht selbst etwas vormachen«, sagte sie mit erstaunlicher Sicherheit.

»Aber Sie hören doch –«, begann er.

»Sie brauchen nicht so laut zu sprechen – ich will doch nur Ihr Bestes. Sie waren sehr liebenswürdig zu mir, Mr. Sands, und ich bin Ihnen dafür zu großem Dank verpflichtet. Das erkenne ich voll und ganz an.«

»Sie wollen mir doch nicht etwa jetzt ein Geschenk überreichen?« fragte er etwas spöttisch.

»Bitte, werden Sie nicht ironisch«, entgegnete sie und wurde rot. »Es ist häßlich von Ihnen, daß Sie mich so behandeln, Mr. Sands. Ich gehe nach Hause.«

»Sie trinken jetzt mit mir Tee.«

»Ich sage Ihnen, daß ich nach Hause gehe«, erklärte sie bestimmt.

»Aber erst, nachdem Sie Tee mit mir getrunken haben«, sagte er. »Nachher können Sie nach Hause gehen, aber bis sechs Uhr haben Sie Bürozeit. Und bis dahin ist noch eine halbe Stunde.«

»Dann bleibe ich solange hier im Büro.«

Sie zog ihren Mantel wieder aus.

»Sie sind wirklich eine schwer zu behandelnde junge Dame.« Er seufzte. »So etwas ist mir doch noch nicht vorgekommen, Janet.«

»Bitte, nennen Sie mich nicht bei meinem Vornamen«, erwiderte sie schnippisch und setzte sich an ihre Maschine.

Er nahm an seinem Schreibtisch Platz, und sie schwiegen beide einige Minuten.

»Sie sind eifersüchtig auf Mary President!« wandte er sich dann plötzlich an sie.

Sie fuhr in ihrem Drehstuhl herum und warf ihm einen wütenden Blick zu.

»Wie dürfen Sie das sagen?« rief sie hitzig.

»Ich bin ein Detektiv«, erwiderte er in scherzhaftem Ton. »Und Detektive können sich alles gestatten, vorausgesetzt, daß man sie für ihre Mühe gut bezahlt.«

»Sie wissen sehr wohl, daß ich nicht auf Mary President eifersüchtig bin. Weshalb sollte ich denn auch eifersüchtig sein? Sie können doch so viele Freundinnen haben, wie Sie wollen.«

»Da haben Sie allerdings recht. Aber in diesem besonderen Fall glaube ich, daß Sie Mary President nicht leiden können.«

»Nein, da irren Sie sehr. Sie denken, daß ich so kleinlich bin, um Ihretwillen eifersüchtig zu werden. Nein, Sie bilden sich zuviel ein. Ich interessiere mich absolut nicht für Ihre Herzensangelegenheiten.«

»Das kann nicht ganz stimmen, denn –«, begann er.

»Wenn es Ihnen recht ist, gehe ich jetzt nach Hause«, unterbrach sie ihn.

Sie erhob sich, aber diesmal war er rechtzeitig zur Stelle, nahm ihren Mantel aus dem Kleiderschrank und half ihr beim Anziehen. Sie mußte seine Dienste wohl oder übel annehmen.

Einen Augenblick blieb sie an der Tür stehen.

»Darf ich Sie bitten, mir morgen freizugeben? Ich möchte mir eine andere Stelle suchen«.

»In diesem Fall werde ich Sie sofort gerichtlich belangen, weil Sie mir nicht rechtzeitig gekündigt haben.« Er zwinkerte ihr freundlich zu. »Sie benehmen sich übrigens sehr undankbar mir gegenüber. Wenn Sie bedenken, daß ich –«

»Nun, was wollen Sie denn sagen? Sprechen Sie sich nur ruhig aus.«

»Ich wollte sagen, daß ich Sie liebe«, erklärte er frei und offen. »Ich denke nur an Sie, und ich möchte Sie glücklich und unabhängig machen. So, nun wissen Sie es.«

Sie stand etwas blaß und verwirrt an der Tür – ihre Augen glänzten. Langsam ging sie auf ihn zu und legte ihre Hände auf seine Schultern.

»Ich komme mit zum Tee«, sagte sie leise.

Dann lag sie in seinen Armen, und er küßte sie.

Als sie aus dem Haus traten, kam ihnen der Telegrafenbote entgegen und reichte Milton ein braungelbes Formular.

Er öffnete es, sah es durch und gab es Janet.

»Deine schlimmsten Befürchtungen erfüllen sich.«

Sie las:

Bitte besuchen Sie mich am Mittwoch in meiner Stadtwohnung. Mr. Eric Stanton hat mir geraten, daß ich mich an Sie wenden soll.

Mary President.

Sie schaute ihn lächelnd an.

»Das hat jetzt nichts mehr zu sagen«, erklärte sie sanft. »Ich war eifersüchtig . . . ich muß es eingestehen, aber jetzt bin ich es nicht mehr, Milton . . .«

»Nenne mich lieber Bill, Milton ist ein so schrecklicher Name.«

9

Soltescu hielt nicht viel von den meisten englischen Gebräuchen, und am wenigsten behagte ihm frühes Aufstehen. Aber an einem Aprilmorgen stand er trotzdem mit Sir George und Mr. Wilton an dem Pier in Tilbury und beobachtete die Ankunft des Dampfers »City of Incas«. Das weißgestrichene Schiff sah nach der langen Reise grau und schmutzig aus, und große braune Rostflecken hatten sich überall eingenistet.

Sir George schlug seinen Mantelkragen hoch und ging an Bord des Schiffes, als die Landungsbrücke befestigt war.

Sie suchten den Zahlmeister und fanden ihn beim Frühstück in seiner großen Kabine.

»Es stimmt – wir haben verschiedene Pferde für Mr. Soltescu an Bord.«

»Hier ist der Herr selbst«, erklärte Sir George. »Die Pferde sollen morgen nach Rumänien geschickt werden. Wie hat denn El Rey die Fahrt überstanden?«

»Der ist frisch und fidel«, entgegnete der Zahlmeister begeistert. »Wirklich ein brillantes Pferd! Ich habe noch nie einen so vorzüglichen Renner gesehen. Eigentlich war ich ja etwas besorgt um ihn, aber er hat die Reise glänzend überstanden. Er hat gut gefressen, und außerdem war die Überfahrt verhältnismäßig ruhig. Ich glaube, daß Sie keine Schwierigkeiten mit ihm haben und ihn hier bald wieder ins Rennen stellen können.«

»Er soll nicht mehr an Rennen teilnehmen«, erwiderte Sir George kurz. »Er wird sofort nach Rumänien in das Gestüt von Monsieur Soltescu geschickt.«

Der Zahlmeister verstand etwas von Pferden und schüttelte den Kopf.

»Das ist aber schade«, meinte er bedauernd. »Das Tier ist erst vier Jahre alt und in allerbester Form. Es könnte noch manches Rennen gewinnen. Aber das ist ja schließlich Ihre Sache und geht mich nichts an.«

Sir George mußte als Soltescus Agent noch mehrere Schriftstücke ausfertigen und unterschreiben.

»Wann fahren Sie denn wieder ab?« fragte er nebenbei.

»Ausgerechnet einen Tag vor dem Derby. Es tut mir unendlich leid, daß ich das Rennen nicht sehen kann.«

Sir George atmete erleichtert auf. Es war ihm nur angenehm, daß der Zahlmeister nicht nach Epsom kommen konnte, denn er hatte allen Grund, dessen Anwesenheit zu fürchten.

Eine halbe Stunde nach der Ankunft des Dampfers führte ein Jockey das brasilianische Rennpferd die Landungsbrücke hinunter in die kleinen Gassen des Hafenviertels von Tilbury. Die drei gingen hinterher.

»Wohin bringen wir den Gaul jetzt?« fragte Mr. Wilton.

»Das werden Sie schon erfahren«, erwiderte Sir George ärgerlich. Stellen Sie doch nicht immer so dumme Fragen, Toady.«

Mr. Wilton schwieg mürrisch.

Sie hatten einen weiten Weg vor sich, und er liebte es nicht, zu Fuß zu gehen. Zwei Kilometer vor der Stadt trafen sie ein Transportauto für Pferde, und El Rey wurde darin verladen. Ein anderes Auto wartete auf die drei, und sie fuhren in Richtung London voraus.

In Shadwell gibt es viele kleine Ställe, in denen die Gemüsehändler ihre Pferde über Nacht unterstellen. Sie sehen sehr vernachlässigt und schmutzig aus. In dieser Gegend endete die Fahrt. Sir George hatte das Auto halten lassen und dann an einen verabredeten Platz geschickt. Er öffnete selbst ein Vorhängeschloß an einer Hoftür und ging zu dem Stallgebäude hinüber. Als er die Tür aufmachte, konnte er im Dunkeln nichts sehen, aber das Rasseln einer Kette verriet, daß der Stall besetzt war. Das Grundstück lag am Ende einer kleinen Sackgasse, und dieser Stall erwies sich als sehr günstig für Sir George. Hier konnte er kaum beobachtet werden, und es spielte sich auf diesem kleinen, düsteren Hof manches ab, was das Licht der Öffentlichkeit zu scheuen hatte.

»Warten Sie am Tor, Toady«, sagte Sir George, »und passen Sie auf, wenn der Transportwagen kommt. Sobald er um die Ecke biegt, öffnen Sie die beiden Torflügel. Machen Sie aber sofort wieder zu, wenn er auf den Hof gefahren ist.«

Das war gerade keine geeignete Beschäftigung für den eleganten Wilton, aber er erhob keinen Widerspruch. Lange brauchte er auch nicht zu warten, denn gleich darauf tauchten die Umrisse des großen Lastautos auf.

»Nun wollen wir uns das Pferd einmal ansehen«, meinte Sir George, als El Rey ausgeladen und von den Decken befreit worden war.

Es war ein tadelloser Grauschimmel mit einem wunderbar modellierten Körper. Für sein Alter war er etwas klein, aber in bester Verfassung.

»Der wird das Rennen machen«, erklärte Sir George. »Wie schaut denn nun das andere Tier aus?«

Er ging zu dem Stall und öffnete weit die Tür. Das Pferd, das in der äußersten Ecke stand, wandte den Kopf nach ihm um. Es war ebenfalls grau, aber nicht im mindesten gepflegt und so abgemagert, daß man alle seine Rippen sehen konnte. Niemand hätte in ihm den Portonius vermutet, der als Zweijähriger ohne Klassierung manche Rennen mitgemacht hatte. Und am allerwenigsten hätte jemand daran gedacht, daß dieser selbe Portonius für das Derby genannt war und daß die Buchmacher für ihn Wetten auf zwanzig zu eins abschlossen. Sir George schien darüber nachzudenken, denn er lächelte sarkastisch.

»Was würden die Buchmacher wohl sagen, wenn sie ihn in dieser Verfassung sähen?«

»Die würden Wetten auf tausend zu eins ohne Bedenken annehmen«, entgegnete Toady.

Das schlechtgefütterte Tier sah sich nach seinem Herrn um, und wenn Sir George auch nur einen Funken von Gefühl gehabt hätte, wäre ihm dieser vorwurfsvolle Blick nicht gleichgültig geblieben. Aber er kannte keine sentimentalen Anwandlungen.

»Bringen Sie El Rey in den nächsten Stall.«

Der Jockey führte den Auftrag aus.

»Morgen früh kommt er nach Cornwall«, sagte Sir George. »Aber was machen wir nun mit Portonius?« wandte er sich an den Jockey.

»Am besten geben wir ihm eine Kugel«, entgegnete Buncher.

Sir George schüttelte den Kopf.

»Lieber nicht. Wir müßten einen Pferdeschlächter rufen, und der versteht so viel von Pferden, daß er sofort ein Vollblut erkennt. Nein, das dürfen wir nicht tun. Ich habe mir aber etwas anderes überlegt. Wie heißt doch der Mann, der Ihnen manchmal hier hilft?«

»Flickey. Seinen eigentlichen Namen weiß ich nicht. Er treibt sich hier gewöhnlich in den Kneipen herum. Wenn man ihm ein paar Glas Bier spendiert, tut er alles, was man von ihm verlangt.«

»Haben Sie mir nicht erzählt, daß er mit der Polizei in Konflikt kam, weil er alte, ausgediente Pferde nach Antwerpen verschiffte?«

Buncher nickte grinsend.

»Ach so, jetzt verstehe ich, was Sie wollen«, meinte er.

»Ja, das ist das beste«, erwiderte Sir George. »Holen Sie Flickey, daß er den Gaul heute abend noch fortschafft. Er kann ihn wegbringen, ohne Geld dafür zu verlangen. Auch wünsche ich nicht, daß irgendwelche Papiere darüber ausgefertigt werden. Wir tun so, als ob das Pferd schon bezahlt ist. In ein paar Tagen ist Portonius in Antwerpen, und wir hören und sehen nie wieder etwas von ihm. Das ist der einzig sichere Weg. Der Handel mit alten Pferden ist sehr unbeliebt, und die Leute, die sich damit abgeben, halten den Mund. Und je weniger Leute darüber sprechen, desto besser ist es.«

Er wandte sich an den Rumänen.

»Sie sehen, daß die Sache klappt, Mr. Soltescu. Ich glaube, wir brauchen Sie jetzt nicht mehr zu belästigen. Haben Sie übrigens noch etwas von Ihrer vermißten Mappe gehört?«

Soltescu schüttelte den Kopf.

»Ich fürchte auch, daß ich nie wieder etwas von der wertvollen Formel sehen werde.«

»Ja, die Sache war wohl eine Million wert«, meinte Sir George.

»Was fällt Ihnen ein!« Soltescu lachte bitter. »Eine Million? Drei, fünf Millionen mindestens! Wissen Sie, daß Ende nächsten Monats eine Glasausstellung in Frankreich eröffnet wird? Man hat eine Belohnung von hunderttausend Pfund für denjenigen ausgesetzt, der biegsames Glas herstellen kann.«

»Da sollte man doch denken, daß der alte President sich um den Preis bewirbt?« Sir George runzelte die Stirn.

»Ich glaube nicht«, sagte Soltescu. »Ich kann mich noch sehr gut darauf besinnen, wie kompliziert der Herstellungsprozeß war. Sicherlich hat er versucht, die Formel wieder zu rekonstruieren, aber ich glaube kaum, daß es ihm gelungen ist. Wahrscheinlich wurden ihm die Schriftstücke während seiner schweren Krankheit gestohlen.«

»Woher wissen Sie denn davon?« fragte Sir George erstaunt.

»Der Mann, der mir das Fabrikationsgeheimnis verkaufte, hat es mir gesagt. Übrigens kommt er demnächst nach London.«

»Könnte der Ihnen denn keinen Aufschluß über die Formel geben?«

Soltescu machte ein trauriges Gesicht.

»Ich habe bereits darüber mit ihm verhandelt. Er weiß natürlich noch verschiedenes, aber das Wichtigste hat er vergessen. Wir haben auch schon verschiedene Experimente zusammen gemacht, aber keine Resultate erzielt.«

»Ist mir der Mann eigentlich bekannt?« fragte Sir George interessiert.

Während des Gespräches hatten sie den kleinen Hof verlassen und gingen jetzt durch die schmutzigen Straßen von Shadwell.

»Sie haben wahrscheinlich schon von ihm gehört.« Soltescu lachte verschmitzt. »Es ist ein Graf –«

»Ach, ist es der?« Der Baron sah ihn erstaunt an. Er hat doch in Monte Carlo die Bank gesprengt?«

»Ja, ganz recht. Er ist dann nach Paris gefahren, wo er ein Leben in Saus und Braus führte. Da er jetzt über viel Geld verfügt, fürchtet er sich auch nicht mehr vor John President und wagt sich nach London.«

»Graf Colini«, sagte Sir George nachdenklich.

»Diesen Namen hat er sich allerdings erst nach seinem großen Erfolg zugelegt«, erwiderte der Rumäne lachend.

»Ich möchte ihn eigentlich näher kennenlernen«, erklärte Sir George. »Ein Mann mit einem so großen Vermögen kann einem immer nützlich sein.«

Einen Augenblick begegneten sich ihre Blicke, und sie verstanden einander vollkommen.

»Er wird Ihnen nicht soviel nützen wie ich«, meinte der Rumäne.

Sie standen vor dem Wagen. Mit einem kurzen Nicken verabschiedete sich Soltescu und fuhr davon.

An demselben Abend um halb neun ging Mr. Flickey etwas unsicher zu dem Stallgebäude, das Sir George in Shadwell gemietet hatte. Buncher gab ihm dort die letzten Anweisungen.

»Wenn jemand Sie anhält und fragt, wohin Sie den Gaul führen, sagen Sie, daß Sie ihn zum Tierarzt nach Camden Town bringen.«

»Lassen Sie mich nur machen«, erklärte Flickey selbstbewußt. »Ich habe nicht umsonst meine Zeit hauptsächlich im Gefängnis zugebracht. Da lernt man allerhand. Wird für den Gaul bezahlt, wenn ich ihn abliefere?«

»Nein, darum brauchen Sie sich nicht zu kümmern. Ihre zehn Schilling haben Sie ja schon in der Tasche. Sie sollen das Pferd nur den Leuten übergeben, die die Pferdetransporte nach Antwerpen besorgen. Weiter haben Sie nichts zu tun.«

»Ja, die Firma kenne ich gut.«

»Und nun machen Sie, daß Sie fortkommen«, sagte Buncher ärgerlich.

Flickey verschwand mit seinem Pferd durch das Tor und wandte sich später zur Commercial Road. Es kam ihm etwas unheimlich auf der großen Straße vor, auf der viele Polizisten zu sehen waren, denn er hatte nicht die geringste Absicht, mit ihnen in Berührung zu kommen. Nach einer Viertelstunde bog er jedoch in eine ruhige, verlassene Straße ein und kam an einer Kneipe vorbei. Die hellerleuchteten Fenster besaßen eine besondere Anziehungskraft für ihn, der er nicht wiederstehen konnte. Er hielt an und sah sich um. Aber er konnte nur einen einzigen Menschen in der Nähe entdecken, einen schlampigen Mann, der mit den Händen in den Hosentaschen hinter ihm herging. Mr. Flickey fühlte, daß jetzt der Augenblick gekommen war, in dem er unbedingt etwas trinken mußte. Außerdem fiel ihm ein, daß es kurz vor Torschluß war. Der Mann, den er bemerkt hatte, schlenderte gerade langsam an ihm vorüber.

»Hallo, Bill!« rief ihn Flickey an.

Er wußte zwar nicht, ob der Mann Bill hieß, aber diesen Anruf hielt er für eine freundliche Einleitung, da er den Mann um einen Gefallen bitten wollte.

»Halten Sie doch mal dieses Pferd fünf Minuten lang«, sagte er. »Sie kriegen nachher auch ein Trinkgeld, wenn ich wieder aus der Kneipe komme.«

»Gemacht!« entgegnete der andere sofort bereitwillig.

Er war groß und sehr schlecht gekleidet. Flickey betrachtete ihn und gewann den Eindruck, daß der Mann bessere Tage gesehen haben mußte. Das schloß er auch aus seiner Sprache und seinen Bewegungen.

»Wo kommt der Gaul denn hin?« fragte der Fremde, der das Pferd neugierig musterte.

»Das geht Sie nichts an«, erklärte Flickey brummig. »Stellen Sie keine dummen Fragen, dann bekommen Sie keine falschen Antworten. Man muß nicht allen Leuten gleich alles auf die Nase binden.«

»Nichts für ungut«, erwiderte der andere und nahm den Zügel des Pferdes.

»Aber Ihnen kann ich es ja im Vertrauen sagen«, meinte Flickey gnädig. »Der kommt nach der Knochenmühle.«

»Was, zum Abdecker?«

»Nein, das gerade nicht«, entgegnete Flickey, der keine Neuigkeit für sich behalten konnte. »Ich bringe ihn zu einem Freund, der schickt ihn per Schiff fort.«

»Aha, ich verstehe.«

»Ich bleibe keine fünf Minuten aus«, sagte Flickey noch, als er sich in der Tür umdrehte.

Aber in der Stube war es gemütlich warm, und er konnte seinen gewaltigen Durst löschen, da er Geld in der Tasche hatte.

Die fünf Minuten wurden zu zehn – zu fünfzehn – und schließlich kam Flickey noch mit einem Mann ins Gespräch, der eine ihm entgegengesetzte Meinung über Politik vertrat. Eine Dreiviertelstunde war vergangen, als ihm zum erstenmal wieder einfiel, daß er noch einen Auftrag zu erledigen hatte.

»Jetzt muß ich aber machen, daß ich fortkomme«, sagte er

und schaute auf die große Uhr über dem Büfett. Dann taumelte er zu der Tür.

»Verdammt, ich habe ziemlich schwer geladen. Wenn ich bloß nicht zwei Pferde sehe«, brummte er, als er auf die Straße trat.

Aber davor blieb er bewahrt, denn als er hinauskam, konnte er nicht einmal *ein* Pferd sehen. Der Gaul und sein Wächter waren vollkommen von der Bildfläche verschwunden.

Flickey starrte bestürzt vor sich hin, ging dann langsam zur nächsten Straße und schaute um die Ecke, aber auch da war keine Spur zu finden. Er öffnete sogar die gute Stube der Kneipe, denn es kam ihm plötzlich der absurde Gedanke, daß sich der Mann mit dem Pferd dort niedergelassen haben könnte. Bald beruhigte er sich aber wieder. Er hatte ja seine Bezahlung schon im voraus bekommen, und deshalb hatte er ein gutes Gewissen.

»Na, meinetwegen soll er den Gaul heiraten«, brummte er, trollte sich nach Hause und sank schwer ins Bett. Als er am nächsten Morgen erwachte, hatte er alles vergessen, was sich am vorigen Abend zugetragen hatte, und als Buncher ihn später fragte, ob er das Pferd richtig abgeliefert hätte, zögerte er keinen Augenblick mit der Antwort.

»Ja, ich habe den Gaul dem Mann gegeben, und er hat sich obendrein noch freundlich dafür bedankt«, erklärte er seelenruhig.

10

In dem kleinen, aber hübschen Wohnzimmer der Presidentschen Stadtwohnung waren überall Blumen aufgestellt, und Mary ordnete gerade einen Strauß in einer Vase, als es klopfte.

Milton Sands trat ein, lächelte sie an und reichte ihr die Hand.

»Ich muß die Gelegenheit wahrnehmen und habe Sie deshalb hergebeten, während Großvater auf dem Lande ist. Mr. Stanton hat mir Ihre Adresse gegeben. Ich bin sehr beunruhigt, denn bei uns wurde eingebrochen.«

»Aber würden Sie sich in diesem Fall nicht besser an die Polizei wenden?«

»Unter gewöhnlichen Umständen wäre das sicher das beste, aber es handelt sich hier um eine außergewöhnliche Sache.«

Er nahm in einem Sessel Platz und hörte ihren Bericht an. Zuerst erzählte sie ihm davon, daß schon auf der Fahrt von Nizza nach Paris jemand versucht hätte, in ihre Kabine einzudringen.

»Vor einer Woche«, fuhr sie fort, »wachte ich mit dem Gefühl auf, daß jemand in meinem Zimmer sein müßte. Dann sah ich den Schein einer elektrischen Taschenlampe, und es war mir sofort klar, daß jemand die Schubladen meines Schreibtisches durchsuchte. Ich sprang aus dem Bett und erkannte gerade noch, wie der Mann, der ins Zimmer eingedrungen war, schnell durch die Tür entwischte. Ich konnte nur kurz seine Silhouette gegen das Fenster sehen, aber es war bestimmt der Kerl, der damals in meine Schlafwagenkabine eindringen wollte.«

»Ich verstehe«, sagte Milton langsam, und er hatte tatsächlich die Bedeutung dieses Einbruchs erkannt. Soltescu glaubte, daß sich die wertvolle Formel in Miss Presidents Besitz befand.

»Wo hält sich Ihr Großvater zur Zeit auf?«

»In Sussex. Wir haben ein kleines Haus auf dem Gelände, wo Donavan für das Derby trainiert wird. Ich bin extra zur Stadt gefahren, um mit Ihnen zu sprechen.«

»Wäre es möglich, daß Sie heute abend noch nach Sussex zurückkehrten?«

Sie sah ihn erstaunt an.

»Natürlich, möglich wäre das schon. Mein Großvater würde es sogar begrüßen, wenn ich bald zurückkäme. Aber ich hatte mir eigentlich vorgenommen, ein paar Tage in der Stadt zu bleiben.«

Er dachte eine Weile nach.

»Fahren Sie bitte morgen wieder ab«, sagte er dann. »Ihr Großvater bleibt doch sicher noch längere Zeit auf dem Lande?«

»Ja, bis zu den Rennen in Epsom. Er hat Donavan für das Derby gemeldet.«

»Das trifft sich gut«, erwiderte Milton vergnügt. »Und nun werden wir einen Geldschrank mieten.«

Sie schaute ihn wieder verwundert an.

»Ja, wir mieten einen Geldschrank«, wiederholte er, »und ich schicke ihn in Ihre Wohnung. Ich kenne eine gute Firma, wo man sie billig haben kann.«

»Ich brauche doch keinen Safe! Ich habe ja gar nichts hier, was ich darin einschließen könnte.«

»Aber wenn ich Ihnen einen Safe schicke, haben Sie doch nichts dagegen, daß er in Ihr Zimmer gestellt wird?«

»Nein, das gerade nicht«, entgegnete sie lächelnd. »Aber es ist doch direkt Geldverschwendung.«

»Sie vergessen, daß ich ein Detektiv bin, Miss President. Das ist eine ganz interessante, manchmal kostspielige Beschäftigung, und Sie können sich wohl denken, daß ich nicht Geldschränke miete, wenn ich nicht eine ganz besondere Veranlassung dazu habe. Wenn Sie die Sache noch nicht ganz durchschauen, müssen Sie mir eben Vertrauen schenken. Jeder Detektiv hat seine Geheimnisse.«

»Gut, dann werde ich tun, was Sie wollen.«

»Ich habe aber noch eine andere Bitte. Würden Sie so liebenswürdig sein und mir Ihren Hausschlüssel geben, damit ich während Ihrer Abwesenheit die Verwaltung des Hauses übernehmen kann?«

»Selbstverständlich.«

»Ich werde mich um alles kümmern. Und machen Sie sich wegen des Einbruchs keine bösen Gedanken mehr.«

»In letzter Zeit sind aber so viele Einbrüche vorgekommen – die ganzen Zeitungen sind voll davon«, sagte sie nervös. »Ich habe auch gelesen, daß ein Schwerverbrecher ausgebrochen ist.«

»Das ist alles nicht so gefährlich. Wir werden ja bald sehen, wie sich die Dinge weiter entwickeln. Und was den entsprungenen Sträfling angeht –« Plötzlich hielt er ein. »Da kommt mir eine famose Idee!« Er lachte, sagte ihr aber nicht, was für ein guter Gedanke ihm gekommen war, sondern änderte das Gesprächsthema und fragte nach Eric Stanton.

Sie äußerte sich nur sehr vorsichtig über den jungen Mann, und aus ihrer Zurückhaltung erriet Milton alles, was er wissen wollte.

Als er in die Stadt ging, sprach er bei der Firma vor, die Geldschränke zu vermieten hatte, und suchte den größten aus, den er finden konnte. Der Inhaber des Geschäfts billigte die Wahl nicht.

»Das ist nur eine ganz leichte Konstruktion«, sagte er und klopfte dabei an die Wände. »Der Kasten ist weder feuer- noch diebessicher. Eigentlich nur ein Schaustück zum Ausstellen. Für den praktischen Gebrauch ist er in keiner Weise geeignet.«

»Aber es ist gerade der richtige Schrank für mich«, erklärte Milton. »Hübsch und leicht. Schicken Sie ihn noch heute so schnell wie möglich an die Adresse, die ich Ihnen angegeben habe.«

Am nächsten Morgen suchte er Miss President wieder auf. Sie lachte, als er kam, aber sie gestand ihm offen, daß sie etwas enttäuscht sei.

»Der Schrank nimmt entsetzlich viel Platz ein und macht sich sehr schlecht in meinem Schlafzimmer.«

»Darf ich mir das Möbel einmal ansehen?«

Ihr Mädchen führte ihn in den Raum. Der Safe war tatsächlich viel zu groß für das kleine Zimmer. Man sah kaum etwas anderes als das große, grünlackierte Möbel mit den goldenen Verzierungen.

»Großartig«, sagte Milton und betrachtete ihn voll Bewunderung. Dann wandte er sich an das Mädchen. »Sind Sie Amerikanerin?«

Sie wurde ein wenig rot.

»Ja – aber warum fragen Sie danach? Ich kam vor drei Monaten aus den Staaten.«

»Sind Sie früher in Europa gewesen?«

»Nein.«

»Sie haben auch noch nicht in Frankreich gelebt?«

»Nein«, entgegnete sie leichthin.

Als er die Treppe hinunterging, schien er angestrengt über diese Antwort nachzudenken.

Unten fragte er Miss President unvermittelt nach dem Namen ihres Dienstmädchens.

»Ich habe sie erst vierzehn Tage bei mir«, erklärte Mary. »Sie wurde mir von Sir George Frodmere empfohlen.«

»Dann kennen Sie Sir George also doch gut.«

»Nur oberflächlich.« Sie runzelte leicht die Stirn. »Die Sache kam auch ganz zufällig. Mein Mädchen kündigte plötzlich, und er empfahl mir diese neue Kraft so dringend, daß ich versprach, sie einzustellen. Unser eigenes Mädchen bekam eine so gute Stelle, daß ich sie nicht davon abhalten wollte.«

»Können Sie mir vielleicht sagen, wer sie eingestellt hat?«

»Ja, sie gab mir die Adresse, damit ich ihre Post nachschicken kann. Sie ist nämlich verlobt. Ich will einmal sehen, ob ich sie finde . . .«

Sie ging aus dem Zimmer und kam bald darauf mit einem Notizbuch zurück.

»Hier habe ich es. Sie ist jetzt bei Mrs. Gordon Thompson beschäftigt.«

Milton grinste. Mrs. Gordon Thompson war die Schwester von Sir George Frodmere, eine ältere Dame, die viel in der Gesellschaft verkehrte und leidenschaftlich gern Bridge spielte. Man erzählt sich allerhand Geschichten darüber, wie ungern sie ihre Spielschulden zahlte.

Die Sache war vollkommen durchsichtig. Frodmere brauchte eine Verbündete in dem Haus und hatte deshalb seine Schwester überredet, Marys Dienstmädchen für ein höheres Gehalt wegzuengagieren. Und an ihrer Stelle hatte er diese Person eingeschoben. Milton hatte sie auf den ersten Blick erkannt. Er hatte sie bei mehreren Gelegenheiten in Monte Carlo gesehen, und zwar immer in der Gesellschaft Bud Kitsons. Dort und auch an anderen Plätzen galt sie als die Frau des Amerikaners.

»Wann fahren Sie ab, Miss President?«

»Heute nachmittag.«

»Nehmen Sie Ihr Mädchen mit?«

Mary runzelte die Stirn.

»Das muß ich mir noch überlegen. Ich hatte ja zuerst nicht die Absicht, London so schnell wieder zu verlassen.«

»Darf ich Ihnen einen Rat geben? Beurlauben Sie das Mädchen mit vollem Gehalt. Sagen Sie ihr, daß sie in der nächsten Woche nicht gebraucht wird.«

»Aber das ist ihr vielleicht unangenehm?«

»Das glaube ich kaum«, entgegnete Milton trocken. »Mit welchem Zug fahren Sie?«

»Um fünfzehn Uhr fünfundzwanzig.«

»Ich werde am Bahnhof sein, um mich von Ihnen zu verabschieden. Können Sie mir den Hausschlüssel jetzt geben?«

Sie nahm ihn aus ihrem Täschchen.

»Ich hoffe, daß Sie nach Ihrer Rückkehr nie wieder gestört werden.«

»Ich möchte Sie noch etwas fragen«, sagte sie, als er im Begriff war fortzugehen. »Was soll ich denn eigentlich in den Geldschrank legen?«

»Nichts.« Er dachte eine Weile nach. »Wenn Sie wollen, können Sie ja ein paar Schriftstücke dort unterbringen, die keinen Wert für Sie haben. Aber schließen Sie die Tür sorgfältig zu. Es wird vielleicht viel interessanter, wenn Sie die Papiere in den Safe tun. Es können alte Rechnungen sein. Vielleicht haben Sie auch noch irgendeinen Kasten, in den sie gelegt werden können.«

»Ja.«

»Das ist gut. Sagen Sie dem Mädchen noch, daß sie alle Fenster und Türen gut verschließen soll, bevor sie das Haus verläßt, und daß sie der Polizei von ihrer Abwesenheit Mitteilung macht.«

»Das könnte ich eigentlich auf meinem Weg zum Bahnhof selbst tun.«

»Nein, geben Sie dem Mädchen den Auftrag. Wozu soll man alles selbst machen, wenn man Dienstboten hat?«

Abends um halb zwölf stieg Bud Kitson aus einer Taxe, zahlte den Chauffeur und ging dann die Straße entlang, bis er zu dem Haus John Presidents kam. Ohne Zögern schritt er auf die Tür zu, schloß auf und betrat die Diele. Mit seiner elektrischen Taschenlampe leuchtete er in dem leeren Raum umher, dann ging er weiter zum Speisezimmer und grinste, als er ein Glas, eine

Whiskyflasche und Sodawasser auf dem Tisch sah. Sicher hatte seine Frau das alles für ihn bereitgestellt. Er mischte sich ein Glas und trank es, bevor er sich seiner Aufgabe zuwandte. Im Licht der Taschenlampe wählte er die nötigen Werkzeuge aus und stieg dann ruhig die Treppe zum oberen Stockwerk hinauf. Er kannte die Lage von Mary Presidents Zimmer genau, denn er betrat das Haus nicht zum erstenmal. Mit Bestimmtheit rechnete er damit, daß er heute Erfolg haben würde.

Die entwendeten Dokumente mußten hier zu finden sein – davon war er fest überzeugt. Die Ankunft des großen Geldschranks bewies ihm das zur Genüge. Sonst hätte er diesen Versuch vielleicht überhaupt nicht gemacht. Er war sogar sehr froh darüber, daß sich die Leute einen Safe zugelegt hatten, denn das beschränkte seine Nachforschungen. Er wußte nun genau, wo er die Papiere finden konnte. Als er oben ankam, untersuchte er den neuen Geldschrank und lächelte verächtlich. Das war ja eine ganz altmodische Konstruktion, die man beinahe mit einem Taschenmesser öffnen konnte! Er wählte einen Schlüssel und versuchte, die Tür aufzumachen, aber sie gab nicht nach. Sein geübtes Ohr vernahm allerdings einige Geräusche, die erkennen ließen, daß er bei weiteren Bemühungen Erfolg haben würde. Und gleich darauf hatte er sein Ziel auch erreicht.

Aber es blieb ihm keine Zeit, sich um den Inhalt des Geldschranks zu kümmern, denn plötzlich war das Zimmer hell erleuchtet. Schnell wandte er sich um.

»Hände hoch!« befahl Milton Sands, der seine Browningpistole auf den Einbrecher gerichtet hielt.

»Hallo!« antwortete Bud ruhig. »Wie geht es Ihnen, Mr. Sands?«

»Verhältnismäßig gut«, entgegnete Milton vergnügt. »Kommen Sie näher, damit ich Sie durchsuchen kann.«

Aber das war eigentlich nicht nötig, denn Bud Kitson hatte sich nicht die Mühe gemacht, eine Schußwaffe einzustecken.

»Setzen Sie sich dorthin«, sagte Milton und zeigte auf einen Stuhl. »Oder noch besser, Sie kommen nach unten mit, da können Sie wenigstens rauchen. Geben Sie mir einmal Ihre Lampe.«

Er nahm sie ihm aus der Hand und wies nach der Tür. Bud ging nach unten, und Milton folgte ihm auf dem Fuß. So kamen sie in das Speisezimmer.

»Drehen Sie das Licht an. Sie können es ruhig tun, denn ich wohne hier.«

»Was haben Sie eigentlich vor, Mr. Sands?«

Bud war sehr verärgert, daß sein Abenteuer so enden sollte.

»Ich habe mich noch nicht entschieden, was ich tun werde. Jedenfalls ist es ein ganz interessantes Spiel – für Sie allerdings weniger angenehm. Wie geht es Maisie?« fragte er freundlich.

Kitson grinste.

»Ich dachte mir gleich, daß Sie hinter die ganze Geschichte kommen würden, wenn Sie Maisie sähen.«

»Ich wußte es schon vorher. Sagen Sie mir jetzt, was wollen Sie denn hier im Haus? Suchen Sie nach den Schriftstücken, die Soltescu verloren hat?«

»Aus mir bekommen Sie nichts heraus«, entgegnete Kitson abweisend.

»Das werden wir noch sehen. Ich bin sogar davon überzeugt, daß Sie mir alles sagen werden, was ich wissen will. Sollte meine Ahnung in dieser Beziehung nicht in Erfüllung gehen, übergebe ich Sie der Polizei, und alle Ihre Komplicen werden dann wahnsinnig über Sie fluchen, denn sie kommen dann auch vor Gericht und müssen die größten Meineide leisten, wenn man sie nach Ihnen und ihren Beziehungen zu Ihnen fragt. Eins kann ich Ihnen übrigens sagen, Bud. Wenn Sie hier nach der Formel für Soltescu suchen, vergeuden Sie nur Ihre Zeit. Da müssen Sie sich schon anderswo umtun. Und wenn Sie nicht vermuten können, wer die Dokumente in jener Nacht gestohlen hat, kann ich Ihnen auch nicht helfen.«

»Meinen Sie, Sir George hat die Mappe?« fragte Kitson schnell.

»Ich will keine Namen nennen«, entgegnete Sands diplomatisch.

Bud fühlte eine merkwürdige Müdigkeit und versuchte krampfhaft, sie zu überwinden. Er konnte sich die Ursache dafür nicht erklären, denn er war durchaus gesund und an diesem Tag erst spät aufgestanden. Was sollte das nur bedeuten? Schließlich fiel sein Blick auf die Whiskyflasche, und er begriff langsam. Er machte eine Anstrengung, sich von seinem Stuhl zu erheben.

»Bleiben Sie sitzen«, befahl Milton.

Kitson gehorchte willenlos.

»Sie haben mich vorhin gefragt, was ich vorhabe. Es tut mir leid, daß ich Ihnen das nicht sagen kann, aber glauben Sie mir, wir beide haben in der nächsten Zeit noch manches miteinander zu besprechen.«

Buds Kopf sank auf die Brust. Er wollte noch etwas sagen, wurde aber bewußtlos und fiel vom Stuhl.

Sands trug die Whiskyflasche und das Glas in die Küche, leerte beide und wusch sie sorgfältig aus. Dann ging er ins Speisezimmer zurück und füllte die Whiskyflasche von neuem.

»Ich bin nun ein wirklicher Detektiv geworden«, sagte er voll Selbstbewunderung, als er auf den besinnungslosen Kitson schaute. »Also, mein lieber Bud, Sie werden jetzt ein seltsames Abenteuer erleben.«

Vergnügt packte er das Kleiderbündel aus, das er vor einigen Stunden ins Haus gebracht hatte.

11

Sir George Frodmere war ein geldgieriger Mann. Besonders interessierte er sich für große Summen und für die Leute, die über sie verfügten.

Er besaß ein Landgut in Cornwall. Das große Herrenhaus betreute der Hausmeister Gillespie mit einem Stab von Dienstboten in mustergültiger Weise. Er war ein braver, ehrenwerter Mann, der schon seit langem bei der Familie diente. Sir George hatte aber leider nicht das nötige Geld, um ein standesgemäßes Leben auf seinem Landgut zu führen. Er bezog nur ein kleines Einkommen aus den Zahlungen der Pächter, und diese Summe genügte bei weitem nicht, um seine Ansprüche zu befriedigen.

Vermögen hatte er ebensowenig wie sein Vater. Dieser war allerdings mit den geringen Einkünften ausgekommen, weil er einfach und sparsam gelebt hatte. Sir George aber liebte Eleganz und Luxus, schränkte sich nicht gern ein und konnte dem schlichten Landleben wenig Geschmack abgewinnen. Um so mehr begrüßte er es jetzt, daß Graf Colini nach London kommen wollte.

Einer seiner Vertrauten hatte ihm schriftlich davon Mitteilung gemacht:

»Ich habe Colini einen Einführungsbrief an Sie mitgegeben. Er nennt sich zwar selbst Graf, ist aber seiner Sprache nach ein Londoner Kind aus dem Osten. Vielleicht ist er auch in Melbourne geboren. Mag dem sein, wie ihm wolle, er hat in Monte Carlo die Bank gesprengt, außerdem hat er auch sonst noch große Gewinne beim Bakkarat erzielt. Ich habe Geld an ihm verdient, aber noch nicht viel, denn er ist im Grunde genommen sehr argwöhnisch. Hoffentlich gelingt es Ihnen, ihn gehörig zur Ader zu lassen. Er hat die Absicht, sich in London umzusehen. Schicken Sie mir ein kleines Geschenk, wenn Sie Erfolg mit ihm haben. Übrigens spricht er immer von einem gewissen John President, und trotz seiner großartigen Prahlereien scheint er doch etwas Angst vor dem Mann zu haben. Vielleicht können Sie etwas daraus machen.«

Sir George hatte nicht die Absicht, sein Gut Pennwaring zu verlassen, bis er über die Erfolge Bud Kitsons Nachricht erhalten hatte. Aber als ihm kurz darauf Graf Colini auf einem Briefbogen des Savoy-Hotels seine Ankunft mitteilte, zögerte der Baronet nicht länger, nach London abzureisen.

Er suchte den Grafen sofort auf und fand ihn in Hemdsärmeln und Strümpfen in seinem Zimmer. Er war gerade damit beschäftigt, neue Riemen in seine Schuhe einzuziehen.

»Man kann dem Personal auch nicht die kleinsten Dinge anvertrauen«, sagte der Mann mit den verlebten, abstoßenden Zügen und der ungesunden, grauen Gesichtsfarbe. Er stellte die Schuhe auf den Boden, als Sir George ins Zimmer kam, und rieb die Hände an den Beinkleidern ab, bevor er ihm die Hand reichte.

»Ich freue mich, Sie zu treffen, Graf«, sagte Sir George.

»Ich möchte mit Ihnen ein Wort im Vertrauen reden«, unterbrach ihn Colini. »Sie brauchen mich nicht Graf zu titulieren. Ich bin John Pentridge – das ist mein wirklicher Name. Wahrscheinlich haben Sie schon von mir gehört.«

Sir George hatte tatsächlich schon von ihm gehört, aber er hatte nie gedacht, daß der Mann, der Soltescu die Erfindung verkauft hatte, mit dem Mann identisch war, der in Monte Carlo die Bank gesprengt hatte. Dieses Ereignis war in allen großen Zeitungen Englands besprochen worden.

»In Monte Carlo kann man sich ja ruhig Graf nennen«, fuhr Pentridge fort, »und ich mußte vor allem so auftreten, weil man mich aus dem Kasino ausgewiesen hatte. Deshalb legte ich mir einen anderen Namen und den Grafentitel zu. Augenblicklich kann ich mir das ja leisten, denn ich besitze über zweihunderttausend Pfund.«

»Aber ich sehe gar nicht ein, warum Sie in London wieder Ihren ursprünglichen Namen führen sollten. Graf Colini klingt viel besser.« Sir George betrachtete ihn wohlwollend. »Sagen Sie mir, wie ich Ihnen behilflich sein kann.«

»Sie können mich in London herumführen – ich werde zahlen. Erzählen Sie ruhig, daß Sie mich schon von früher her kennen. Das wäre besonders gut, wenn wir John President treffen sollten – Sie verstehen doch, was ich meine?«

Sir George nickte.

»Und dann würde ich auch gern ein kleines Spiel machen. Irgendeine nette, ruhige Sache, bei der man nicht gerade zuviel Geld verliert.«

»Das werde ich gern tun. Sie müssen aber auf meinem Landsitz Pennwaring wohnen. Ich werde Sie dann meinen Freunden vorstellen. Einer von ihnen hält sich augenblicklich auch gerade in London auf«, sagte er, als er sich an Toady erinnerte.

»Ich möchte heute nach Sandown zu den Rennen gehen.«

»Das trifft sich gut. Mein Freund kann Sie hinbringen. Er weiß Bescheid, und er kann Ihnen auch gute Tips geben. Ich werde mich gleich telefonisch mit ihm in Verbindung setzen.«

Sir George hatte Glück, denn Toady war zu Hause. Mr. Wilton packte seine Koffer, um nach Cornwall überzusiedeln. Er tat es in aller Heimlichkeit, denn er wollte seinen Gönner Eric Stanton nicht beleidigen, der Sir George absolut nicht traute und Toady wegen des Umgangs mit diesem Mann ständig Vorhaltungen machte. Und Toady mußte auf Eric Stanton Rücksicht nehmen, da er nicht nur bei dem Tode des alten Stanton eine größere Summe erhalten hatte, sondern weil Eric ihn auch häufig beauftragte, Geld für ihn bei den Rennen zu setzen. Wilton führte diese Aufträge nicht immer aus, denn er war viel besser als der Eigentümer selbst über die Chancen unterrichtet, die Erics Rennpferde hatten. Manche Summe, die Stanton auf seine eigenen Pferde setzte, kam nicht weiter als auf das Bankkonto Toady Wiltons.

Er folgte dem Ruf seines Freundes sofort und fuhr in einer Taxe zum Savoy-Hotel.

Graf Colini und Toady Wilton verstanden sich vorzüglich, ja Pentridge faßte sogar das größte Vertrauen zu Wilton, und auf dem Wege nach Sandown erfuhr dieser manches, was er bisher noch nicht gewußt hatte, besonders über John President.

12

Milton Sands ging auf der Rennbahn in Sandown auf und ab. Unerwartet traf er Mary President in der Begleitung Eric Stantons und begrüßte sie erstaunt.

»Ich dachte, Sie wären in Sussex?«

Sie sah ihn schuldbewußt an, aber Eric nahm sie sofort in Schutz.

»Ich wollte Miss Presidents Meinung über mein Rennpferd Jerry hören.«

Milton sprach noch eine Weile mit den beiden, dann trennten sie sich. Später sah er, daß Miss President allein zu den Sattelplätzen ging. Mr. Wilton trat auf sie zu, nahm aber kaum den Hut vor ihr ab, denn er fühlte sich ihr im Augenblick vollkommen überlegen.

»Hallo, Miss President, sind Sie ganz allein auf der Rennbahn?«

»Im Moment bin ich allein«, entgegnete sie höflich.

»Ich hatte schon seit langer Zeit die Absicht, einmal mit Ihnen zu sprechen.«

Sie wußte, daß das der Fall war, denn er hatte ihr stets seine Aufmerksamkeiten aufgedrängt. Er hatte immer Sir George Frodmere begleitet, wenn dieser zu ihrem Großvater kam, und in letzter Zeit hatten sich diese Besuche öfter wiederholt. Sir George kam unter irgendeinem Vorwand zu dem alten Herrn, und merkwürdigerweise hatte John President keine Abneigung gegen den Baronet, obwohl er wußte, daß dieser Mann nur Nutzen aus seinen Rennerfahrungen ziehen wollte. Mr. Wilton war ihr unausstehlich, besonders da er sich einbildete, viel Glück bei Frauen zu haben. Sie konnte ihn so wenig leiden, daß sie sich Mühe geben mußte, nicht unhöflich zu ihm zu sein.

Heute war er wieder ganz besonders unausstehlich.

»Wie geht es dem alten Herrn?« fragte er.

»Meinem Großvater geht es gut«, antwortete sie kurz.

»Sie sehen wirklich entzückend aus«, erklärte er voll Bewunderung. »So schön wie eine Rosenknospe . . .«

»Ich wünschte, Sie würden so etwas nicht sagen«, entgegnete sie und errötete vor Ärger.

»Aber warum wollen Sie denn das nicht hören? Es ist nur die reine Wahrheit. Außerdem darf ich Ihnen das doch sagen, weil ich Ihr Freund bin. Und ich glaube, Sie können in der nächsten Zeit Freunde brauchen.«

»Was soll denn das heißen?«

Er sah sich um, als ob er nach jemandem suchte, und schließlich entdeckte er seinen Begleiter.

»Kennen Sie den Herrn dort?«

In einiger Entfernung sah sie Pentridge. Er war elegant und auffällig nach der neuesten Mode gekleidet, trug hellgelbe Handschuhe und einen tadellosen Zylinder.

»Haben Sie den Grafen Colini schon kennengelernt?«

Sie schüttelte ungeduldig den Kopf. Und doch interessierte sie sich für den Herrn, der eine große Zigarre rauchte und sich selbstbewußt umschaute.

»Das ist Graf Colini, der in Monte Carlo die Bank gesprengt hat«, erwiderte Wilton großartig. »Er ist gerade kein Freund von John President.«

Sie wandte sich ab und sah Wilton mit einem ärgerlichen Blick an.

»Was soll das heißen?«

Er sah ihre Erregung und wollte sie beruhigen.

»Sie brauchen sich nicht weiter aufzuregen«, sagte er vertraulich. »Es muß ja sonst niemand etwas davon erfahren.«

In dem Augenblick hatte Pentridge ihn gesehen und kam auf ihn zu. Er sah älter aus als ihr Großvater, und seine Gesichtszüge kamen ihr bekannt vor. Aber sie wußte nicht, wo sie ihm schon begegnet war.

»Hallo, was machen Sie, Wilton?« fragte Pentridge.

»Miss President, darf ich Sie mit Graf Colini bekanntmachen?«

Sie starrte Pentridge an. Ihr Blick schien ihn nicht weiter zu stören.

»Wie geht es Ihnen, mein Kind? Sie sind also die Enkelin von John President?«

Sie wurde dunkelrot und wollte fortgehen, aber Wilton faßte sie am Arm.

»Tun Sie doch nicht so«, sagte er unverschämt.

In dem Augenblick merkte sie, daß der Mann zuviel getrunken hatte. Toady hatte mit Pentridge zu Mittag gegessen, und die beiden hatten reichlich Alkohol zu sich genommen. Als sie sah, in welcher Verfassung sie sich befanden, wurde sie plötzlich kühl.

»Ich kann nicht länger bleiben«, erklärte sie, aber Wilton hielt sie fest.

»Bleiben Sie doch noch einen Augenblick.«

Milton Sands hatte die Szene beobachtet und kam nun mit langen Schritten auf sie zu. Ohne weitere Umschweife packte er Toady am Kragen und schob ihn zur Seite.

So war bisher noch niemand mit Wilton umgegangen, und er

erhielt einen schweren Schock. Aber dann faßte er sich wieder.

»Was fällt Ihnen denn ein?« fragte er aufgebracht.

Noch drei andere Herren hatten sein anstößiges Betragen beobachtet und waren auch hinzugekommen. Toady war plötzlich von ihnen umgeben. Glücklicherweise waren die anderen Leute durch das Rennen so stark in Anspruch genommen, daß sie nicht weiter auf die Szene achteten.

Mary zitterte und ging mit bleichem Gesicht zu ihrem Großvater, der eben erregt auf Toady zukam.

»Wie dürfen Sie das wagen?« fuhr Toady Milton Sands an.

»Das ist noch gar nichts gegen das, was Sie erleben, wenn Sie noch einmal so unverschämt werden sollten«, entgegnete Milton grimmig.

»Was ist denn geschehen, Sands?« fragte Eric Stanton, der im Augenblick hinzugekommen war.

»Was los ist?« brüllte Toady. »Ich habe gerade mit einem Mädchen gesprochen, dessen Großvater früher im Gefängnis saß!«

»Was sagen Sie da?« rief Eric atemlos.

»Ja, er ist ein alter Zuchthäusler«, wiederholte Toady triumphierend und wandte sich an Pentridge, der John President erkannt hatte. »Stimmt das, Graf Colini?«

»Vollkommen, mein Freund«, entgegnete Pentridge laut und aggressiv.

»Sie sind es?« fragte John President und trat auf ihn zu. Pentridge fühlte sich nun doch etwas unbehaglich, schrak zurück und hob die Hand, als ob er einen Schlag abwehren wollte. Mary flüsterte ihrem Großvater etwas zu.

»Sie sind es?« wandte sich der alte Mann wieder an Pentridge.

»Ja, ich bin es«, entgegnete dieser trotzig. »Ihr alter Kamerad John Pentridge! Man nannte mich so, weil ich zwanzig Jahre im Gefängnis in Pentridge saß. Und Sie sind John President, der früher zu lebenslänglichem Zuchthaus verurteilt wurde. Vor vielen Jahren sind Sie nach Australien deportiert worden, weil Sie einen Mord begangen haben – er hat seine Frau aus Eifersucht erschossen!«

Der alte Mann bedeckte das Gesicht mit den Händen.

»Ja, das ist so«, sagte er und atmete schwer. »Vor fünfundfünfzig Jahren geschah es, und ich habe schwer dafür gebüßt.«

»Hören Sie, was er sagt?« rief Toady. »Und solche Leute dürfen sich heute ungestraft auf der Rennbahn zeigen! Ein alter australischer Zuchthäusler! Da weiß man endlich einmal, in welcher Gesellschaft man sich hier bewegt.«

»Sie wären der letzte, der so reden dürfte!«

Wilton wandte sich um. Lord Chanderson stand hinter ihm und sah ihn durchdringend an.

»Ich verstehe Sie nicht«, sagte Toady mit stockender Stimme. Es war ihm äußerst peinlich, daß der Lord Zeuge dieses Auftritts gewesen war.

»Ich sagte, daß Sie der letzte wären, der sich darüber beschweren sollte. Ihr Vorleben ist nicht vollkommen einwandfrei. Mr. Stanton, ist das Ihr Freund?«

»Wir standen ganz gut miteinander«, erwiderte Eric ruhig.

»Ich halte es für besser, daß Sie erfahren, was mir schon seit Jahren bekannt ist. Mr. Wilton ist der Mann, der meinen Namen in dem Hotel in Paris gefälscht hat. Und er war es auch, der die Briefe fälschte, die Ihr Vater fand. Er hat versucht, sich Ihrer Mutter zu nähern. Die Briefe sind in meinem Besitz. Weil sie ihn damals abwies, wollte er sich an ihr rächen. Außerdem hatte er die Nebenabsicht, von Ihrem Vater Geld zu erpressen.«

»Das ist eine gemeine Lüge!« schrie Toady außer sich.

»Ihr Vater entdeckte die Fälschung kurz vor seinem Tode und wollte Ihnen alles mitteilen. Wilton aber hat die Tatsache, daß Ihr Vater seinen Namen erwähnte, zu seinen Gunsten mißbraucht und so ausgelegt, als ob Ihr Vater für ihn sorgen wollte.«

Ein häßliches Grinsen verzerrte Wiltons Züge.

»Sie haben ja eine lebhafte Phantasie, Mylord. Sie können doch nicht wissen, was der Sterbende sagen wollte!«

Lord Chanderson nickte.

»Doch, dazu bin ich in der Lage. Mr. Stanton hat der Krankenschwester alles anvertraut, die ihn damals pflegte. Und Sie haben nachher die Frau bestochen, damit sie zu Ihren Gunsten aussagte. In meinem Besitz befindet sich aber die beeidete Erklärung der Frau und außerdem ein Nummernverzeichnis der Banknoten, die Sie ihr gezahlt haben.«

Während sich die Aufmerksamkeit der Umstehenden auf Toady konzentrierte, hatte sich Pentridge aus dem Staube gemacht. Selbst John President, der die ganze Welt nach diesem Mann abgesucht hatte, war so fasziniert durch die dramatischen Enthüllungen des Lords, daß er es nicht bemerkte.

Eric Stantons Gesicht war bleich und hart.

»Das ist wahr, Wilton«, sagte er streng. »Ich kann es an Ihrem Gesicht sehen.«

»Ich – ich habe nur – getan, was ich für recht hielt«, erwiderte Toady verstört.

»Lassen Sie mich bitte einen Augenblick mit diesem Mann allein«, bat Eric.

Was die beiden miteinander besprachen, erfuhr niemand. Milton Sands beobachtete aus einiger Entfernung die Auseinandersetzung und sah nur, daß Stanton plötzlich Toady am Kragen packte und ihn heftig von sich stieß.

13

»Die Wetten für das Derby haben eine eigenartige Wendung genommen«, schrieb der Berichterstatter des Sporting Journal. »Es ist eine merkwürdige Tatsache, daß die beiden Pferde, die am meisten für den Sieg genannt werden, noch fast unbekannt sind. Einmal handelt es sich um Portonius, den Sir George Frodmere gemeldet hat. Er ist ein Grauschimmel und hat sein erstes Rennen im vorigen Jahre mitgemacht. Donavan hat sich dagegen noch nicht auf der Rennbahn gezeigt. Auf Portonius ist bereits viel gesetzt worden. Das Pferd wird in Pennwaring auf dem Landgut von Sir George unter Ausschluß der Öffentlichkeit trainiert. Soweit unsere Informationen reichen, scheint das Tier in bester Form zu sein. Donavan ist das Eigentum Mr. John Presidents, dessen Farben dem Publikum bekannt sind durch die wiederholten Siege des berühmten Hengstes Dean. Donavan wird in der Öffentlichkeit trainiert, und man kann sich einen Begriff von seinen Fähigkeiten machen, wenn man ihn in Sussex Downs sieht, wo er täglich mit Dean trainiert wird. Auch Donavan ist in der besten Verfassung.«

»Was meint der Kerl bloß mit dem Ausdruck ›unter Ausschluß der Öffentlichkeit‹?« brummte Sir George, als er mit Toady beim Frühstück saß.

»Wie soll ich das wissen?« fragte Wilton. »Sie tun ja so, als ob ich den Artikel geschrieben hätte.«

»Ich möchte wirklich wissen, was er damit sagen will – sprechen die Leute eigentlich viel über Portonius?«

Toady schüttelte den Kopf.

»Nein. Geredet wird natürlich immer. Einige Leute wundern sich, daß Sie ihn hier auf Ihrem Gut trainieren lassen, statt in Newmarket mit Ihren anderen Pferden. Und im Klub hält man sich darüber auf, daß Buncher Ihr Trainer ist – das war ja zu erwarten. Sie wissen doch, in welchem Ruf der Mann steht.«

»Sie können Ihren Freunden sagen, daß ich meine Pferde trainiere, wo es mir beliebt«, entgegnete Sir George trotzig. »Und Sie wissen auch, daß ich Buncher außerordentlich gut brauchen kann. Er hat ungewöhnliche Fähigkeiten und kann ein Tier glänzend beurteilen. Und mir sagt er die Wahrheit, mich führt er nicht hinters Licht. Ich weiß so viel von ihm, daß ich ihn jeden Augenblick ins Gefängnis bringen könnte.«

Toady nickte.

»Ich weiß mehr von Bunchers Sündenregister als irgendein anderer«, fuhr Sir George fort. »Er wäre der beste Trainer von England, wenn er sich nicht dem Trunk ergeben hätte. Ich traf ihn zufällig wieder, nachdem er jahrelang verschollen war, und ich nahm ihn in Schutz, als die Polizei ihn wegen Falschmünzerei suchte. Eines Abends kam er zu mir. Früher hatte er schon mehrere Aufträge für mich zu meiner Zufriedenheit erledigt. Er war damals ganz außer sich vor Schrecken und Furcht, aber ich habe ihm durchgeholfen. Ich verschaffte ihm ein Alibi, indem ich vor Gericht angab, daß er mein Angestellter wäre und sich während der Zeit, in der er gefälschte Banknoten ausgegeben haben sollte, in meinem Hause aufgehalten hätte.«

»Er ist Ihnen zu größtem Dank verpflichtet«, stimmte Wilton bei.

»Ich lasse einen guten Bekannten niemals im Stich«, bemerkte Sir George selbstgefällig, »ganz gleich, ob er ein Stallknecht oder ein Kabinettsminister ist – besonders, wenn ich seine Dienste gebrauchen kann.«

Er nahm die Zeitung wieder auf und las den Abschnitt noch einmal durch, über den er sich ärgerte.

»Wenn die Leute etwa glauben, daß ich sie einlade, mein Pferd hier genauer bei der Arbeit zu beobachten, dann haben sie sich schwer geirrt«, sagte er aufgebracht und warf die Zeitung auf den Tisch. »Aber jetzt erzählen Sie mir einmal Ihre Neuigkeiten.«

Toady war erst am Abend vorher von London gekommen.

»Ich habe auf Portonius' Sieg soviel gesetzt, daß Sie vierundzwanzigtausend Pfund gewinnen, wenn er im Derby Erster wird.« Toady zog sein Notizbuch heraus. »Man kann immer noch Wetten auf eins zu sechs abschließen.«

»Wie steht es denn eigentlich mit Donavan?«

Toady Wilton machte ein ärgerliches Gesicht.

»Dieser verdammte alte Kerl – ich wünschte nur, ich könnte es ihm heimzahlen.«

»Für den Auftritt neulich haben Sie sich nur selbst Vorwürfe zu machen. Ein Mann von Ihrem Alter und Ihrem Aussehen sollte jungen Damen nicht mehr den Hof machen. In Stanton haben Sie einen guten Freund verloren.«

»Wir wollen über etwas anderes sprechen«, erwiderte Wilton kurz. »Wäre es nicht gut, wenn Sie Wetten auf Donavan abschlössen, um Ihr eigenes Geld zu sichern?«

Sir George lachte verächtlich.

»Seien Sie doch nicht komisch. Es ist ganz ausgeschlossen, daß Donavan Portonius schlagen könnte.«

»Man kann nicht wissen«, entgegnete Toady vorsichtig. »Bei den Rennen sind schon die merkwürdigsten Dinge passiert.«

»Ach, hören Sie auf mit Ihrem Gerede«, sagte Sir George brutal.

Es war merkwürdig, wie sehr sich Toady Wilton Sir George

unterordnete. Er war ein großer, stattlicher Mann, aber er hatte ein abstoßendes, häßliches Gesicht, und im Grund seines Herzens war er feig. Sir George mußte irgendwelche Tatsachen aus Wiltons Vergangenheit kennen, so daß er ihn vollkommen in der Hand hatte und ihn als Werkzeug benützen konnte.

»Von wem kam denn eigentlich dieser Brief?« fragte er.

Die Post hatte an dem Morgen nur ein Schreiben gebracht.

»Von einer Dame«, entgegnete Wilton und lächelte.

»Was, schon wieder eine Dame?«

»Ja, Mrs. Bud Kitson.«

»Was schreibt sie denn?« fragte Sir George interessiert.

»Sie schickt einen Brief für ihren Mann«, mußte Wilton zugeben. Die Angelegenheit wurde immer prosaischer.

Sir George sah erstaunt auf.

»Aber Bud ist doch in London. Ich erwartete gestern Nachricht von ihm. Miss President ist zu ihrem Großvater nach Sussex abgereist.«

»Gestern war sie in Sandown«, bemerkte Toady trocken. »Vielleicht hat Bud davon erfahren und wartete, bis sie fort war.«

Sir George schüttelte den Kopf.

»Warum hat sie denn hierher geschrieben? Wenn ihr Mann in London ist, muß sie das doch wissen! Ich verstehe den Zusammenhang nicht recht. Wilton, wer von uns dreien hat denn nun eigentlich die Schriftstücke und das Geld, wenn John President nichts hat?«

Toady protestierte.

»Ich wünschte nur, Sie würden nicht immer derartige Bemerkungen machen.«

»Einer von uns muß die Mappe doch genommen haben! Ich war es jedenfalls nicht«, sagte Sir George und streckte seine langen Beine unter dem Tisch aus.

»Und ich kann auch einen Eid darauf leisten, daß ich sie nicht genommen habe«, entgegnete Toady schnell. »Bud würde natürlich jeden Augenblick dasselbe beschwören. Soltescu hat Detektiv Sands engagiert, um Nachforschungen anzustellen.

Ich glaube aber kaum, daß der etwas herausbekommt. Zum Privatdetektiv hat er wenig Veranlagung.«

Der Tag des Derbys in Epsom kam immer näher, und alle Welt sprach darüber, welches Pferd wohl gewinnen würde. Die Sportsleute haben ein noch viel größeres Interesse an diesen Dingen. Sie sehen sich jedes einzelne Pferd, das genannt wird, genau an und ziehen alle früheren Rennen in Betracht. Man prüft den Stammbaum, die Veranlagung und die Eigenschaften der Vorfahren, um Anhaltspunkte für die Beurteilung zu finden. Jeden Tag erscheinen die Trainingsberichte in den Zeitungen. Auch die Beschaffenheit der Rennbahn spielt eine Rolle. Manche Pferde leisten viel auf hartem Boden, andere lieben gerade das Gegenteil. Das Interessante an diesem Rennen ist vor allem, daß die Pferde, die daran teilnehmen, die Rennbahn zum erstenmal betreten.

Auf Portonius wurde viel gewettet. Die Agenten George Frodmeres informierten ihn genau über den Stand der Dinge. Leichter war es, Geld auf Donavan zu setzen, über dessen Trainingsstand in den Zeitungen dauernd berichtet wurde. Gerade in den letzten Tagen lauteten die Meldungen sehr günstig.

Die Eingeweihten folgten mit großem Interesse dem Training John Presidents, der kein Geheimnis daraus machte. Er behauptete stets, daß er große Hoffnungen auf Donavan setze, und die Fachleute hatten sich persönlich von den guten Eigenschaften des Pferdes überzeugen können. Donavan galt als einer der aussichtsreichsten Kandidaten für das Rennen. Aber wetten werden nicht allein auf Trainingsberichte hin abgeschlossen. Es war merkwürdig, daß auf Portonius am meisten gesetzt wurde. John President selbst war sehr vorsichtig und hatte noch vierzehn Tage vor dem Rennen keinen einzigen Schilling gesetzt. Aber Donavan machte gute Fortschritte.

Eric Stanton war zufrieden mit den Trainingsergebnissen, setzte aber kein Geld auf das Pferd, weil er fürchtete, dadurch die Gewinnchancen Mr. Presidents zu verringern.

Selbst Soltescu kümmerte sich jetzt um das Rennen. Er hoffte, durch einen großen Schlag wenigstens einigermaßen für seinen Verlust entschädigt zu werden.

Sir George war wütend, als er eines Tages erfuhr, daß die Quote von Portonius auf zehn zu sechs gefallen war. Später klärte sich die Sache auf, denn es stellte sich heraus, daß Soltescus riesige Wetten die Quote derart gedrückt hatten.

»Ich verstehe nicht, warum Sie das getan haben«, sagte er düster. »Sie hätten doch noch viel mehr Geld herausschlagen können. Jetzt haben Sie einfach den Markt ruiniert.«

Soltescu lachte nur. Er hatte an diesem Morgen schon viel getrunken.

»Sagen Sie mir lieber, ob Sie Neuigkeiten für mich haben.«

»Ich wünschte nur, ich könnte Ihnen recht viel berichten. Was mit Kitson passiert ist, weiß ich nicht. Ich habe seiner Frau gestern abend telegrafiert, und in einem langen Brief hat sie uns mitgeteilt, daß ihr Mann vor zwei Tagen von zu Hause fortgegangen wäre und daß man seitdem nichts wieder von ihm gehört hätte.«

»Glauben Sie, daß er die Papiere gefunden hat und sie jetzt für sich behalten will?« fragte der Rumäne ängstlich.

Sir George schüttelte den Kopf.

»Nein, das traue ich dem Mann nicht zu.«

Allerdings hatte er auch schon selbst diesen Verdacht gehabt, aber Bud hatte ja nicht die geringste Gelegenheit, die Schriftstücke weiter zu veräußern.

Toady Wilton konnte Soltescu nicht leiden, besonders wenn der Rumäne getrunken hatte. Er entschuldigte sich und ging in sein Zimmer.

Wilton wohnte jetzt dauernd in Pennwaring. Das Herrenhaus war sein Hauptquartier und sein Heim. Sir George hatte ihm drei Zimmer in einem Seitenflügel zur Verfügung gestellt. Früher war Toady nur selten hierhergekommen, um Eric Stanton nicht zu ärgern. Aber nachdem diese Freundschaft in die Brüche gegangen war, hielt er sich als Gast in Pennwaring auf. Die großen Räume waren verschwenderisch ausgestattet, denn Toady liebte Luxus über alles. Er hatte all sein Hab und Gut aus der Stadt mitgebracht, selbst die großen Stahlkassetten aus dem Bankdepot, und er fühlte sich hier in der Abgeschlossenheit auf dem Lande viel sicherer. In London hatte er viele Feinde; auch Eric Stanton gehörte jetzt zu ihnen, und Toady war vollkommen davon überzeugt, daß Stanton nicht ruhen würde, bis er ihn zur Rechenschaft gezogen hatte. Er beschloß daher, seine Papiere durchzusehen und alles zu verbrennen, was ihn irgendwie belasten konnte. Mit Erleichterung hatte er zugesehen, wie die Stahlkassetten in einem Schrank seines Zimmers niedergestellt wurden. Sie waren alle von der Bank versiegelt. An diesem Morgen wollte er sie öffnen und den Inhalt prüfen, aber kaum hatte er das erste Siegel gelöst und die Schlüssel aus der Tasche gezogen, als er nach unten gerufen wurde.

14

Sir George stand ärgerlich vor dem großen Eßtisch. Soltescu saß in einem Lehnsessel, hatte die Hände in die Taschen gesteckt und schien sich über diese Entwicklung zu freuen. Als dritter war Polizeiinspektor Grayson anwesend. Toady kannte ihn von London her und wußte, daß er ein sehr fähiger Beamter war. Er wurde etwas unruhig, als er ihn sah.

»Haben Sie schon das Neueste gehört?« fragte Sir George entrüstet.

»Nein.«

»Kitson ist im Portland-Gefängnis!«

Toady erschrak und wurde noch bleicher.

»Aber wie ist denn das gekommen?« fragte er verstört.

»Erzählen Sie es ihm doch, Inspektor«, sagte Sir George, der jetzt nervös im Zimmer auf und ab ging.

»Es ist eine merkwürdige Geschichte«, begann Grayson mit einem sonderbaren Lächeln. »Ihr Freund, wenn ich so sagen darf – der Mann behauptet wenigstens, daß Sie sein Freund seien, und Sir George sagte mir, daß Sie ihn jedenfalls kennen –, wurde vor drei Tagen in London verhaftet. Sie haben vielleicht in der Zeitung gelesen, daß vor einigen Wochen ein Mann aus dem Gefängnis von Portland ausgebrochen ist, den die Polizei bisher noch nicht wieder fassen konnte. Man nahm allgemein an, daß er sich nach London begeben hätte, und allen Polizeistationen wurde seine Personalbeschreibung mitgeteilt. Am vergangenen Dienstagmorgen fand nun ein Polizist auf seinem Patrouillengang einen bewußtlosen Mann in einem Torweg. Er versuchte, ihn zu wecken, denn er hielt ihn für betrunken. Als ihm das nicht gelang, holte er Hilfe herbei und brachte ihn in einem Wagen zur Polizeistation. Man entdeckte dann, daß der Mann unter seinen Kleidern einen Sträflingsanzug trug. Alles stimmte genau, sogar die Gefängnisnummer. Es blieb nichts anderes übrig, als ihn zu verhaften und sich mit der Verwaltung des Portland-Gefängnisses in Verbindung zu setzen. Am nächsten Morgen kam der Mann zu sich und protestierte heftig gegen die Anklage. Er erzählte eine unglaubliche Geschichte, daß man ihn betäubt habe. Trotzdem wurde er oberflächlich von den Wärtern wiedererkannt, die ihn nach Portland brachten. Der Gefängnisdirektor und der Anstaltsarzt haben ihn dann verhört. Er blieb aber hartnäckig bei seiner Behauptung, daß er nicht der entkommene Sträfling sei. Als man ihn genauer untersuchte, fand man auch heraus, daß ein Irrtum vorliegen mußte. Die Nummern der Sachen wurden verglichen, und man entdeckte, daß sie gefälscht waren. Die Sache ist ein großes Rätsel. Ich bin nun von London gekommen und möchte Sir George und Sie bitten, mich nach dem Gefängnis von Portland zu begleiten. Die Persönlichkeit des Mannes, der sich selbst Kitson nennt, muß festgestellt werden.«

»Ich glaube bestimmt, daß er es ist«, entgegnete Sir George. »Ich habe selbst das Bild des ausgebrochenen Gefangenen gesehen, und mir ist sofort die außerordentliche Ähnlichkeit aufgefallen. Ist es tatsächlich nötig, daß ich auch mitkomme?«

»Ich fürchte, es ist notwendig«, erwiderte Inspektor Grayson.

»Wir müssen wirklich alle drei hingehen? Monsieur Soltescu braucht uns doch sicherlich nicht zu begleiten. Er will mit dem nächsten Zug abfahren. Es genügt doch, wenn Mr. Wilton dabei ist.«

»Es wäre aber besser, Sie kämen alle mit.«

»Das ist mir sehr unangenehm«, meinte Sir George nach einer Pause. »Ich habe jemand hierher eingeladen, und ich wollte bei seiner Ankunft natürlich gern zugegen sein. Aber das ist nun Nebensache. Vor allem müssen wir sehen, daß dieser Pechvogel aus dem Gefängnis befreit wird. Wie weit ist es denn von hier nach Portland?«

»Nicht allzu weit, man kann die Strecke bequem im Auto machen.«

»Nun, dann bleibt also nichts anderes übrig«, erwiderte Sir George resigniert. »Wir müssen hinfahren, Toady. Holen Sie Ihren Mantel, ich lasse den Wagen sofort kommen. Bei der Gelegenheit können wir ja auch Soltescu zum Bahnhof bringen. Begleiten Sie uns, Inspektor?«

Der Beamte nickte.

»Wenn Sie es wünschen. Sonst kann ich ja auch den Zug benützen. Aber ich komme dann wahrscheinlich erst einige Stunden später in Portland an, und Sie müßten auf mich warten.«

Sir George war wirklich ärgerlich, denn alle seine Dispositionen wurden über den Haufen geworfen. Er hatte das Haus und das Landgut noch nicht verlassen, seitdem das Training von Portonius begonnen hatte, aber er konnte jetzt nichts ändern. Kitson durfte nicht im Gefängnis bleiben, sonst erzählte der Mann womöglich noch Dinge, die verhängnisvoll werden konnten.

Er sprach mit seinem Hausmeister, bevor er abfuhr.

»Ich erwarte einen Herrn aus der Stadt, Gillespie. Seien Sie recht liebenswürdig zu ihm. Er kann alle Räume benützen, denn er soll sich hier zu Hause fühlen. Spätestens morgen früh komme ich wieder zurück.«

»Jawohl, Sir George. Und wie ist es mit Portonius?«

»Ach, der Mann kann das Pferd ruhig sehen. Sorgen Sie dafür, daß es ihm hier gefällt. Er ist gerade kein Gentleman«, fügte er zögernd hinzu, »aber Sie müssen ihn trotzdem als einen solchen behandeln.«

»Ganz wie Sie wünschen.«

Kurz darauf fuhren sie in dem großen, blauen Wagen des

Baronets ab, um Bud Kitson aus seiner wenig angenehmen Lage zu befreien.

Eine halbe Stunde nach der Abfahrt Sir Georges hielt ein anderer Wagen vor der großen Treppe des Herrenhauses in Pennwaring.

Der Hausmeister, der darauf vorbereitet war, kam eilig die Stufen herunter, um den Fremden zu begrüßen.

»Es tut Sir George außerordentlich leid, daß er Sie nicht persönlich empfangen kann, aber er wurde unerwartet abgerufen. Er läßt Sie bitten, es sich hier bequem zu machen, bis er zurückkommt.«

Der große, schlanke Herr, der aus dem Auto stieg, nickte. Als er sah, daß der Hausmeister sich um sein Gepäck kümmern wollte, sagte er leichthin: »Meinen Koffer habe ich nicht mitgebracht, ich bleibe nicht lange. Wann wird Sir George denn wieder hier sein?«

»Spätestens morgen früh.«

»Gut, dann will ich den Tag über hierbleiben. Ich habe mich telegrafisch angesagt.«

Der Fremde entließ seinen Chauffeur durch ein Kopfnicken, denn er hatte ihm schon vorher genaue Instruktionen gegeben. Der Wagen verließ den Park.

Der Besucher hatte viel Zeit, aber er nützte jeden Augenblick aus. Zur größten Überraschung Gillespies war sein Benehmen tadellos und höflich und paßte nicht zu der Beschreibung, die ihm Sir George gegeben hatte. Er war allerdings sehr neugierig und fragte nach allem möglichen. Auch ließ er sich alle Räume des Hauses zeigen. Er selbst hatte ein Zimmer, das neben Toady Wiltons Räumen lag.

Als er nach dem Mittagessen erklärte, daß er am Nachmittag etwas ausruhen wollte, atmete der geplagte Hausmeister erleichtert auf.

»Wollen Sie sich nicht das Pferd ansehen?« erkundigte er sich noch.

Wenn der Fremde die Frage bejahte, hatte der Hausmeister

ja weiter nichts zu tun, als ihn der Obhut Bunchers anzuvertrauen. Das enthob ihn selbst jeder weiteren Mühe.

»Sie können mich um drei Uhr wieder wecken, dann sehe ich mir Portonius an. Gehört habe ich ja schon viel von ihm.«

Um halb zwei ging er in sein Zimmer.

Für einen Gast benahm er sich außergewöhnlich. Er schloß die Tür zu und machte sich dann daran, die Verbindungstür zu den Räumen Toady Wiltons zu öffnen. Während Gillespie unten den anderen Dienstboten von dem merkwürdigen Fremden erzählte, durchstöberte dieser Wiltons Zimmer. Die Inspektion dauerte einige Zeit, aber als der Hausmeister ihn um drei Uhr weckte, war alles erledigt.

Mr. Buncher war sehr argwöhnisch und fluchte über den Leichtsinn seines Herrn, der einem Fremden gestattete, das Rennpferd zu sehen. Es gelang ihm wenigstens, zu verhindern, daß der Mann den Stall selbst betrat. Er hatte nur den oberen Flügel der Stalltür geöffnet.

»Wirklich ein schönes Pferd«, sagte der Besucher anerkennend und pfiff leise.

Portonius drehte sich um und kam zu ihm. Der Fremde schien sich sehr gut auf Pferde zu verstehen. Er streckte seine Hand aus, und der Hengst rieb seine Schnauze daran.

»Was machen Sie denn da?« fragte Buncher plötzlich.

Der Besucher sah den Trainer verwundert an.

»Ich weiß nicht, was Sie meinen.«

»Sie sehen ja nach seinen Zähnen!«

Der andere starrte den Trainer verständnislos an, als ob er nicht begreifen könnte, was dieser von ihm wollte.

»Warum sollte ich denn nach seinen Zähnen sehen?« fragte er und lächelte. »Ich bin doch kein Zahnarzt!«

»Sir George wünscht nicht, daß andere Leute das Pferd anfassen«, entgegnete Buncher grob und schloß die Stalltür.

Die vielen Fragen, die der Fremde an ihn stellte, beantwortete er nur unbestimmt und widerwillig, so daß dem Gast nichts übrigblieb, als nach dem Herrenhaus zurückzukehren und sich zur Abfahrt zu rüsten. Er ging wieder auf sein Zimmer und nahm verschiedene Schriftstücke an sich, die er in Toadys Räumen gefunden hatte. Dann lehnte er sich aus dem Fenster und gab ein Signal mit einer Trillerpfeife. Der Hausmeister und Buncher hörten es ebenso wie der Chauffeur.

Drei Minuten später fuhr der Wagen vor. Dem Hausmeister tat es aufrichtig leid, daß der fremde Herr nicht auf die Rückkehr von Sir George warten wollte. Er hielt ihn jetzt wirklich für einen vollkommenen Gentleman, weil er ihm ein so reichhaltiges Trinkgeld gegeben hatte.

»Bestellen Sie Sir George bitte, daß ich sehr bedauere, ihn nicht angetroffen zu haben –«

Weiter kam der Besucher nicht, denn im gleichen Augenblick fuhr ein anderes Auto die große Rampe herauf und hielt dicht hinter seinem Wagen. Sir George sprang heraus und wurde wütend, als er den Gast sah.

Bud Kitson folgte ihm.

Es war nicht nötig gewesen, nach Portland zu fahren, denn schon vorher war eine Anweisung vom Innenministerium eingelaufen, den Mann freizulassen. Sir George hatte ihn auf dem Weg nach Pennwaring auf der Landstraße getroffen.

»Sie sind doch Milton Sands?« sagte Sir George unwirsch.

»Ja, so heiße ich«, entgegnete der Detektiv und zog seine Handschuhe langsam an.

»War dieser Herr im Hause?«

»Jawohl, Sir George«, erwiderte Gillespie entsetzt.

»Auch im Stall?«

»Jawohl.«

Der Baronet wandte sich zornig an Milton.

»Das war also Ihre Absicht! Deshalb haben Sie uns fortgelockt! Womöglich steckt Grayson mit Ihnen unter einer Decke!«

»Sie können sich denken, was Sie wollen«, erwiderte Milton Sands gelassen. »Jedenfalls habe ich Ihnen einen Besuch gemacht, und das genügt mir. Darf ich mich von Ihnen verabschieden?«

Er hob den Hut und wollte die Treppe hinuntergehen. Aber der Baronet trat ihm in den Weg.

»Sie gehen nicht eher von hier fort, bis ich genau weiß, was Sie hier gemacht haben. Am Ende nehmen Sie noch etwas mit –

ein Mann, der sich unter Vorspiegelung falscher Tatsachen den Zutritt in ein fremdes Haus verschafft, muß sich gefallen lassen, daß man ihn durchsucht.«

»Sie werden mich nicht durchsuchen«, entgegnete Milton lächelnd.

Sir George packte ihn am Arm. Im gleichen Augenblick wandte sich Milton um und versetzte ihm einen Faustschlag gegen das Kinn, daß der Mann rückwärts die Treppe hinuntertaumelte.

»Fassen Sie ihn, Bud«, brüllte Sir George.

»Das werde ich nicht gestatten.« Milton hielt die beiden jetzt durch seinen Browning in Schach und stieg schnell in den Wagen. »Ich habe in diesen kurzen Stunden gerade genug erfahren«, sagte er und neigte sich hinaus. »Soviel, daß ich ein Buch darüber schreiben könnte, Sir George! Nicht nur über das, was ich in Ihren Ställen gesehen habe, sondern auch über Ihren Freund Toady.«

Wilton stand dabei und hörte entsetzt zu.

Der Chauffeur fuhr an, und Sands winkte zum Abschied aus dem Wagen.

15

Mary President stand früh auf und ging durch den wundervollen kleinen Garten, der in tausend Farben strahlte. Die Sonne schien herrlich, und Mary freute sich über den schönen Frühlingstag. Später ging sie in die Küche, um den Tee zu bereiten. Aber dann beschloß sie, mit dem Frühstück noch auf ihren Großvater zu warten, den sie nicht stören wollte. Es war kurz vor sieben.

Sie seufzte, als sie an Eric Stanton dachte. Was mußte er von alledem denken? Wie würde er über John President urteilen? Und doch hatte er kein Recht, über ihn den Stab zu brechen. Gewiß hatte der Mann eine schreckliche Tat begangen, aber er hatte auch sehr darunter gelitten und sie bitter bereut. Und die

Sache lag schon so weit zurück ... Eric würde sicher milde urteilen. Aber sie wollte keine Gnade, sondern Recht.

Nachdenklich setzte sie sich an den einfachen Küchentisch. Der Duft der Blumen zog vom Garten her zum Fenster herein. Eine kühne Drossel hüpfte auf das Fensterbrett, legte den Kopf auf die Seite, sah sie schief an und flog dann wieder weg. Mary sah ihr betrübt nach, aber dann senkte sie den Blick. Als gleich darauf ein Schatten auf den Tisch fiel, schaute sie schnell wieder auf. Erschreckt erhob sie sich, als sie plötzlich Mr. Stanton vor sich sah, mit dem sich ihre Gedanken dauernd beschäftigt hatten.

»Guten Morgen«, sagte sie verlegen.

»Darf ich vielleicht nähertreten?«

Sie zeigte lächelnd auf die Tür.

»Ja, bitte, kommen Sie nur herein.«

Er kam ins Zimmer und legte Peitsche, Hut und Handschuhe auf einen Stuhl.

»Zu einem großen Frühstück kann ich Sie allerdings nicht einladen, nur zu einer einfachen Tasse Tee.«

»Das genügt auch vollkommen«, entgegnete er vergnügt und rückte seinen Stuhl an den Tisch.

»Wir müssen ganz leise sein, damit mein Großvater nicht aufwacht. Er schläft noch.«

»Das wundert mich aber«, erwiderte er erstaunt und betrachtete sie aufs neue. Wie schön sie heute morgen wieder aussah! In dem duftigen Kleid kam ihre hübsche Figur bestens zur Geltung.

»Wieviel Stück Zucker darf ich Ihnen geben?« fragte sie plötzlich.

»Sechs«, sagte er verwirrt. »Ich wollte sieben sagen«, erklärte er dann bestimmt. »Ich nehme mir immer sieben Stück Zucker«, behauptete er, um seine Verlegenheit zu verbergen.

»Ich werde Ihnen ein Stück geben, das genügt. Wenn Sie noch mehr wollen, müssen Sie es sich selbst nehmen.«

»Ich bin auf eine Einladung Mr. Presidents hergekommen. Auch ich habe hier in der Nähe ein Haus«, erzählte er ihr, während sie Tee tranken.

Sie atmete erleichtert auf.

»Denken Sie denn nicht schlecht über meinen Großvater?« fragte sie leise.

»Nein, durchaus nicht. Warum sollte ich denn schlecht von ihm denken? Er ist einer der besten Menschen, die mir jemals begegnet sind.«

Sie war ihm dankbar für diese Worte und sah ihn freudestrahlend an. Eine große Sorge war nun von ihr genommen.

»Sie sind wirklich sehr gut«, sagte sie mit ihrer melodischen Stimme.

»Hoffentlich kann ich recht häufig zu Ihnen kommen. Ich möchte Mr. President einige meiner Pferde zur Verfügung stellen, damit sie zusammen mit Donavan trainieren können. – Es ist doch herrlich, wenn man morgens ausreitet.«

Er hatte schnell das Thema gewechselt, als er sah, daß Tränen in ihre Augen traten.

»Man fühlt sich so frisch und jung, wenn man schon in der Frühe im Sattel sitzt.«

Wieder traf ihn ein dankbarer Blick aus ihren Augen.

»Wir wollen in den Garten gehen«, sagte sie plötzlich und erhob sich.

Auch er stand langsam auf. Er war zwischen ihr und der Tür, und wenn sie ins Freie gehen wollte, mußte sie an ihm vorüber. Aus einem Grund, über den sie sich nicht klar wurde, scheute sie sich aber, sich ihm zu nähern.

»Gehen Sie bitte voraus.«

Aber er blieb stehen und sah sie so sonderbar an, daß sie in Verwirrung geriet und wieder errötete. Rasch trat er auf sie zu und schloß sie in die Arme. Sie ließ es geschehen und lehnte den Kopf glücklich an seine Brust.

»Mary!«

Sie löste sich schnell aus Erics Umarmung und strich in Eile ihr Haar zurecht.

»Ach, das ist mein Großvater«, sagte sie bestürzt. »Ich habe ihm den Tee nicht gebracht. Er ist schon im Garten! Und ich habe gar nicht gehört, daß er die Treppe heruntergekommen ist!«

»Das war auch wohl nicht möglich«, erklärte Eric fröhlich. »Ich habe ihn nämlich heute morgen schon draußen getroffen. Ich war sehr erstaunt, als du mir erzähltest, daß er noch schlafen würde . . .«

Sie warf ihm einen entrüsteten Blick zu und stürzte dann in den Garten hinaus. Aber im Vorbeigehen streichelte sie ihn.

»Hast du Mr. Stanton gesehen?« fragte John President besorgt. »Ich habe ihn doch hierhergeschickt. Ach, da ist er ja«, sagte er und sah Eric lächelnd an, als dieser ebenfalls in den Garten heraustrat. »Du bist wohl erstaunt, daß du mich hier siehst«, meinte der alte Herr lachend und tätschelte sie auf die Wange. »Aber du siehst ja so erhitzt aus, Mary«, sagte er dann verwundert. »Hast du denn den ganzen Morgen am Herd gestanden?«

»Nein.« Sie wurde noch verlegener. »Ich habe – wir haben zusammen Tee getrunken – gefrühstückt.«

John President schüttelte den Kopf.

»Wer sorgt denn jetzt für mich?«

Er schaute Eric bedeutungsvoll an, dann nahm er ihn am Arm und ging mit ihm durch den Garten.

»Ich verstehe vollkommen«, sagte er nur.

Ein tiefes Schweigen folgte.

»Sie haben das Recht, Genaueres über mein Leben zu erfahren«, begann John President nach einiger Zeit. »Sie haben gehört, was Wilton neulich auf dem Rennplatz sagte . . . Es stimmt alles. Ich habe im Jähzorn meine Frau erschossen. Aber was im allgemeinen nicht bekannt wurde, ist die Tatsache, daß ich auf ihren Bruder schoß und unglücklicherweise sie traf. Ich hatte mich furchtbar über ihn aufgeregt, und ich war damals noch jung und heißblütig. Bei dem Gerichtsverfahren wurden mir mildernde Umstände zuerkannt. Die Richter zogen in Betracht, wie schwer ich für mein Vergehen gestraft war, und verurteilten mich nicht zum Tode. Ich wurde nach Australien deportiert. Denken Sie sich, Mr. Stanton«, fuhr er mit bitterer Stimme fort, »ich stand damals am Beginn einer bedeutenden Laufbahn. Man hielt mich für einen großen Erfinder, der seiner Zeit viel nützen würde. Meine Frau war mir plötzlich genommen – ich hatte sie durch meine eigene Schuld verloren. Auch meine beiden Kinder hatte ich nicht mehr bei mir. Australien war damals noch ein verrufenes Land. Ich war außer mir, als ich dort anlangte. Niemals blieb ich lange in Gefangenenlagern, denn ich war ein sehr unruhiges Element und plante alle möglichen Anschläge gegen die Gefängnisleitung. Deshalb wurde ich schließlich zur Strafe an Bord des Dampfers ›President‹ gesandt. Sechs Jahre mußte ich auf diesem erbärmlichen Kasten aushalten. Ich war fast verzweifelt, aber dann bekam ich einen Brief von einem alten Freund aus England, der mir mitteilte, daß er meine beiden Kinder zu sich genommen hätte und für sie sorgen wolle. Ihretwegen machte ich mir die schwersten Vorwürfe. Später schrieb er mir, daß sie nur auf den Tag warteten, an dem sie zu mir nach Australien kommen könnten. Das gab mir wieder Lebensmut. Ich hatte eine Unterredung mit Colonel Champ, der damals das Gefangenenlager beaufsichtigte und viel für die Leute tat, die seiner Obhut anvertraut waren. Ich sagte ihm, daß ich mich bessern wollte. Er glaubte mir auch und half mir. So wurde ich in einem wissenschaftlichen Institut beschäftigt und konnte dort in einem Laboratorium arbeiten. Ich machte wichtige Entdeckungen, die mich später zur Erfindung des biegsamen Glases brachten. Nachdem ich genügend Proben meiner Befähigung abgelegt hatte, kam ich in das Regierungslaboratorium und arbeitete unter dem jungen Dr. Lubbock.

Damals machte ich auch die Bekanntschaft eines gewissen John Cotton, der sich jetzt John Pentridge nennt. Wir waren zusammen in dem Laboratorium tätig, wo er die schweren Arbeiten zu verrichten hatte. Wir wurden gute Freunde. Er war so begabt, daß er den Sinn meiner Experimente verstand und auch ihren Wert beurteilen konnte. Ich arbeitete damals fieberhaft, um mir einen großen Erfolg zu sichern, denn ich hatte immer die Absicht, mit meinen Kindern in guten Verhältnissen zu leben, wenn ich freigelassen würde. Meine Freunde in England halfen mir, und ich wurde schließlich am selben Tage wie John Pentridge entlassen. Wir logierten in einem kleinen Hotel in Melbourne und arbeiteten später in der gleichen Fabrik. Wenn wir abends zurückkamen, experimentierten wir noch zusammen.

Ich fand eine neue Methode, Schafwolle zu färben, und nun brauchte ich nicht mehr in der Fabrik zu arbeiten. Meine Einnahmen wuchsen ständig, und ich konnte meine Studien in aller Muße betreiben. Meine beiden Kinder kamen zu mir nach Australien. Wir lebten glücklich zusammen, und die Jahre vergingen. Die beiden wuchsen auf, und meine Tochter heiratete. Mary ist ihr Kind. Mein Sohn fiel in den Kolonialkriegen in Afrika. Damals erfand ich das biegsame Glas und stellte die genaue Formel auf. Ich hatte für mich eine Scheibe Glas hergestellt, die so biegsam war wie Pappe. Aber ich hatte mich überarbeitet und wurde schwer krank. Weil ich fürchtete, daß ich sterben müßte, schrieb ich den ganzen Herstellungsprozeß auf. Nachher packte mich das Fieber, und ich lag lange besinnungslos. Erst drei Wochen später kam ich wieder zum Bewußtsein, war aber noch sehr schwach und krank. In der Zwischenzeit war John Pentridge aus Australien verschwunden und hatte mir die Papiere gestohlen. Das ist in groben Umrissen die Geschichte meines Lebens.«

Eric hatte schweigend zugehört. Er empfand tiefes Mitgefühl für den alten Mann.

»Zehn Jahre lang habe ich in Australien nach John Pentridge gesucht«, fuhr John President fort. »Nun habe ich ihn hier gefunden, aber ich fühle, daß es vergeblich ist.«

»Was wollen Sie damit sagen?« fragte Stanton überrascht.

»Die Papiere sind nicht mehr in seinem Besitz. Das erkannte ich sofort, als er mir in Sandown so unverschämt entgegentrat. Er hat sie sicher veräußert.«

»Aber Sie können ihn doch zur Rechenschaft ziehen, und er muß Ihnen sagen, wo er sie gelassen hat!«

»Da kennen Sie John Pentridge schlecht«, erwiderte der alte Mann. »Aber jetzt wollen wir zu den Pferden gehen.«

Er änderte das Gesprächsthema, denn die Erinnerung an das schwere Leid seines Lebens nahm ihn zu sehr mit.

»Ich glaube, ich bin zu alt, um noch zu hassen«, sagte er, während sie über das ebene Gelände gingen. »Ich habe verschiedene Detektive engagiert, um Pentridge ausfindig zu machen, und jetzt, da ich ihn gefunden habe, weiß ich nicht, was ich mit ihm machen soll.«

»Warum stellen Sie denn nicht jemand an, der Ihnen die Schriftstücke wieder beschafft?«

Eric war ein gutmütiger Mensch, der stets bereitwillig anderen helfen wollte, und seiner Meinung nach war das wieder eine Aufgabe für Milton Sands.

John Pentridge hatte eine Einladung nach Pennwaring erhalten, aber er zögerte, die Gastfreundschaft Sir Georges anzunehmen. Sein Auftreten hatte sich vollkommen geändert, nachdem er John President gesehen hatte. Er ging in seinem Hotelzimmer unruhig auf und ab, hatte die Hände in die Hosentasche gesteckt und den Kopf auf die Brust gesenkt. Er dachte darüber nach, ob es nicht besser wäre, wieder nach Frankreich zurückzukehren. Seine Stimmung war trüb, als Milton Sands in sein Zimmer trat.

Pentridge wandte sich sofort um, als sich die Tür öffnete.

»Wer sind Sie?« fragte er. »Wissen Sie nicht, daß dies mein Zimmer ist? Wie kommen Sie dazu, mich unangemeldet zu stören?«

»Beruhigen Sie sich, Penty«, erwiderte Sands leichthin.

Pentridge erkannte in ihm sofort einen Zeugen jenes Auftritts auf der Rennbahn, und es überkam ihn plötzlich eine ungewisse Furcht. Wahrscheinlich hatte dieser Besuch mehr zu bedeuten. Dieser Mann schien offenbar ein Freund John Presidents zu sein.

»Es hat keinen Zweck, daß Sie hierherkommen, um mich auszuholen«, sagte er ärgerlich. »Damit haben Sie kein Glück bei mir.«

»Ja, das ist mir klar«, entgegnete Milton und rückte einen Stuhl an den kleinen Tisch in der Mitte des Raums. »Trotzdem möchte ich einige Fragen an Sie richten, die Sie mir sicher gern beantworten werden. Sie sind doch der Mann, der Monsieur Soltescu die Formel des biegsamen Glases verkauft hat?«

»Ich lehne es ab, diese Frage zu beantworten«, erklärte Pentridge hartnäckig.

»Ich bin aber von Soltescu hierhergeschickt worden«, entgegnete Milton Sands lächelnd. »Er schrieb mir heute morgen einen Brief und bat mich darin, Sie aufzusuchen. Wenn Sie es wünschen, kann ich Ihnen das Schreiben ja zeigen.«

Er griff in die Tasche und brachte den Brief zum Vorschein.

Pentridge betrachtete ihn argwöhnisch.

»Wie kann ich wissen, daß dieser Brief von Soltescu ist?«

»Beweise kann ich Ihnen dafür nicht geben. Sie müssen eben auf mein Wort glauben, daß der Brief von ihm ist.«

Pentridge las ziemlich lange, denn Soltescu hatte keine besonders leserliche Handschrift.

»Die Sache scheint in Ordnung zu sein«, brummte er. »Was wollen Sie denn von mir wissen?«

»Sie haben doch Soltescu die Beschreibung des Herstellungsprozesses verkauft?«

Pentridge nickte.

»Wie kamen die Papiere in Ihren Besitz?«

»Ich habe sie von einem Freund bekommen«, antwortete Pentridge ausweichend.

»Ich nehme an, daß Sie sie gestohlen haben, und zwar von eben diesem Freund. Aber ich möchte gern wissen, wer dieser Freund war, dem Sie die Papiere entwendeten, und unter welchen näheren Umständen Sie dies taten. Diese Einzelheiten sind für Monsieur Soltescu sehr wichtig. Ein Komitee auf der großen Ausstellung in Lyon hat nämlich eine Belohnung von hunderttausend Pfund für die Erfindung des biegsamen Glases ausgesetzt. Und dabei ist gar nicht einmal bekannt, daß ein solches Glas schon erfunden worden ist. Aber wenn Soltescu die Erfindung zur Prämiierung einreicht, muß er wissen, wer der Erfinder ist, und wir müssen noch viele Details darüber in Erfahrung bringen.«

Pentridge ging in seinem Zimmer auf und ab und blickte düster vor sich hin.

»Wie lange dauert es, bis ein Diebstahl verjährt?«

Milton wußte sofort, worauf der Mann hinauswollte.

»Für den Staatsanwalt verjährt ein Verbrechen allerdings, aber nicht für den Bestohlenen und seine Schadensersatzansprüche. Aber ich kann Ihnen die Versicherung geben, daß Sie nicht angeklagt werden sollen.«

»Dann will ich Ihnen erzählen, wie es zu der Geschichte kam«, erwiderte John Pentridge nach einer längeren Pause. »Ich hatte einen Freund in New South Wales, einen tüchtigen Erfinder. Er war der klügste Mensch, der mir jemals in meinem Leben begegnet ist. In Pentridge war er der älteste Gefangene, aber auch der schlaueste. Vor vielen Jahren wurde er deportiert, weil er seine Frau erschossen hatte. Er war ein schwer zugänglicher Mann, bis er sich plötzlich vollständig änderte. Er arbeitete die ganze Zeit an Erfindungen, und als er schließlich aus dem Gefängnis entlassen wurde, half ich ihm, denn ich kannte seine Methoden und war an die Zusammenarbeit mit ihm gewöhnt.«

Wieder machte er eine Pause.

»Dieser Mann hat auch die Herstellung von biegsamem Glas erfunden. Ich glaubte, daß er sterben würde – und –«

»Und da haben Sie sich mit den Aufzeichnungen über den Herstellungsprozeß aus dem Staube gemacht!«

»Aus dem Staube gemacht habe ich mich nicht. Ich bin von Australien abgereist. Das ist die ganze Geschichte.«

»Wer war denn der Mann, den Sie bestohlen haben?«

Pentridge hatte die Überzeugung, daß Sands nicht für John President arbeitete.

»Das werde ich Ihnen nicht erzählen«, sagte er nach einer kleinen Weile. »Das müssen Sie selbst herausbringen. Der Mann ist tot.« Bei diesen Worten sah er Sands prüfend an.

»Sind Sie sich Ihrer Sache auch ganz gewiß?«

»Wie meinen Sie das?« fragte Pentridge laut. »Glauben Sie, ich lüge Ihnen etwas vor?«

»Ich habe mir das noch nicht genau überlegt. Aber wenn mir jemand das sagte, wäre ich nicht sehr erstaunt.«

»Monsieur Soltescu kann Ihnen verraten, wer es war. Der Name stand auf dem Briefumschlag.«

»Unglücklicherweise hat Soltescu den Briefumschlag vernichtet und kann sich nicht mehr auf den Namen besinnen.«

Milton sah, daß Pentridge erleichtert aufatmete.

»Nun, ich kann es Ihnen auch nicht sagen«, erklärte er kurz.

»Dann wäre noch etwas zu besprechen. Sie hatten einen alten Freund, mit dem Sie in früheren Jahren häufig zusammen gesehen worden sind. Sie kannten ihn schon in Australien, und er kam mit Ihnen nach Europa. Vor einiger Zeit fand man ihn in Monte Carlo ermordet auf.«

»Ermordet?« rief Pentridge bestürzt. Er war bleich geworden, und seine Hände zitterten. »Was wollen Sie damit sagen?«

»Nichts Besonderes. Er wurde mit zertrümmertem Schädel im Garten einer leerstehenden Villa aufgefunden. Und er wurde an dem Abend ermordet, an dem ich und Sie Monte Carlo verließen.«

»An dem Abend war ich nicht in Monte Carlo«, sagte Pentridge schnell.

»Selbstverständlich waren Sie dort. Sie spielten an demselben Tisch mit mir und wurden später aus dem Kasino gewiesen, weil Sie durch Ihr Benehmen die anderen Spieler störten.«

»Ich weiß nichts davon«, erwiderte Pentridge düster. »Auf keinen Fall hatte ich eine Ahnung, daß der Mann in Monte Carlo war.«

»Er hat Ihnen damals bei dem Diebstahl der Papiere in Australien geholfen, soviel ich weiß. Auf jeden Fall konnte ich feststellen, daß Sie beide von Melbourne mit demselben Dampfer abfuhren. War er der Erfinder?«

»Nein«, entgegnete Pentridge gereizt.

»Haben Sie eine Ahnung, warum der Mann ermordet wurde?«

Pentridge schwieg.

»Wissen Sie vielleicht, wer der Mörder ist?«

Wieder keine Antwort.

»Gab es einen triftigen Grund, aus dem Sie ihn getötet haben könnten?«

Pentridge wandte sich ärgerlich um.

»Wer sagt, daß ich ihn umgebracht habe?«

»Ich setze nur den Fall«, erklärte Milton liebenswürdig. »Ich will die Behauptung nicht ohne weiteres aufstellen.«

Damit erhob er sich und zog seine Handschuhe an.

»Ich sehe, daß ich die Informationen, die ich brauche, nicht von Ihnen bekommen kann.«

»Wohin wollen Sie gehen?« fragte Pentridge nervös.

»Ich setze meine Nachforschungen anderweitig fort.«

Als Milton Sands in das Auto stieg, das draußen auf ihn wartete, war er sich darüber klar, daß er Pentridge wohl einen heilsamen Schrecken eingejagt, sonst aber nicht viel erreicht hatte. In wessen Besitz mochten sich die Papiere jetzt befinden? Und wer war wohl ihr ursprünglicher Eigentümer? Wenn es ihm gelang, diesen Punkt aufzuklären, war viel gewonnen. Es war merkwürdig, daß er mit keinem Gedanken an John President dachte. Als Mary seine Hilfe gegen Bud Kitson in Anspruch nahm, glaubte er, daß sie nur deshalb in Verdacht gekommen war, weil sie das Zugabteil neben Soltescu innegehabt hatte. Er hielt den Verdacht des Rumänen damals für vollkommen unbegründet. Jetzt grübelte er darüber nach, ob nicht vielleicht doch mehr hinter der Sache stecke, als er vermutet hatte. Der Gedanke ließ ihm keine Ruhe, und er kam deprimiert zu seinem Büro zurück. Aber es gab ja einen sehr einfachen Weg, dies festzustellen. Er brauchte doch nur Miss President selbst zu fragen. Als er eintrat, begrüßte er zuerst Janet, die eifrig die Morgenzeitungen durchstudierte. Dann nahm er einige Telegrammformulare aus seinem Schreibtisch und schrieb schnell.

»Ich muß aufs Land reisen, um mit Miss President zu sprechen.«

»Wie lange bleibst du fort?«

»Höchstens zwei Tage.«

»Du hast große Sorgen«, sagte sie schnell.

»Warum sollte ich denn große Sorgen haben?« protestierte er. »Ich war noch nie so lustig und vergnügt in meinem Leben.«

»Wie steht es denn mit deinen anderen Arbeiten? Hast du die Schwester Mr. Stantons gefunden?«

»Nein, bis jetzt habe ich noch keine Spur von ihr entdecken können.«

Sie sah ihn lange und nachdenklich an.

»Mir ist eine Idee gekommen«, sagte sie zögernd, »aber ich wage kaum, sie auszusprechen.«

»Was ist denn?« fragte er neugierig. »Ich bin dankbar für

jede Anregung, die du mir geben kannst. Die Sache mit Miss Stanton fällt mir mit der Zeit auf die Nerven.«

»Vor vielen Jahren habe ich einmal Sir George Frodmeres Schwester kennengelernt. Jedenfalls war sie mit meiner Mutter bekannt.«

»Ich glaube, daß ich auch schon von ihr gehört habe«, erwiderte Milton lächelnd. »Sie ist die Dame, die leichtsinnig Dienstboten empfiehlt, wenn ihr Bruder es wünscht.«

»Darüber bin ich nicht orientiert. Aber ich weiß, daß sie sehr viel klatscht. Es ist während der letzten zwanzig Jahre kaum etwas in London passiert, was sie nicht wüßte. Vielleicht könnte dich diese Frau auf die Spur bringen.«

»Das ist tatsächlich eine gute Idee«, meinte er nachdenklich. »Ich will sie sofort aufsuchen, wenn ich von meiner Reise zurückkomme.«

Um zwei Uhr nachmittags fuhr er nach Sussex, aber er blieb nicht die beabsichtigten zwei Tage aus, sondern kam schon am selben Abend um elf Uhr wieder zurück. Die Nachrichten, die er erhalten hatte, stimmten ihn sehr nachdenklich und brachten ihm viel Arbeit. Als der graue Morgen dämmerte und das erste Frühlicht durch die Fenster seines Schlafzimmers schien, saß er noch am Tisch und schrieb.

16

Als Sands Mrs. Gordon Thompson aufsuchte, war es bereits Nachmittag, aber sie saß immer noch in ihrem Morgenrock da und legte Patience. Sie war eine ungewöhnliche Frau, und obwohl sie noch nicht einmal frisiert war, ließ sie Milton Sands sofort in ihr Zimmer eintreten.

»Wie geht es Ihnen?« fragte sie und begrüßte ihn mit einem Kopfnicken. »Nehmen Sie sich bitte einen Stuhl.« Sie unterbrach ihr Kartenspiel nicht. »Wir haben uns doch schon irgendwo getroffen?«

»Ja, ich glaube vor einiger Zeit in Enghien.«

»Oh, ich entsinne mich. Sie sind der Mann, der damals beim Spiel so großes Glück hatte.«

»Es ist möglich, daß ich damals mehr Glück hatte als jetzt.«

Sie legte die Karten zusammen, lehnte sich zurück und betrachtete ihn aufmerksam.

»Was kann ich für Sie tun, Mr. Sands?«

»Oh, Sie können mir sehr viel helfen«, sagte er freundlich, um ihre Sympathie zu gewinnen. »Auf jeden Fall denkt meine Freundin Janet Symonds das.«

»Ach, sehen Sie, die kleine Janet!« rief Mrs. Thompson interessiert. »Was macht sie denn?«

»Augenblicklich ist sie meine Sekretärin.«

»Und welchen Beruf haben Sie zur Zeit?«

»Ich bin in gewisser Weise ein Privatdetektiv.«

»Welches Spezialfach?«

Mrs. Thompson interessierte sich nun sehr für ihn, und ein Lächeln spielte um ihre Lippen.

»Ich suche nach bestimmten Leuten, und Miss Symonds dachte, daß Sie mir dabei behilflich sein könnten. Sie sagt, daß Sie seit Jahren alle Leute in London kennen, die eine Rolle gespielt haben, und daß Sie ...« Er zögerte, weiterzusprechen.

»Daß Sie alle Skandalgeschichten wissen, die sich in dieser Zeit abgespielt haben«, ergänzte sie belustigt. »Ja, die kleine Janet hat nicht so ganz unrecht.«

Mit wenigen Worten erklärte ihr Milton nun sein Anliegen.

»Sie suchen nach Eric Stantons Schwester?« sagte sie nachdenklich. »Da haben Sie sich allerdings eine schwere Aufgabe gestellt. Ich weiß nicht viel. Mrs. Stanton trennte sich von ihrem Mann und wohnte kurze Zeit in einer Pension in Bayswater mit einem älteren Dienstmädchen zusammen. Ich habe sie nie kennengelernt. Manche Leute haben auch angenommen, daß sie nach Belgien gegangen wäre. Ich kann Ihnen nur einen einzigen Anhaltspunkt geben ... Das Dienstmädchen hat einen Reitknecht geheiratet, einen entsetzlichen Kerl. Den Namen habe ich im Augenblick vergessen. Er kam in Schwierigkeiten und verschwand von der Bildfläche. Mein Bruder hat ihn früher beschäftigt.«

Plötzlich kam Milton eine Idee.

»Hieß der Mann nicht Buncher?« fragte er eifrig.

Sie sah ihn erstaunt an.

»Ja, richtig. Das war sein Name. Kennen Sie ihn denn?«

»Ich habe von ihm gehört«, sagte er schnell. »Halten Sie es für möglich, daß er weiß, wo das Kind geblieben ist?«

»Das möchte ich stark bezweifeln.« Sie schüttelt den Kopf. »Seine Frau ist nur kurze Zeit bei Mrs. Stanton im Dienst gewesen. Aber immerhin könnte sie etwas wissen.«

»Ich habe mir schon viel Mühe gegeben, diese Frau ausfindig zu machen, aber bisher ohne Erfolg. Jedenfalls bin ich Ihnen zu großem Dank verpflichtet.«

»Janets Mutter hätte Ihnen viel helfen können, wenn sie noch lebte. Auf einen Empfehlungsbrief von Mrs. Stanton wurde ich nämlich mit den Symonds bekannt. Sehen Sie, so kommt es, daß ich wohl mit Mrs. Stanton korrespondiert habe, aber sie nicht persönlich kennenlernte. Sie und ihr Mann interessierten sich für eine der Aktiengesellschaften, die mein Mann gründete, und als er finanziell ruiniert war, schrieb sie mir einen sehr liebenswürdigen Brief. Ja, wenn ich es genau sagen soll, schickte sie mir etwas Geld, das ich damals dringend brauchte. Später hörte ich nichts mehr von ihr, bis sie mir von Brügge aus einen Empfehlungsbrief für die Symonds schrieb. Vielleicht weiß Janet das nicht. Ich lebte damals selbst in sehr traurigen Verhältnissen, aber ich tat alles, was in meinen Kräften stand.« Sie lächelte und sah ihn durchdringend an, als er sich erhob. »Ist eigentlich eine Belohnung für die Auffindung der Frau ausgesetzt?« fragte sie gespannt.

»Ja.«

»Vergessen Sie nicht, daß ich einen Teil davon verdient habe«, erklärte sie mit bewunderungswürdiger Offenheit und nahm ihre Karten wieder auf. »Welches Pferd wird denn das Derby gewinnen?« fragte sie, als Milton schon in der Tür stand.

»Donavan«, erklärte er prompt.

»Da sind Sie aber schlecht beraten.« Sie verteilte die Karten auf dem Tisch.

»Ich glaube nicht.« Er schloß die Tür und verließ das Haus.

Eine Nachricht hatte er wenigstens erhalten, aber es war schwer, diesen Anhaltspunkt weiter zu verwerten, denn in Pennwaring hatte er sich nicht sehr beliebt gemacht. Hätte er vorher davon gewußt, so hätte er die Gelegenheit besser ausgenützt, die sich ihm damals bot. Trotzdem sagte er sich, daß er die Zeit in Sir Georges Haus äußerst nutzbringend angewandt hatte. Auf jeden Fall hatte er aufgeklärt, welche häßliche Rolle Toady Wilton bei dem Ehestreit der Stantons zugefallen war. Aber diese Sache war augenblicklich nicht so wichtig, da Lord Chandeson Toady ja schon genügend bloßgestellt hatte.

Sands hoffte eigentlich, daß er aus den Papieren Wiltons etwas über den Aufenthaltsort von Stantons Schwester erfahren würde. Er hatte geglaubt, daß Wilton stets in Verbindung mit dem jungen Mädchen geblieben war, um sie in einem günstigen Augenblick wieder auftreten zu lassen. Darin täuschte er sich aber. Wilton hatte keine Ahnung von ihrem jetzigen Aufenthalt.

Sands hatte mit Eric Stanton verabredet, daß sie in seinem Klub zu Mittag speisen wollten. Stanton war im Gegensatz zu seinem Freund in sehr froher Laune.

»Nun, Sie tun ja so, als ob Ihnen alle Felle weggeschwommen wären«, sagte er vergnügt.

»Ich bin nicht gerade in trüber Stimmung, aber ich habe viel erfahren, was mich sehr nachdenklich gemacht hat.«

»Mir geht es ähnlich. Bitte, wenden Sie Ihre volle Aufmerksamkeit jetzt der Wiederbeschaffung der verlorenen chemischen Formel für biegsames Glas zu. Ich hatte heute morgen eine längere Unterredung mit Mr. President. Und Sie wissen, daß das Komitee der Ausstellung in Lyon eine große Prämie für biegsames Glas ausgesetzt hat.«

Milton nickte.

»Der letzte Einsendetermin für die Lösung ist nächste Woche. Und wenn es Ihnen gelingen sollte, diese Papiere zu finden, so würde das für Mr. President sehr viel bedeuten. Heute morgen noch sagte er, daß er es sehr bedauerte, die Lösung nicht einsenden zu können. Ich bin direkt gerührt über das Zutrauen, das er zu seiner Erfindung hat.«

»Ist er eigentlich reich?«

Stanton schüttelte den Kopf.

»Er lebt in ganz guten Verhältnissen und hat ein paar tausend Pfund zurückgelegt, aber er gibt für seine Pferde sehr viel Geld aus.«

»Für Donavan?«

»Ja. Und nach allem, was ich heute morgen sah, wird das Pferd das Derby gewinnen. Es hat Dean um mehrere Längen geschlagen, und zwar ohne die geringste Anstrengung. Ich habe selbst abgestoppt. Es hat die Meile fast in Rekordzeit zurückgelegt.«

»Ich bin davon überzeugt, daß er das Derby beinahe gewinnen wird.«

»Warum sollte Donavan nicht Sieger werden? Welches Pferd könnte denn sonst den ersten Platz belegen?«

Milton lächelte.

»Das Pferd von Sir George Frodmere.«

»Ist das tatsächlich Ihre Meinung? Glauben Sie, daß Portonius das Rennen macht?«

»Ich habe nur gesagt, daß Sir George Frodmeres Pferd das Rennen macht. Was nachher passiert, ist eine Sache für sich!«

»Sie sind ja heute sehr geheimnisvoll«, sagte Eric etwas unwillig. »Wollen Sie den Schleier nicht ein wenig lüften?«

»Da müssen Sie bis zum Rennen warten.«

Die beiden erhoben sich und verließen zusammen den Klub. Milton verabschiedete sich auf der großen Treppe.

»Mit der Auffindung Ihrer Schwester bin ich übrigens einen Schritt vorwärtsgekommen. Ich habe jetzt wenigstens einen Anhaltspunkt, der mir vielleicht weiterhilft. Und wegen Mr. Presidents Schriftstücken wird sich auch noch Rat schaffen lassen. Wann wird denn das Resultat des Wettbewerbs in Lyon bekanntgegeben?«

»Merkwürdigerweise an demselben Tag, an dem das Derby stattfindet.«

Milton nickte.

»Dann kann Mr. President vielleicht an diesem Tag einen doppelten Sieg buchen. Sollten wir uns nicht vorher treffen, so sehen wir uns jedenfalls bei dem Rennen in Epsom.«

Damit trennten sich die beiden.

Das kleine Haus, das Sir George seinem Trainer zur Verfügung gestellt hatte, lag an der verwahrlosten großen Fahrstraße, die die Ländereien durchschnitt. Sie war jetzt nicht mehr in Gebrauch, weil ihre Instandsetzung zuviel Geld gekostet hätte.

Eines Abends ging Mr. Buncher zum nahegelegenen Dorfwirtshaus. Seine Frau blieb zu Hause und atmete erleichtert auf, als die Tür ins Schloß fiel. Sie war hager und hatte in ihrer siebzehnjährigen Ehe harte Züge bekommen. Schwere Jahre lagen hinter ihr.

Sie saß in der Küche und fuhr erschreckt zusammen, als sie hörte, daß jemand an der Gartentür war. Zuerst glaubte sie, ihr Mann wäre zurückgekommen, und eilte hinaus. Aber draußen stand ein Fremder.

»Sind Sie Mrs. Buncher?« fragte er freundlich.

»Ja.«

Es war offenbar ein vornehmer Herr. Nicht nur seine Kleidung, auch sein Benehmen und seine Sprache ließen darauf schließen. Obendrein war er in einem Auto angekommen.

»Ich möchte Sie in einer dringenden Angelegenheit ein paar Minuten sprechen.«

Sie zögerte. Ihr Mann hatte ihr den strikten Auftrag gegeben, niemand in das Haus zu lassen. Aber einen solchen Fall hatte er wohl nicht vorausgesehen.

»Ich glaube, es ist Ihr Vorteil, wenn Sie mit mir sprechen«, erklärte Milton Sands.

Mrs. Buncher war sofort interessiert und schloß das Tor auf, wenn ihre Hände auch zitterten.

»Wollen Sie bitte nähertreten.«

Sie führte Milton in das Wohnzimmer und bot ihm einen Stuhl an.

»Ich will Sie nicht lange aufhalten«, sagte Milton, der absichtlich gewartet hatte, bis Mr. Buncher zu seinem Abendschoppen ins Dorf gegangen war. »Sie waren doch früher bei Mrs. Stanton im Dienst?«

Sie zögerte mit der Antwort, aber nach einer kleinen Pause bejahte sie die Frage.

»Es ist ihnen auch bekannt, daß sich Mrs. Stanton von ihrem Mann trennte und ihre kleine Tochter mitnahm? Gingen Sie damals mit ihr?«

»Ja. Mrs. Stanton ist immer sehr gut zu mir gewesen; ihr Mann gagegen war ein abscheulich brutaler Mensch ...« Sie wollte alle Einzelheiten des Falles erzählen, aber Milton hinderte sie daran.

»Wie lange waren Sie noch bei Mrs. Stanton, nachdem sie sich von ihrem Mann getrennt hatte?«

Mrs. Buncher sah zur Decke und überlegte.

»Im ganzen zwei Jahre, ein Jahr in England und ein Jahr in Brügge. Dann kam ich mit ihr nach England zurück, mußte mich aber von ihr trennen, da sie nicht mehr genügend Geld hatte, um meinen Lohn zu bezahlen. Sie mußte sehr sparen.«

»Sie wissen doch, daß Mr. Stanton für die Auffindung seiner Schwester eine Belohnung ausgesetzt hat?«

Die Frau nickte. »Ich habe davon gehört. Aber es hat keinen Zweck, daß ich mich darum bemühte; ich weiß ja selbst nichts Genaues.«

»Wo wohnte denn Mrs. Stanton, als sie nach London zurückkam?«

»In Hornsey – in einer Pension.«

Milton schrieb sich die Adresse genau auf.

»Können Sie mir vielleicht irgendein besonderes Erkennungszeichen nennen, das das Kind an sich hatte? Ein Muttermal, an dem man es erkennen könnte?«

»O ja, es hatte ein gelbliches Muttermal rund um das linke Fußgelenk. Es sah aus wie eine Schlange. Und das war merkwürdig, denn wir sagten immer –«, sie hielt plötzlich inne.

»Sprechen Sie doch weiter«, ermutigte sie Milton.

»Ich möchte nichts gegen Mr. Wilton sagen – er wohnt

jetzt hier im Herrenhaus, aber Mrs. Stanton haßte ihn – und wir nannten ihn immer die Schlange.«

»Das ist wenigstens ein Anhaltspunkt«, meinte Milton lächelnd.

Die Unterhaltung der beiden wurde plötzlich durch ein lautes Klopfen an der Haustür unterbrochen, und die Frau sprang auf.

»Mr. Buncher!« rief Sir George von draußen.

»Sagen Sie Sir George nicht, daß ich bei Ihnen bin. Wo kann ich mich solange verstecken?« fragte Milton.

»Gehen Sie durch den hinteren Gang in die Küche«, erwiderte sie verstört, denn jetzt erinnerte sie sich wieder an den Auftrag ihres Mannes, niemand ins Haus zu lassen.

Sie wartete, bis Milton Sands das Zimmer verlassen hatte, und ging erst dann, um Sir George die Tür zu öffnen.

»Wo ist Ihr Mann?« fragte der Baronet scharf.

»Er ist ins Dorf gegangen.«

»Dann holen Sie ihn rasch.«

Er stand in der offenen Haustür und klopfte ungeduldig mit der Reitpeitsche an seine hohen Stiefel.

Die Frau zögerte eine Sekunde, aber dann machte sie sich auf den Weg. Sie hoffte nur, daß der unbekannte Fremde seine Anwesenheit nicht verraten würde.

»Sind Sie Ihrer Sache auch vollkommen sicher?« wandte sich Sir George an Toady, der ihn begleitet hatte.

»Vollkommen. Ich habe mich bestimmt nicht getäuscht.«

»Ich dachte, er würde England an dem Tag vor dem Derby verlassen?«

»Vielleicht hat er Urlaub genommen, oder er ist auf ein anderes Schiff versetzt worden.«

»Das ist allerdings ein unglücklicher Zufall.«

Die beiden gingen langsam den Gartenweg auf und ab, der am Haus vorbeiführte, und blieben schließlich eine Weile vor dem Küchenfenster stehen.

»Daß dieser niederträchtige Zahlmeister sich ausgerechnet für Rennen interessieren muß, ist schlimm genug. Daß er bei dem Derby zugegen sein wird, ist noch schlimmer, aber am schlimmsten ist es, daß er hierhergekommen ist. Es ist einfach katastrophal, daß er nach Pennwaring geht, um zu spionieren. Sind Sie sicher, daß er den Galopp gesehen hat?«

»Ganz sicher«, erklärte Toady. »Wenn Sie die Bemerkung gestatten, halte ich es entschieden für einen Fehler, das Pferd nachmittags laufen zu lassen. Während des Galopps kann man es ja glücklicherweise nicht beobachten, aber bei der Rückkehr zum Stall kommt der Gaul in einer Entfernung von hundert Metern an der Mauer vorbei. Ich beobachtete Buncher, als er das Pferd zum Stall zurückführte. Dabei sah ich mich zufällig um und entdeckte unseren Zahlmeister. Er saß mit einem Feldstecher oben auf der Umfassungsmauer.«

Sir George sah düster drein und runzelte die Stirn.

»Er hat uns schon lange im Verdacht. Erinnern Sie sich noch, was er alles sagte, als wir auf den Dampfer kamen? Er meinte, es sei doch sehr zu bedauern, daß El Rey zu einem Gestüt geschickt würde, da er noch so manches Rennen gewinnen könnte. Der hat damals schon etwas gemerkt. Und nun ist er hergekommen, um sich von der Richtigkeit seiner Vermutung zu überzeugen. Was haben Sie denn gemacht?«

Toady warf sich in die Brust.

»Ich habe vor allem nicht den Kopf verloren«, erwiderte er stolz. »Ich sah nur einen Augenblick zu ihm auf und war sofort auf der Höhe. In solchen Momenten der Gefahr stehe ich immer meinen Mann.«

»Reden Sie nicht soviel von sich selbst«, entgegnete Sir George ärgerlich. »Ich will wissen, was passiert ist. Was Sie in gefährlichen Augenblicken machen, weiß ich zur Genüge. Ich habe da meine bösen Erfahrungen mit Ihnen.«

»Ich wünschte ihm einfach guten Tag und sprach ein paar Worte mit ihm über das Pferd. Dann fragte ich ihn, ob er einmal zum Stall kommen wollte, um sich den Gaul näher zu besehen. Und er nahm mein Anerbieten an.«

»Wenn wir mit Buncher gesprochen haben, müssen wir uns entscheiden, was wir tun wollen.« Sir George schlug mit der Faust in die flache Hand. »Ich brauche dringend größere Summen. Wenn etwas schiefgeht und etwas dazwischenkommt, weiß ich nicht, wie ich durchhalten soll. Wir müssen vor allem herausbringen, wieviel der Zahlmeister weiß, und wieviel er vermutet. Aber das eine kann ich Ihnen nur sagen, er muß um jeden Preis zum Schweigen gebracht werden.«

Toady nickte. Er hatte die gefährliche Situation vollkommen erfaßt. Auch ein großer Teil seines eigenen Geldes war auf Portonius gesetzt.

»Hier ist er schon«, sagt Sir George leise.

Sie waren langsam nach vorne gegangen und standen jetzt an der Haustür, von der aus man die Gartentür beobachten konnte. Der Fremde kam gleichzeitig mit Mr. Buncher und seiner Frau. Sie warf einen ängstlichen Blick auf das Küchenfenster, konnte aber von dem früheren Besucher nichts sehen und hoffte nur, daß er die erste beste Gelegenheit benützt hatte, um sich aus dem Staube zu machen. Sir George wies vielsagend mit dem Kopf auf die Frau.

»Schon gut«, brummte Buncher. »Ich brauch dich nicht mehr. Wir wollen allein miteinander reden.«

»Wollen Sie ins Wohnzimmer gehen?« fragte sie furchtsam.

»Nein, wir sprechen hier draußen. Ach, hier ist ja Mr. Delane.«

Sir George erkannte ihn trotz des schwachen Lichtes sofort. Es war tatsächlich der Zahlmeister des Dampfers, auf dem El Rey nach England transportiert worden war.

Buncher maß den Fremden mit düsteren Blicken und brummte etwas, das man nicht verstehen konnte.

»Wie ich hörte, haben Sie mein Pferd beim Training gesehen?« begann Sir George.

Der Zahlmeister nickte.

»Nun, was halten Sie von ihm?« fragte der Baronet leichthin.

Mr. Delane antwortete nicht gleich, sondern schien sich seine Worte genau zu überlegen.

»Er macht sich sehr gut«, sagte er schließlich.

»Haben Sie seinen Galopp gesehen?«

»Nur das Finish.«

»Wirklich ein gutes Pferd. Sind Sie nicht auch der Meinung?« fragte Sir George anscheinend harmlos. Aber er ließ den Mann nicht aus den Augen und beobachtete ihn scharf.

»Außerordentlich gut in Form«, entgegnete Mr. Delane sachlich. Aber seine Worte schienen eine besondere Bedeutung zu haben.

»Glauben Sie, daß es das Derby gewinnen wird?«

Der Zahlmeister nickte.

»Ja, der Gaul geht als erster durchs Ziel«, erklärte er überzeugt.

»Ich verstehe vollkommen.«

Sir George blickte eine Weile dumpf brütend vor sich hin, dann sah er plötzlich auf.

»Es wäre mir sehr lieb, wenn Sie mit mir zum Herrenhaus kämen«, sagte er.

Der Zahlmeister lächelte.

»Das geht leider nicht, Sir George«, entgegnete er höflich. »Ich muß heute abend noch nach London zurückfahren.«

»Kommen Sie zu den Rennen nach Epsom? Ich dachte, Sie wären schon auf See . . .«

»Eigentlich war es ja auch so bestimmt, aber ich wurde auf ein anderes Schiff versetzt, und die Gesellschaft gibt mir bis dahin Urlaub.«

Ein peinliches Schweigen trat ein.

»Sind Sie eigentlich schon einmal in Bukarest gewesen?« fragte Sir George dann unvermittelt.

»Nein«, erwiderte Mr. Delane erstaunt. »Warum fragen Sie danach?«

»Ich überlegte mir gerade, ob Sie einen geschäftlichen Auftrag für mich übernehmen wollten. Ich erwarte in nächster Zeit wichtige Nachrichten, die es notwendig machen, daß ich einen Vertreter in Bukarest habe. Und ich glaube, daß Sie sich für den Posten vorzüglich eignen würden. Auf diese Weise könnten Sie Ihren Urlaub nutzbringend verwerten. Sie müßten nach Bukarest gehen, wo Sie im besten Hotel wohnen würden. Warten Sie dort, bis Sie meine weiteren Anweisungen erhalten. Ich bin bereit, Ihnen für Ihre Arbeit sehr anständig zu zahlen. Etwa fünfzig Pfund wöchentlich für Ihre Spesen und weitere fünfzig Pfund für die Dienste, die Sie mir leisten. Es würde sich um eine Zeit von etwa sechs Wochen handeln. Nebenbei könnten Sie die schöne Gegend am Schwarzen Meer kennenlernen. Und –«

»Und auf diese Art und Weise würde ich aus England entfernt sein. Nein, Sir George, ich muß Ihren Auftrag ablehnen.«

»Vielleicht willigen Sie ein, wenn ich Ihnen zweihundert Pfund die Woche bewillige. Das wären im ganzen eintausendzweihundert Pfund – das ist doch wirklich eine sehr gute Bezahlung für so kurze Zeit.«

Der Zahlmeister war nicht gerade reich, und er zögerte. Schließlich war es ja nicht seine Sache, sich in diese Affäre einzumischen. Hier bot sich eine Gelegenheit wie vielleicht nie wieder in seinem Leben. Er war sonst ein absolut ehrlicher Mann. Aber Sir George hatte ja nichts gesagt, was ihm die Annahme des Vorschlags unmöglich gemacht hätte.

Dieser englische Baronet hatte so vielfache Interessen, daß er vielleicht tatsächlich wichtige geschäftliche Transaktionen in Bukarest vornehmen mußte.

»Ich will mir die Sache noch überlegen.«

»Treffen Sie Ihre Entscheidung lieber jetzt«, sagte Sir George mit freundlichem Lächeln, »und fahren Sie heute abend noch nach Rumänien ab. Sind Sie eigentlich verheiratet?«

Mr. Delane schüttelte den Kopf.

»Sehen Sie, das macht die Sache ja noch bedeutend leichter. Sie können den Zehn-Uhr-Zug von Liverpool Street über Hoek van Holland noch erreichen und dann in Amsterdam den Orientexpreß benützen. An Ihrer Stelle würde ich sofort annehmen.«

Der Mann zögerte immer noch. Er hatte das unangenehme Gefühl, daß er anders handelte, als er beabsichtigte. Aber schließlich hatte diese Rennangelegenheit ja nichts mit ihm zu tun. Er wußte nicht einmal genau, ob hier wirklich ein Schwindel durchgeführt werden sollte. Und graue Pferde sahen einander für gewöhnlich ziemlich ähnlich. Es bestand kein großer Unterschied.

»Während Ihres Aufenthalts in Bukarest können Sie ja schließlich auch Soltescus Gestüt und El Rey besuchen.«

Sir George sagte das so gleichgültig, als ob er nicht viel Wert auf die Entscheidung des Zahlmeisters legte. Aber mit dieser geschickten Äußerung gelang es ihm, das Gewissen Delanes zu beruhigen.

»Ich werde noch heute abend fahren«, erklärte dieser.

»Gut, kommen Sie mit in mein Haus, damit wir den Vertrag abschließen können«, sagte Sir George und ging voraus.

Unterwegs unterhielt er sich noch angeregt mit Mr. Delane über alle möglichen Dinge, nur nicht über Pferde.

Da Mr. Buncher nicht fortgeschickt worden war, schloß er sich ihnen an. Das war günstig für Milton Sands, denn nun konnte er sich ungesehen davonschleichen.

17

Eine Woche war vergangen, in der Milton Sands alle Hände voll zu tun hatte.

John President war von morgens bis abends auf den Beinen und dauernd mit seinem Lieblingspferd beschäftigt.

Am Sonnabend vor dem Rennen in Epsom schien es so, als ob die Leute nur noch über die Aussichten der einzelnen Pferde in dem Derby sprechen würden.

Eric Stanton ritt mit Milton über die Ebene. Am Abend vorher hatte er John President besucht und mit ihm über Donavan gesprochen. Der alte Herr hatte unerschütterliches Zutrauen zu seinem Pferd und war so optimistisch, als ob er mindestens fünfzig Jahre jünger wäre.

Milton Sands war zu Gast bei Stanton, der in der Nähe einen größeren Landsitz hatte.

»Ich mache mir keine Sorgen darüber, daß der alte President eventuell sein Geld verlieren wird«, sagte Eric.

»Einen solchen Schaden kann man leicht wiedergutmachen. Aber ich fürchte den niederschmetternden Eindruck, den eine Niederlage Donavans auf ihn machen wird. Er ist wirklich sehr alt, und er glaubt felsenfest an den Erfolg seines Pferdes. Ich weiß nicht, ob er eine Niederlage Donavans überstehen wird.

Und ich habe einen ganz besonderen Grund, warum ich ihn gerade jetzt glücklich und zufrieden sehen möchte.«

Milton schaute ihn verständnisvoll an.

»Ich glaube, ich verstehe den Zusammenhang. Aber Sie müssen mir jetzt Ihr volles Vertrauen schenken. Meiner Meinung nach kommt es gar nicht darauf an, was in Epsom passiert.«

»Wie meinen Sie denn das?« fragte Eric erstaunt.

»Genauso, wie ich es sage. Sie müssen mir gestatten, daß ich nicht alle meine Geheimnisse ausplaudere. Ich bin eben ein Detektiv. Gestern traf ich Soltescu. Er war in bester Stimmung und beging die Taktlosigkeit, mich an einen Spielverlust zu erinnern, den er mir früher beibrachte. Ich wünschte, ich könnte Ihnen mehr sagen, aber gerade jetzt habe ich alle Hände voll zu tun. Vor allem beschäftige ich mich mit Ihrer Privatangelegenheit, und ich hoffe, bald vorwärtszukommen. Die Dinge entwikkeln sich.«

»Haben Sie tatsächlich Hoffnung, meine Schwester zu finden?« fragte Eric schnell.

»Ja, ich habe sogar große Hoffnung. Es ist mir gelungen, die Spuren Ihrer Mutter und Ihrer Schwester bis zu einer Pension in einer Vorstadt Londons zu verfolgen. Dort werde ich wahrscheinlich weitere Anhaltspunkte erhalten.«

Eric nickte.

»Sie wissen nicht, wieviel das für mich bedeutet. Kaum ein Tag vergeht, an dem ich nicht an meine Schwester denke. Es kommt mir so vor, als ob ich sie um ihr Geld betröge. Ich lebe hier im Luxus, während sie sich vielleicht mühselig durchkämpfen muß und in bitterer Armut steckt.«

Milton klopfte ihm auf die Schulter.

»Ich würde mir nicht so große Sorgen machen«, erwiderte er freundlich. »In der nächsten Woche erleben wir allerhand Enthüllungen. Ich werde die Hauptrolle dabei spielen, und hoffentlich den Dank und den Applaus meiner Freunde ernten.«

Milton trennte sich von Stanton, weil er sich bei der Frau angemeldet hatte, in deren Pension Mrs. Stanton früher gewohnt hatte.

Madame Burford war inzwischen glückliche Besitzerin eines

Privathotels in Brighton geworden, und dort suchte Milton sie auf.

Sie konnte sich deutlich an Mrs. Stanton erinnern und ihm viele wertvolle Einzelheiten mitteilen, die ihm bis dahin unbekannt waren. Mrs. Stanton war von Hornsey aus in eine andere Pension in Bloomsbury gezogen, die Madame Burford ihm angeben konnte, da sie sorgfältig Buch über die Adressen ihrer Mieter führte.

Als sie ihm den Namen und die Straße aufschrieb, sah sie ihn lächelnd an.

»Sie kommen aber verhältnismäßig spät, um sich zu informieren.«

»Wie meinen Sie das?«

»Sie sind schon der zweite, der sich bei mir nach Mrs. Stanton und ihrer Tochter erkundigt.«

»Wer hat denn vor mir nach ihnen gefragt?« sagte Milton erstaunt.

»Eine Dame, eine gewisse Mrs. Thompson.«

Milton unterdrückte einen Ausruf.

Warum interessierte sich plötzlich Mrs. Thompson für die Gesuchten? Aber dann fiel ihm die Belohnung ein, die Stanton ausgesetzt hatte, und er lächelte. Er mußte schnell arbeiten, wenn er nicht noch zu guter Letzt um die Früchte seiner Bemühungen kommen wollte.

Seine Furcht war begründet, denn Mrs. Thompson war in den letzten Tagen sehr tätig gewesen. Sie hatte sich in London erkundigt, war von da nach Bloomsbury gefahren, dann nach Balham und wieder zurück nach Bloomsbury. Und sie hatte sehr viel erfahren.

Sir George Frodmere erhielt daraufhin ein kurz und bündig abgefaßtes Telegramm von ihr.

»Komme um elf Uhr vierzehn. Schicke Auto zur Bahn. Georgina.«

»Was, zum Teufel, will sie denn schon wieder?« sagte er ärgerlich.

Es bestand kein allzu herzliches Verhältnis zwischen den Geschwistern. Sie standen sich zwar nicht feindlich gegenüber, aber

Sir George hielt sich seine Schwester so fern als möglich, weil er bis zu einem gewissen Grade ihre scharfe Zunge fürchtete. Manchmal konnte er sie allerdings gut gebrauchen, aber er hatte sie noch niemals auf seinen Landsitz eingeladen.

»Ich kann ihr nicht mehr abschreiben«, wandte er sich an Toady. »Fahren Sie zur Bahn und holen Sie Mrs. Thompson ab. Ich muß morgen zur Stadt. Sie können sich ja mit ihr beschäftigen.«

Toady war durchaus nicht entzückt von dieser Aussicht und entschuldigte sich mit einer Verabredung, die er einhalten müße.

»Ach, das ist nicht so wichtig«, erklärte Sir George. »Sie müssen sich um meine Schwester kümmern. Mir fällt sie sowieso furchtbar auf die Nerven mit ihrem dauernden Gerede und ihren Skandalgeschichten.«

Toady fuhr zum Bahnhof.

»Wir freuen uns sehr über Ihr Kommen«, begrüßte er Mrs. Thompson.

»Lügen Sie nicht, Toady«, sagte sie schroff. »George ist wütend, daß ich gekommen bin. Aber er muß schon zwei Tage mit mir vorlieb nehmen. Und wahrscheinlich hat die Sache für ihn große Vorteile.«

Sie stieg in den Wagen. Toady machte noch mehrmals den Versuch, eine Unterhaltung mit ihr zu beginnen, aber da er keinen Erfolg hatte, lehnte er sich schließlich schweigend in seinen Sitz zurück.

Erst als sie sich dem Herrenhaus näherten, wandte sich Mrs. Thompson plötzlich an ihren Begleiter.

»Wie steht es mit George? Wird er das Derby gewinnen?«

»Wir hoffen es alle«, entgegnete Toady vorsichtig.

»Sir George legt sein Geld nicht nur auf bloße Hoffnungen hin an«, sagte sie entschieden. »Wenn er so viel Geld wettet, dann muß er ganz besondere Sicherheiten haben. Und ich bin neugierig, warum er die Aussichten seines Pferdes so günstig beurteilt.«

»Das wird er Ihnen sicher erklären«, erwiderte Toady diplomatisch. Er liebte es nicht, sich von dieser entsetzlich schwatzhaften Frau ausfragen zu lassen.

Erleichtert atmete er auf, als der Wagen vor der Freitreppe des Hauses hielt. Sir George wartete mit düsterem Gesicht oben auf der Terrasse, und sein Willkommensgruß war ziemlich frostig.

»Hallo«, sagte er unfreundlich, als seine Schwester die Stufen hinaufstieg. »Warum kommst denn du hierher?«

»Aus Sorge um deine Zukunft und dein Wohlergehen, George«, erklärte sie kurz.

Er führte sie in die Bibliothek. Sie nahm eine Zigarette aus dem Etui, das auf dem Schreibtisch lag, und zündete sie an.

»Sie brauchen nicht hier zu warten, Toady«, sagte sie dann barsch.

Wilton ging fort und verwünschte sie wegen ihrer Unhöflichkeit.

Als die beiden allein waren, drehte sich Sir George um. Er hatte bis jetzt zum Fenster hinausgesehen.

»Nun, Georgina, was führt dich hierher?«

»Ich glaube, es ist jetzt an der Zeit, daß du heiratest.« Sie ging direkt auf ihr Ziel los.

»Wie kommst du denn plötzlich zu dieser Überzeugung?« fragte er ironisch, aber doch etwas erstaunt.

»Eine reiche Heirat könnte dich aus deiner unangenehmen Situation befreien. Ich weiß alles über dich und deine Unternehmungen. Du schwebst ständig in Gefahr, mit dem Gericht in Konflikt zu kommen.«

»Willst du mir hier etwa Religionsunterricht geben?«

»Nein, das weißt du selbst sehr gut«, entgegnete sie kühl. »Ich bin hergekommen, um geschäftlich mit dir zu sprechen. Und glaube mir, Ehrlichkeit macht sich immer bezahlt.«

»Inwiefern soll ich denn meine Ehrlichkeit betätigen?« fragte er lächelnd.

»Du sollst eine vorteilhafte Ehe schließen. Ich kenne eine Dame mit einer halben Million Vermögen. Was sagst du dazu?«

»Das kommt mir allerdings sehr komisch vor. Ich bin doch nicht mehr der Jüngste. Aber wo und wie hast du denn diese sagenhafte Dame gefunden? Ich muß gestehen, daß ich seit den letzten zwanzig Jahren erfolglos nach ihr gesucht habe. Ich bin durchaus kein Verächter des schönen Geschlechtes, aber Damen mit großem Vermögen waren nie sehr huldreich zu mir.«

Sie setzte sich auf eine Ecke des Diwans.

»Ich will dir also meinen Vorschlag machen. Ich habe eine Dame entdeckt, die du wahrscheinlich sofort heiraten kannst. Sie lebt augenblicklich in ärmlichen Verhältnissen, und du brauchst nur nett, liebevoll und ritterlich zu ihr zu sein. Sicher wird sie dich nehmen, da sie nicht von Adel ist. Und dann heiratest du sie einfach.«

Er kniff die Augenlider zusammen und sah sie forschend an.

»Welchen Vorteil hast du denn davon?« fragte er ruhig.

»Ich bekomme zehn Prozent von ihrem Vermögen als Provision«, erwiderte sie geschäftstüchtig. »Wahrscheinlich wirst du nicht gleich über das ganze Vermögen verfügen können, aber vielleicht bist du ein Jahr nach der Heirat in der Lage, mir meinen Anteil auszuzahlen. Sie weiß augenblicklich noch nicht, was für eine große Erbschaft sie machen wird, und du hast Zeit, dich um ihre Gunst zu bewerben, so daß sie dir später willig die Verwaltung ihrer Geldangelegenheiten übertragen wird.«

»Ich verstehe. Wer ist denn die Dame?«

Mrs. Thompson sah ihn belustigt an.

»Glaubst du auch nur einen Augenblick, daß ich dir das jetzt sagen würde? Mein lieber George, für wie einfältig hältst du mich denn? Nein, zuerst müssen wir einen schriftlichen Vertrag machen zwischen George Mortimer Maxwell Frodmere einerseits und Georgina Heloise Gordon Thompson andererseits. Der Vertrag muß in vollkommen einwandfreier juristischer Form aufgesetzt, gestempelt, gesiegelt und mit allen Sicherungen versehen sein, die mein Rechtsanwalt nur ausfindig machen kann. Vorher unternehme ich auch nicht einen Schritt weiter in der Sache.«

Sir George blieb eine Weile ruhig am Schreibtisch stehen und betrachtete seine Schwester.

»Die Idee ist im Grunde nicht schlecht«, sagte er dann liebenswürdig, ganz im Gegensatz zu seiner früheren Haltung. »Bis jetzt habe ich allerdings kein Glück gehabt mit meinen Heiratsangelegenheiten.«

»Du bist doch nicht etwa schon heimlich verheiratet?« fragte sie schnell.

Er schüttelte lächelnd den Kopf.

»Nein, ich meine nur, meine nutzlosen Bemühungen, mich günstig zu verheiraten, sind alle fehlgeschlagen. Aber ich halte deinen Plan für absolut durchführbar und gut. Wir wollen auch sofort an die Ausführung gehen. Mein Rechtsanwalt soll den Vertrag gleich aufsetzen. Ich werde ihn telegrafisch herrufen.«

»Dann telegrafiere auch sofort an den meinen.«

»Das ist doch nicht notwendig.«

»Das ist wichtiger als alles andere, wenn ich mit dir verhandle. Ich bin vorsichtig geworden, denn ich kenne dich.«

Sir George Frodmere reiste am nächsten Morgen nicht nach London, wie er ursprünglich beabsichtigt hatte. An seiner Stelle fuhr Toady Wilton, der über den Stimmungswechsel seines Freundes angenehm überrascht war. In der letzten Zeit war so viel Geld auf Donavan gewettet worden, daß Portonius etwas ins Hintertreffen geriet, und diese Chance wollte sich Toady nicht entgehen lassen. Er suchte seine letzten Geldreserven zusammen, um sie auf Portonius zu setzen, und er war mit sich und seiner Lage augenblicklich sehr zufrieden. In der letzten Zeit hatte Portonius sehr gute Fortschritte gemacht und mußte das Rennen unweigerlich gewinnen. Das Pferd war noch nie in so guter Form gewesen. Die Gefahr, daß der Klimawechsel ihm schaden könnte, war glücklich vorübergegangen. Die für dieses Derby gemeldeten Dreijährigen waren nicht gerade besonders hervorragend, so daß sich schon dadurch die Aussichten Sir Georges verbesserten.

Toady fuhr direkt von der Bahn zu dem Büro seines Wettagenten. Der junge Mann saß hinter seinem Schreibtisch und sah keineswegs wie ein Buchmacher aus. Er war unauffällig gekleidet, hatte vornehme Gesichtszüge, trug nicht den geringsten Schmuck und unterschied sich auch sonst vorteilhaft von seinen

Kollegen. Man hätte eher annehmen können, daß man sich in dem Büro eines Bankdirektors befände.

»Wie geht es mit Ihrem Pferd?« fragte er, als er seinem Besucher eine Zigarette anbot.

»Großartig«, entgegnete Toady. »Aber es ist merkwürdig, daß so viel Geld auf Donavan gesetzt wird.«

Mr. Gursley nickte.

»Sie wissen wahrscheinlich, daß jemand gegen Sie setzt? Sie können soviel Geld eins zu sechs auf Portonius setzen, wie Sie wollen. Gestern wurden mir noch Wetten angeboten mit sechstausend zu eintausend oder dreißigtausend zu fünftausend. Ich hätte abschließen können, wenn ich gewollt hätte.«

»Wer hat Ihnen denn das angeboten?« fragte Toady eifrig. »Ist der Mann auch sicher? Hat er genügend Deckung?«

»Da können Sie vollkommen beruhigt sein. Er hat das Angebot nicht von sich aus gemacht, er handelt im Auftrag eines anderen. Sie können die Wette heute noch abschließen, wenn Ihnen etwas daran liegt.«

Er nahm den Hörer vom Telefon und rief eine Nummer in der Jermyn Street an.

»Sie haben mir gestern dreißigtausend zu fünf auf Portonius für das Derby angeboten. Halten Sie Ihr Angebot noch aufrecht?«

»Selbstverständlich.«

Gursley sah Wilton bedeutungsvoll an.

»Wollen Sie die Wette abschließen?«

Toady nickte.

»Gut, dreißigtausend zu fünf auf Portonius. Die Sache ist abgemacht.«

Der Buchmacher legte den Hörer wieder auf.

»Sie wissen, daß Sie und Ihre Freunde sich sehr stark für Portonius engagiert haben?«

»Wieviel müßten wir zahlen, wenn wir verlieren?«

»Etwa zwanzigtausend Pfund. Und bis jetzt habe ich erst zehntausend von Ihnen in der Hand.«

»Ist es nötig oder gesetzliche Bestimmung, daß man das Geld für Wetten vor dem Rennen einzahlt?«

»Nein, das Gesetz schreibt es nicht vor. Aber es ist äußerst notwendig, bevor ich weitere Schritte unternehme. Selbst jetzt kann ich die eben telefonisch verabredete Wette erst dann schriftlich bestätigen, wenn Sie mir die betreffende Summe einzahlen. Wenn man mit so großen Beträgen arbeitet, kann man nicht vorsichtig genug sein. Ich weiß, es ist gegen die Gewohnheit, aber ich habe Ihnen das ja gleich zu Anfang unserer Geschäftsverbindung gesagt. Sie müssen das Geld bis morgen früh auf mein Bankkonto überweisen.«

»Wird erledigt«, erklärte Toady.

Soltescu war in London und konnte ihm das Geld leicht beschaffen.

Wilton fuhr sofort zu dem Hotel des Rumänen und traf ihn auch. Soltescu war in bester Stimmung und Toady hatte in einer knappen Viertelstunde alles erreicht, was er wollte.

18

Der Tag des Derbys kam, und die Rennbahn war stark besucht. Überall sah man die großen, farbenfreudigen Plakate der Buchmacher, die in lebhaftem Gegensatz zu dem grünen Rasen und der dunklen Volksmenge standen. Ein unheimliches Gedränge herrschte auf den Sattelplätzen und auf den Tribünen. Jeder Platz war besetzt.

Eric Stanton hatte eine Loge für sich und war von fröhlichen Menschen umgeben. Neben ihm saßen Mary President und ihr Großvater, und auch Milton Sands und Janet Symonds waren in der Nähe. Mary schaute auf die große Menschenmenge und wandte sich dann an Eric.

»Ich weiß nicht, ich bin so unruhig geworden. Glaubst du wirklich, daß Donavan das Rennen macht?« fragte sie.

Er nickte. »Ich persönlich bin davon überzeugt. Milton Sands ist allerdings anderer Ansicht.« Er drehte sich zu ihm um. »Es ist doch richtig, was ich eben sagte?«

Milton schüttelte den Kopf.

»Nein, das stimmt nicht. Ich sagte nicht, daß Donavan nicht gewinnen, sondern daß er wahrscheinlich heute geschlagen würde.«

»Diese feinen Unterschiede kann ich nicht verstehen. Das ist mir zu hoch. Die Detektive drücken sich doch wirklich zu vorsichtig und geheimnisvoll aus.«

Milton Sands hatte nur halb zugehört. Er sah über die Menge weg und erkannte Sir George Frodmere und seine Freunde unten auf der Rennbahn. Sie standen in der Nähe auf einem freien Platz und sprachen anscheinend ernst miteinander. Soltescu ging gerade auf sie zu. Er sah in dem glänzenden Zylinder mit seiner großen Zigarre stattlich aus. Milton Sands überlegte sich, wieviel Geld der Mann wohl verlieren würde, wenn das Rennen nicht so verlief, wie er erwartete.

Ähnliche Gedanken kamen auch Sir George Frodmere. Er unterhielt sich mit Wilton über dasselbe Thema.

»Ich weiß nicht, wie es heute noch werden soll, Toady«, sagte er nervös. »Aber ich habe ein unangenehmes Gefühl, daß die Sache nicht glatt geht.«

»Die Buchmacher denken aber anders darüber«, entgegnete Toady gutgelaunt. »Sie nehmen Wetten fünf zu zwei auf Portonius. Und es ist schwer, selbst große Summen zu diesen Bedingungen unterzubringen.«

»Wenn ich dieses Rennen verliere«, sagte Sir George nachdenklich, »dann verlieren Sie Ihr Heim, Toady.«

»Wie soll ich das verstehen?« fragte Wilton erschreckt.

»Genauso, wie ich es sage. Wenn ich verliere, werde ich mich verheiraten.«

»Wie kommen Sie denn auf diese Idee?«

Sir George lächelte.

»Eine äußerst tüchtige Geschäftsfreundin hat mich darauf gebracht«, entgegnete er ausweichend.

»Haben Sie der Dame denn schon einen Antrag gemacht?« fragte Toady neugierig.

»Dazu ist keine Zeit«, erklärte Sir George kurz. »Leider hat sie andere Ansichten darüber und scheint ihre Neigungen einem anderen zuzuwenden, so daß sie wahrscheinlich nicht so leicht umzustimmen sein wird. Ich habe Nachforschungen angestellt . . . Es wird deshalb notwendig sein, andere Methoden anzuwenden. Aber Sie werden verstehen, daß ich zu diesem Schritt gezwungen bin, wenn unser Plan mißlingt.«

»Ich weiß gar nicht, wie Sie dazu kommen, so etwas zu sagen. Es wird nicht schiefgehen«, erklärte Toady aufgeregt. »Was ist denn los? Ist dem Pferd etwas zugestoßen?«

»Nein, das ist in bester Form, und ich bin eigentlich fest davon überzeugt, daß es das Rennen macht. Aber ich denke an andere schlimme Möglichkeiten und mache mich auf alles gefaßt.«

»Sie wissen doch bestimmt, daß der wirkliche Portonius nach Belgien abtransportiert worden ist?« fragte Toady plötzlich.

»Warum fragen Sie danach?« erwiderte Sir George unangenehm berührt. »Ich habe noch nie daran gezweifelt.«

»Es liegt ja auch gar kein Grund dazu vor. Ich dachte nur so«, entgegnete Toady lahm.

»Dann behalten Sie so dumme Fragen lieber für sich«, sagte der Baronet ärgerlich. »Ich habe schon genug Sorgen ohne Ihr Geschwätz.«

Er blickte düster vor sich hin. Wenn der Schwindel mit Portonius herauskam, würde man ihn aus dem Rennverband ausschließen, und das würde seinen Ruin bedeuten. Er suchte den Gedanken loszuwerden, aber es gelang ihm nicht. Unruhig ging er zur Waage und schlenderte von dort zum Start.

»Sie kommen!« hörte er einige Leute rufen.

Ein großes Stimmengewirr erhob sich, als das Feld in Einzelreihe vorüberritt. Die Farben der Jockeys waren weithin zu sehen.

Die Erregung der Menge stieg, als die Pferde vorbeidefiliert waren. Am Start gab es noch einen längeren Aufenthalt, und der Starter hatte eine schwere Arbeit. Portonius fiel besonders auf wegen seiner hellen Farbe. Er hatte einen Platz an der Außenseite und war ziemlich ruhig. Donavan dagegen trippelte nervös hin und her, als ob sich die Spannung und Erwartung der Menge auf ihn übertragen hätte.

Endlich schoß das weiße Band in die Höhe, und das Feld ging ab.

Das Geschrei der Menge war ohrenbetäubend, und Mary President zuckte zusammen. Ihr Herz schlug schneller, ihre Hände zitterten, und sie wurde bleich. Eric war aufgestanden, und Milton war merkwürdigerweise verschwunden. Sie wunderte sich einen Augenblick darüber, daß er diesem bedeutenden Rennen nicht zusehen wollte. Aber Miltons Interesse konzentrierte sich jetzt auf andere Dinge.

Das Feld raste geschlossen den Hügel hinauf. Das war die erste Kraftprobe, die die Derbypferde zu bestehen hatten.

Samborino hatte sich von der Masse gelöst und war zwei Längen vor den übrigen. Hinter ihm kamen Mangla, Texter und Portonius. Das graue Pferd lief ruhig auf der Außenseite. Dicht hinter ihm war Donavan, der mühelos aufholte.

»Donovan macht sich gut«, sagte John President, als er das Glas an die Augen setzte. Er folgte jeder Bewegung seines Pferdes.

Das Feld hatte jetzt eine lange, gerade Strecke vor sich, bevor die gefürchtete Senkung der Rennbahn kam. Auf dem abschüssigen Gelände änderte sich dann die Position der einzelnen Pferde schnell. Mangla fiel zurück – sie hatte das Rennen schon verloren. Texter gelang es, Samborino einzuholen. Aber als das Pferd nach der Kurve wieder in die Gerade einschwenkte, war auch Samborino am Ende seiner Kraft. Texter übernahm die Führung vor Portonius und Donavan, die dicht nebeneinander lagen.

Zwischen diesen dreien mußte sich das Rennen entscheiden.

»Es wird einen harten Endspurt geben«, meinte Eric.

Portonius gelang es, aufzuholen. Er war jetzt in gleicher Höhe mit Texter. Langsam schob sich auch Donavan an der Außenseite vor. Die drei Pferde rasten Kopf an Kopf über die Bahn. Sie waren jetzt dem Ziel schon so nahe, daß der Endspurt begann. Die Jockeys holten mit größter Anstrengung das Letzte aus ihren Pferden heraus. Bis jetzt hatte noch keiner die Peitsche gebraucht. Der Lärm der Menge wuchs, und es konnte kaum noch jemand sein eigenes Wort verstehen. Und doch erhob sich ein lauter Schrei, als Texter unsicher wurde und zurückblieb. Nun konnte die Entscheidung nur noch zwischen Donavan und dem grauen Pferd fallen, und diese beiden lieferten sich einen erbitterten Endkampf.

»Keine Peitsche«, sagte John President, und seine Augen glänzten vor Erregung. »Donavan muß frei auslaufen!«

Es war, als ob es der Jockey gehört hätte, so genau befolgte er die Anweisung.

Aber Portonius bekam nun die Peitsche. Zweimal sauste sie nieder, und er schoß vor.

»Jetzt!« rief John President.

Wieder schien der Jockey zu gehorchen. Die Peitsche hob sich, fiel aber nur einmal.

Das Pferd raste vorwärts und hatte im Nu den Verlust aufgeholt. Nur noch einige Meter trennten sie vom Ziel, und bevor noch einer der Jockeys die Peitsche aufs neue benützen konnte, flogen die Pfosten vorüber.

»Totes Rennen!« sagte Eric Stanton, weiß vor Erregung.

Einen Augenblick herrschte absolute Ruhe, dann wurde langsam eine Nummer bei dem Sitz des Unparteiischen hochgezogen.

Portonius hatte das Rennen um eine Kopflänge gewonnen!

Eric wandte sich schnell Mr. President zu. Die Züge des alten Mannes waren bewegungslos, aber er schien in den wenigen Augenblicken stark gealtert zu sein. Jede Linie seines sonst so gesunden Gesichts hatte sich vertieft.

In dem Augenblick kam Milton Sands wieder in die Loge und nahm Mr. President am Arm.

»Ich muß Sie eine Sekunde sprechen.«

Seine Worte hatten einen wunderbar belebenden Einfluß auf den alten Herrn, und als Mary zu ihrem Großvater trat und ihre Hand auf seinen Arm legte, um ihn zu trösten, sah sie ein Lächeln auf seinen Zügen.

»Ich bin so traurig«, sagte sie leise.

»Du hast gar keinen Grund dazu, Liebling«, sagte er und klopfte sie auf die Wange. »Du wirst noch sehr merkwürdige Dinge erleben.«

Die Menge staute sich bei dem Ausgang, wo die Pferde auf

ihrem Weg zur Waage vorüberkommen mußten, und die Polizei hatte alle Mühe, die Menschen zurückzuhalten. Sir George führte Portonius und wurde von der Menge bejubelt.

Die Leute besprachen erregt das Ereignis, freudig oder traurig gestimmt, je nachdem sie gewettet hatten. Die Nachricht wurde sofort in die weite Welt gemeldet, und die Reporter eilten zu den Telefonen.

Portonius hatte das Derby gewonnen!

Der Jockey war auf der Waage unter Aufsicht des Vorstandes, und der Beamte wollte gerade das Rennen für gültig erklären, als Milton Sands sich plötzlich in den Raum drängte und dem ersten Vorsitzenden ein Blatt Papier überreichte. Der Mann hob die Hand, las es und sah dann schnell zu dem Beamten an der Waage hinüber.

»Erkennen Sie das Rennen noch nicht an«, sagte er und las dann laut vor:

»Ich protestiere gegen Portonius, weil er in Wirklichkeit der vier Jahre alte El Rey ist, der kürzlich von Brasilien importiert wurde.«

Diese Nachricht wirkte wie eine Bombe auf die Anwesenden, und auch draußen rief sie bald größte Erregung hervor.

»Protest! Protest!«

Ein paar Minuten später ging eine Tafel mit der gleichen Inschrift hoch.

Alles schrie wild durcheinander. Was mochte wohl der Grund hierfür sein? Toady Wilton stand bleich und aufgeregt mitten in der Menge. Man wußte, daß er der Vertraute von Sir George war, und alle bestürmten ihn mit Fragen. Aber er schüttelte nur abweisend den Kopf.

»Ich habe keine Behinderung gesehen«, sagte Lord Chanderson verwundert zu Eric Stanton. »Es war ein faires Rennen von Anfang bis zu Ende. Ich verstehe nicht, warum Protest eingelegt worden ist.«

»Ich kann es ebensowenig begreifen wie Sie, aber es muß doch ein schwerwiegender Grund vorliegen. Mr. President wäre doch sicher der letzte, der ohne Ursache einen solchen Schritt tun würde.«

Sir George sah zu Milton hinüber, der eine so schwere Anklage gegen ihn erhoben hatte. Äußerlich trat er vollkommen ruhig und sicher auf.

»Das müssen Sie aber erst beweisen. Sie können sich darauf verlassen, daß ich eine Schadenersatzklage gegen Sie erheben werde.«

Ein Beamter des Rennklubs mischte sich ein.

»Sir George, ich habe in der Zwischenzeit durch den vereidigten Tierarzt Ihr Pferd oberflächlich untersuchen lassen. Allem Anschein nach ist das Tier vier Jahre alt.«

»Auch das ist noch kein Beweis«, entgegnete Sir George gelassen. »Es genügt nicht, daß ich unter Verdacht stehe – der Verdacht muß vor allem bewiesen werden. Und welchen Verdacht haben Sie denn? Mr. Sands scheint im Auftrag von Mr. President zu handeln. Ein schönes Paar – der eine ein früherer Zuchthäusler, der andere ein hergelaufener Abenteurer!«

»Ich habe alle Beweise in der Hand«, erklärte Milton, auf den die Worte des Baronets nicht den geringsten Eindruck gemacht hatten. »Erstens habe ich das Zeugnis des Zahlmeisters, auf dessen Schiff El Rey nach England gebracht wurde. Er wird unter Eid aussagen, daß der angebliche Portonius dasselbe Pferd ist, das er an Bord hatte, und daß Sie ihm zweihundert Pfund wöchentlich geboten haben, wenn er ins Ausland ginge, bis das Rennen vorüber wäre. Mr. Delane war tatsächlich auf der Reise nach Bukarest, als ich mit ihm zusammentraf und ihn überredete, seinen Entschluß zu ändern. Er hat daraufhin das Geld, das er von Ihnen bekam, auf einer Bank deponiert.«

»Der Vorstand des Rennklubs wird sich kaum mit den Aussagen eines Zahlmeisters zufriedengeben können«, entgegnete Sir George. Er kämpfte verzweifelt, um Zeit zu gewinnen. Wenn es ihm gelang, den Protest im Augenblick zu widerlegen, kam er vielleicht doch noch durch.

»Wenn dies nicht Portonius ist, dann sagen Sie mir doch, wo das wirkliche Pferd steckt.«

»Das ist auch meine Absicht«, erklärte Milton.

Er wechselte einige Worte mit dem Vorsitzenden des Rennklubs und führte dann die Beteiligten nach draußen. Ein anderes Pferd hatte inzwischen die Stelle des Derbysiegers eingenommen. Es war jung und in bester Verfassung.

»Hier sehen Sie den wirklichen Portonius«, sagte Milton. Auf ein Zeichen nahm der Reitknecht die Decken ab.

Sir Georges Augen weiteten sich. Es war kein Zweifel möglich. Dies war Portonius. Aber man konnte ihn kaum wiedererkennen, so gut hatte er sich bei der Pflege erholt, die ihm Milton Sands hatte angedeihen lassen.

»Die Sache unterliegt keinem Zweifel«, sagte der Vorsitzende. »Ich kann mich auf das Pferd deutlich besinnen. Es hat seinerzeit das Brocklesbury-Rennen in Lincoln mitgemacht . . . Der merkwürdige Bau der Hinterbeine ist mir schon damals aufgefallen. Ich habe mir heute vor dem Rennen den Derbysieger daraufhin angesehen und war verwundert, daß mich mein Gedächtnis so im Stich gelassen haben sollte.«

Er ging um das Pferd herum.

»Dies ist der wirkliche Portonius«, wiederholte er laut und deutlich. »Was haben Sie dazu zu sagen, Sir George?«

Der Baronet zuckte die Schultern.

»Ich habe mit der Sache nichts zu tun – ich wasche meine Hände in Unschuld. Wenn Sie mir das Rennen absprechen, dann kann ich Ihnen hier keinen weiteren Widerstand leisten. Sollten Sie zu meinen Ungunsten entscheiden, so werde ich die Gerichte anrufen.«

Nach diesen Worten bahnte er sich einen Weg durch die Leute und verließ den Rennplatz. Tausende von Gläsern waren nach dem Signalmast gerichtet, an dem jetzt ein großes Plakat hochgezogen wurde:

›Protest gegen Portonius wegen betrügerischer Eintragung angenommen. Der erste Preis fällt an Donavan.‹

19

»Ist das nicht wundervoll?« rief Mary President. Ihre Augen leuchteten vor Erregung. »Wir haben also tatsächlich das Derby gewonnen!«

»Ich gratuliere«, sagte Eric und sah sie zärtlich an.

Sie drückte seinen Arm liebevoll.

»Ich möchte nur wissen, wie Sie den Betrug entdeckt haben«, wandte er sich an Milton, der inzwischen wieder zu der Gesellschaft zurückgekommen war.

»Das war verhältnismäßig einfach. Ich las einen Zeitungsartikel in einem südamerikanischen Blatt, reiste daraufhin nach Tilbury und beobachtete die Ankunft El Reys. Das übrige konnte ich mir leicht zusammenreimen. Ich folgte Sir George und seinen Freunden und entdeckte auch den Stall, in dem das Pferd untergebracht wurde. Allerdings mußte ich zu diesem Zweck auf ein Dach klettern, und das war eine recht unangenehme Aufgabe. Aber es wurde mir dadurch möglich, den Ereignissen genau zu folgen. Ich fürchtete nur, daß der ursprüngliche Portonius erschossen werden sollte. Aber als ich später am Abend sah, wie das Pferd von einem heruntergekommenen Kerl fortgeführt wurde, ging ich ihm nach und es gelang mir, ihm das Tier abzunehmen. Der Rest war dann leicht, ein reines Kinderspiel.«

»Ich bin neugierig, was nun mit Sir George passiert«, meinte Eric. »Auf jeden Fall wird er aus dem Rennklub ausgeschlossen.«

Milton nickte.

Im selben Augenblick trat ein Postbote in die Loge, der ein Telegramm für Mr. Sands brachte.

»Sie müssen ja sehr viel zu tun haben, wenn Sie sich sogar auf den Rennplatz Telegramme schicken lassen!« rief Eric überrascht.

»Als guter Detektiv bin ich bereit, überall Nachrichten entgegenzunehmen.«

Er riß den Umschlag auf und las den Inhalt, der ihn sehr zu

befriedigen schien. Lächelnd steckte er das Formular in die Tasche.

»Entschuldigen Sie mich bitte einen Moment.«

Mit diesen Worten ging er fort.

»Milton hat heute seinen großen Tag«, sagte Eric zu Mary. »Willst du noch hierbleiben oder wollen wir lieber nach Hause gehen?«

»Ich bin jetzt wieder ganz ruhig geworden. Wir wollen bleiben.« Sie legte ihre Hand auf seinen Arm und lächelte ihn an. »Ich möchte den anderen Rennen auch zusehen.«

Gleich darauf trat ein uniformierter Bote zu ihnen in die Loge.

»Ist Miss Symonds hier?« erkundigte er sich und schaute fragend von einem zum anderen.

Janet erhob sich.

»Ja. Was wünschen Sie?«

»Sie werden verlangt«, erwiderte der junge Mann kurz.

Sie errötete leicht. Milton hatte sich an diesem Tag nicht viel um sie gekümmert, aber sie sagte sich selbst, daß er dazu wenig Zeit hatte.

Wenn junge Damen verliebt sind, fällt es ihnen schwer, logisch zu denken, und sie freute sich über diese kleine Aufmerksamkeit um so mehr. Rasch folgte sie dem Boten die Treppe hinunter.

»Wer hat denn nach mir verlangt?« fragte sie unten, aber sie zweifelte keinen Augenblick daran, daß es nur Milton Sands gewesen sein konnte.

»Ein Herr. Er sagte mir, ich sollte Sie zu ihm bringen.«

Er bahnte einen Weg durch die Menge zu einem Auto, das in der Nähe des Eingangs hielt.

Sie zögerte.

»Wo ist er denn hingegangen?« fragte sie erstaunt.

»Alles in Ordnung, Miss«, entgegnete der Chauffeur. Es war Buncher, den Janet nicht kannte. »Er wartet weiter unten auf Sie.«

Ohne noch zu zögern, stieg sie ein, obwohl sie sah, daß es nicht Miltons Auto war. Sie war mit John President nach Epsom gekommen. Aber vielleicht war es Stantons Wagen, oder vielleicht hatte Milton ihn für heute gemietet. Auf keinen Fall hatte sie Zeit, lange danach zu fragen. Möglicherweise wollte Milton schnell zur Stadt zurückkehren, ohne sich erst lange von den anderen zu verabschieden, und hatte sie auf diese Weise zu sich gerufen. Was konnte ihr auch auf der offenen, menschenbelebten Straße passieren?

Das Auto fuhr langsam an, steigerte aber nach und nach die Geschwindigkeit, als es die offene Landstraße erreicht hatte.

Als sie zehn Minuten gefahren waren, wurde Janet unruhig und klopfte dem Chauffeur auf die Schulter. Aber der Mann kümmerte sich nicht darum und fuhr weiter, ohne sich umzuschauen.

Wieder stieß sie ihn an, aber Buncher reagierte nicht im geringsten darauf. Sie lehnte sich vor.

»Wohin fahren Sie mich?« fragte sie scharf.

Der Mann erwiderte etwas, das sie nicht verstehen konnte.

Es hatte keinen Zweck, weiter mit ihm zu verhandeln. Sie war jetzt ernstlich beunruhigt, glaubte aber trotzdem nicht, daß man etwas gegen sie im Schilde führte.

Es mußte ein Mißverständnis sein. Oder hatte Milton irgendeinen Plan, bei dessen Durchführung sie ihm helfen sollte?

Sie zwang sich zur Ruhe und wollte das Ende der Fahrt in Geduld abwarten. Aber es überkam sie doch eine ungewisse Furcht, die sich nach und nach immer mehr steigerte. Sie wußte, daß Milton Feinde hatte, und sie vermutete, daß irgendein Anschlag gegen ihn geplant war. Die Gefahr kam von einer Bande, die John President beraubt hatte, und Leuten, die dazu fähig waren, konnte man alles zutrauen. Sie erschrak aufs neue, als sie sah, daß der Chauffeur in die Straße nach London einbog.

In der Zwischenzeit ging Sir George zu seinem Wagen, den er an einem Nebeneingang hatte vorfahren lassen. Es blieb ihm keine Zeit, auf Toady Wilton zu warten. Er hatte genug mit sich selbst zu tun. Die Ereignisse des heutigen Tages bedeuteten den Ruin für ihn, und zwar nicht nur gesellschaftlich, sondern auch finanziell.

Er mußte jetzt einen Ausweg finden, mochte es kosten, was es wollte. Alles Planen hatte ihm nichts geholfen. Er stand im

Brennpunkt des öffentlichen Interesses, und seine Betrügereien waren enthüllt. Plötzlich hörte er, daß ihn jemand anrief, und wandte sich um. Milton Sands ging schnell hinter ihm her. Sir George blieb stehen, ohne mit der Wimper zu zucken, und wartete auf den Mann, der ihn ruiniert hatte.

»Was wollen Sie von mir?« fragte er barsch.

»Ich muß noch kurz mit Ihnen sprechen, bevor Sie abfahren. Ich habe eine Neuigkeit, die Sie und auch Ihren Freund Soltescu interessieren wird.«

In diesem Augenblick fuhr Buncher an ihnen vorüber. Er hatte Milton erkannt und schlug seinen Kragen hoch. Ein rascher Blick der Verständigung wurde zwischen Sir George und ihm gewechselt, und der Baronet wurde plötzlich höflich.

»Was wollten Sie mir denn mitteilen? Ich muß Ihnen allerdings sagen, daß ich wenig Zeit habe, da meine Anwesenheit in London dringend notwendig ist.«

»Ich werde mich so kurz wie möglich fassen«, erwiderte Milton lächelnd. »Die Dokumente über den Herstellungsprozeß des biegsamen Glases von John President sind gefunden worden.«

»Das ist ja unmöglich.«

»Der Mann, der sie gestohlen hat, gab sie wieder zurück, und die Formel ist dem Ausstellungskomitee in Lyon eingeschickt worden.«

»Wer hat die Papiere denn entwendet?«

»Darüber kann ich Ihnen nichts Genaueres mitteilen. Vielleicht ahnen Sie es. Ich kann Ihnen nur sagen, daß der Mann, der die Dokumente und eine größere Summe aus der Mappe Monsieur Soltescus nahm, die Tat bereute und die gestohlenen Sachen zurückgab.«

»War es Kitson?« fragte Sir George schnell.

Milton schüttelte den Kopf.

»Mehr kann ich Ihnen nicht erzählen. Aber Sie wissen nun genug, um Monsieur Soltescu einen großen Schrecken einzujagen. Wenn er es erfährt, wird er einen schweren Schock bekommen.«

»Ich habe vergessen, daß Sie Privatdetektiv sind. Sie haben schon eine ganze Anzahl von Aufträgen erhalten.«

»Und ich war bisher auch einigermaßen erfolgreich, das müssen Sie wohl zugeben. Ich habe den größten Turfschwindel aufgedeckt, der seit langem passierte, und ich habe die gestohlenen Dokumente wiederbeschafft. Aber ich habe noch eine große Aufgabe zu lösen.«

»Ja, Sie sollen den Aufenthalt von Miss Stanton ausfindig machen«, erwiderte Sir George lächelnd.

Milton sah ihn verwundert an. Dieser Mann war vollkommen ruiniert, und doch leuchteten seine Augen triumphierend. Es mußte etwas Ungewöhnliches geschehen sein, daß er in diesem Augenblick so zuversichtlich erscheinen konnte.

»Nun, ich wünsche Ihnen viel Erfolg«, sagte Sir George noch, dann stieg er in seinen Wagen ein.

20

Milton Sands ging langsam und nachdenklich zu seinen Freunden zurück. Janets Abwesenheit fiel ihm sofort auf, und er fragte nach ihr.

»Sie wird schon nicht verlorengehen«, sagte Mary President heiter. »Sicher kommt sie bald wieder zurück.«

Sie zog ihren Stuhl etwas vor und sah auf den Rennplatz, den die Polizei räumte, damit das nächste Rennen stattfinden konnte. Aber die Aufregung des Publikums über den seltsamen Ausgang des Derbys hatte sich noch nicht gelegt. Die Leute schrien immer noch durcheinander.

John President war auch fortgegangen, denn er sorgte sich um Donavan.

»Es ist ein großer Tag für uns«, meinte Eric.

»Vielleicht ist Janet bei meinem Großvater«, sagte Mary plötzlich. »Gleich nachdem Sie fortgingen, ist sie gerufen worden.«

Milton nickte, er war keineswegs beunruhigt.

Kurze Zeit später klopfte es zaghaft an der Tür der Loge.

Milton runzelte die Stirn, als er sah, daß Toady Wilton bleich und verstört hereinkam.

»Ist es gestattet, daß ich nähertrete?« fragte er höflich.

Sands wechselte einen schnellen Blick mit Eric Stanton.

»Kommen Sie herein«, sagte er dann kühl.

Mr. Wilton fühlte den eisigen Empfang, der ihm von allen Seiten bereitet wurde.

»Ich muß mich entschuldigen, daß ich störe«, begann er zögernd. Er machte einen so niedergeschlagenen Eindruck, daß Mary ihn unwillkürlich bedauerte.

»Ich habe einen solchen Ausgang des Rennens nicht vermutet, Mr. Stanton. Glauben Sie mir, ich habe nichts von dem Betrug gewußt. Es war eine ebenso große Überraschung für mich wie für alle anderen.«

Eric erwiderte nichts. Milton sah Toady neugierig an und wunderte sich, daß es dieser Mann wagte, sich Stanton noch einmal zu nähern.

»Es war eine entsetzliche Geschichte«, fuhr Wilton fort und wischte sich die Stirn mit einem seidenen Taschentuch. »Ich habe niemals geglaubt, daß Sir George einen derartigen Betrug begehen könnte. Ich kann zwar das Geschehene nicht wieder gutmachen, aber ich möchte doch Sir George wenigstens daran hindern, daß er eine noch größere Schandtat begeht.«

Er sah sich um, ob seine Worte Eindruck gemacht hatten. Eric Stanton erwiderte seinen Blick mit eisiger Kälte, aber Milton nickte ihm ermutigend zu.

»Ich hatte eine kurze Unterredung mit Buncher«, erzählte Toady weiter. Er stand immer noch im Eingang der Loge und wagte nicht, näherzutreten. »Er glaubte, daß ich das volle Vertrauen Sir Georges besitze, und so kam es, daß er mir den schändlichen Plan mitteilte.«

»Was ist denn das für ein Plan?« Milton nahm an, daß Toady ihm noch Einzelheiten über den Turfschwindel enthüllen wollte.

»Natürlich weiß ich nichts Genaues darüber.« Wilton zuckte die Schultern.

»Ich nehme ohne weiteres an, daß Sie ein unschuldiger Helfershelfer sind.«

»Nein, nicht einmal das«, erklärte Toady schnell. »Ich sagte

Ihnen ja, daß ich von der ganzen Sache nichts wußte. Sir George hat mir heute gesagt, daß er heiraten wolle.«

»Was, er will sich verheiraten?« fragte Milton erstaunt. »Das ist allerdings eine merkwürdige Neuigkeit. Wer ist denn die Auserwählte?«

Toady war so verwirrt, daß er kaum zusammenhängend sprechen konnte. Er sah Eric bittend an.

»Ich weiß nicht, wie Sir George die Identität der Dame entdeckte. Aber wahrscheinlich steckt seine Schwester dahinter. Sie war neulich in Ihrem Büro.«

»Erzählen Sie doch endlich, was eigentlich los ist«, sagte Milton ungeduldig. »Mrs. Thompson hat tatsächlich mein Büro aufgesucht und Miss Symonds eine Menge Unsinn über Detektivarbeit vorgeredet.«

»Sie hat auch noch über andere Dinge gesprochen.« Toady faßte jetzt mehr Vertrauen. »Sie hat Ihre Sekretärin gefragt, ob sie nicht ein Muttermal am linken Fuß hätte, und das Mädchen gab zu, daß sie am Knöchel einen gelben, schlangenartigen Streifen hätte.«

Milton sprang plötzlich auf und gestikulierte wie verrückt. »Was?« rief er atemlos. »Sagen Sie mir sofort, was Sie davon wissen.« Er packte Toady an den Schultern und schüttelte ihn heftig. »Ist das die Dame, die er heiraten will?«

Wilton konnte nur nicken.

»Wann soll denn die Hochzeit stattfinden?« fragte Sands.

»Sofort. Er hat sie heute nachmittag in einem Auto entführen lassen.«

»Was hat denn das alles zu bedeuten?« fragte Eric Stanton verwundert und schaute erstaunt von einem zum andern.

»Das bedeutet, daß Janet Symonds Ihre Schwester ist, die wir schon so lange suchen, und wenn Wilton die Wahrheit sagt, dann befindet sie sich jetzt in der Gewalt Sir George Frodmeres.«

Er eilte hinaus und fand seinen Chauffeur, der bei einigen Kollegen stand.

»Holen Sie schnell den Wagen. Haben Sie Miss Symonds gesehen?«

Der Mann nickte.

»Sie ist vor ungefähr zehn Minuten hier vorbeigefahren.«

»Wer war in ihrer Gesellschaft?«

»Soweit ich sehen konnte, war sie allein. Es war ein geschlossener Wagen. Zufällig stand ich an der Ausfahrt.«

Eine Beschreibung des Wagens konnte Milton im Augenblick nicht viel helfen. Der Autoverkehr war momentan so groß, daß die Polizei nicht alle Wagen kontrollieren konnte. Milton gab zwar die Beschreibung, die er von seinem Chauffeur erhalten hatte, an den aufsichtsführenden Polizeiinspektor weiter, aber das war alles, was er tun konnte. Er ging zur Loge zurück, wo Eric Stanton ungeduldig auf ihn wartete. Toady Wilton war auch noch nicht gegangen.

»Sie sind der einzige, der mir noch einige Informationen geben kann«, sagte Milton zu ihm. »Nennen Sie mir alle Plätze, an die Sir George die Dame bringen könnte.«

Wilton zählte sie der Reihe nach auf, aber Sands schüttelte jedesmal den Kopf.

»Dann wüßte ich nur noch einen Platz, aber ich glaube nicht, daß er sie dorthin bringen läßt.«

»Sagen Sie doch schon, was Sie meinen.«

»Sein Hausboot an der Themse. Es ist aber schon sehr alt und kaum noch seetüchtig. Es liegt einige Meilen östlich von Reading.«

Auf Miltons Drängen beschrieb Toady den Ankerplatz.

»Aber ich glaube wirklich nicht, daß Sie die Dame dort finden. Ich war selbst noch vor ein paar Wochen dort. Das Boot ist zwar sehr geräumig, aber nicht mit Möbeln ausgestattet. Es ist außerdem defekt und zieht Wasser. Dauernd muß es ausgeschöpft werden, und es besteht immer die Gefahr, daß es an seinem Ankerplatz untergeht. Die Firma Mayton hat dreihundert Pfund verlangt, um das Boot wieder herzurichten und auszustatten.«

»Wann hat er bei der Firma angefragt?«

»Ich habe den Brief von Mayton erst vorgestern gesehen. Er kann etwa eine Woche alt sein. Auf das Datum habe ich nicht genau geachtet.«

Milton ging sofort zur Garage und fuhr nach Epsom, wo er vor dem Postgebäude haltmachte. Er bekam nicht gleich Verbindung mit London, denn an dem heutigen Renntag war der Telefonverkehr zwischen Epsom und London ungeheuer groß. Aber nach einem unliebsamen Aufenthalt gelang es ihm doch, die Firma Mayton zu erreichen, und er erfuhr, daß sie tatsächlich von Sir George Frodmere den Auftrag bekommen hatte, das Boot neu auszustatten, und daß die Arbeit in kürzester Zeit ausgeführt worden war.

Milton hängte den Hörer auf.

»Wir müssen zu dem Hausboot fahren«, sagte er nur kurz zu Eric, der ihn begleitete.

Nach zwei Stunden Fahrt waren sie in Reading, das sie mit höchster Geschwindigkeit durchfuhren. Außerhalb der Stadt kamen sie ans Ufer der Themse, wo tatsächlich ein großes Hausboot vertäut lag.

Eric sprang zuerst aus dem Wagen, und Milton folgte ihm auf dem Fuß. Sie eilten den schlechten Weg entlang, der zum Anlegeplatz führte, aber hier erlebten sie eine unliebsame Überraschung. Das Hausboot war besetzt. Mehrere Damen hielten sich oben an Deck auf, und ein starker, untersetzter Mann stand am Ufer. Er hatte die Hände in die Hosentaschen gesteckt, rauchte eine Zigarre und sah neugierig auf die beiden Herren, die sich dem Boot näherten.

»Ja, Sie haben vollkommen recht«, erwiderte er auf Miltons Frage. »Das ist das Hausboot von Sir George Frodmere. Aber ich habe es auf einen Monat von ihm gemietet.«

Miltons Hoffnung sank.

»Ich bin heute mit meiner Familie hierhergekommen.«

Gewohnheitsmäßig beobachtete Milton alle Menschen sehr genau, und so fiel ihm auf, daß der Mann sehr viel gestikulierte und mit einer wohlklingenden, gepflegten Stimme sprach.

»Ich suche nach einer jungen Dame«, erkärte er, einer gewissen Miss Symonds.«

Der Mann schüttelte den Kopf und zuckte bedauernd die Schultern.

»Sie ist nicht auf unserem Boot«, entgegnete er höflich. »Wenn Sie wollen, können Sie an Bord gehen und sich persönlich davon überzeugen.«

Milton wußte, daß das zwecklos sein würde.

»Erwarten Sie noch jemand?«

»Nein, niemand.«

»Entschuldigen Sie dann bitte, daß ich Sie gestört habe«, erwiderte Milton.

Die beiden kehrten zu ihrem Wagen zurück.

»Ich war eigentlich fest davon überzeugt, daß wir sie hier finden würden«, erklärte Milton mutlos. »Es ist nicht die ausgesetzte Belohnung, die mich anspornt – ich habe mich vor einiger Zeit mit Janet verlobt.«

Stanton reichte ihm die Hand, und Milton drückte sie schweigend.

»Wir wollen in Reading zu Abend essen, dann können wir nachher um so eifriger unsere Nachforschungen fortsetzen.«

Sie hatten bald ein geeignetes Hotel gefunden und setzten sofort Telegraf und Telefon in Bewegung. Scotland Yard hatte bereits alle Maßnahmen getroffen, aber bis jetzt war kein Bericht über den gesuchten Wagen eingelaufen. Detektive waren nach Pennwaring geschickt worden, um das Herrenhaus und alle anderen Orte zu beobachten, wo sich Sir George hätte verstecken können.

»Es wird besser sein, wenn wir die Nacht über hierbleiben«, erklärte Milton. »Reading ist für unsere Zwecke durchaus geeignet. Frodmeres Interessen konzentrieren sich ja in der Hauptsache auf Westengland.«

Eric Stanton stimmte zu. Es war dasselbe, ob sie hierblieben oder zur Stadt zurückkehrten.

21

Östlich von Reading liegt ein uninteressanter, eintöniger Landstrich, der an die Themse grenzt. Es sind fast ausschließlich niedrig liegende Wiesen, die stets überschwemmt werden, wenn der Fluß über die Ufer tritt. Seit langer Zeit hatte das Hausboot keine Fahrt mehr auf dem Strom unternommen, weil man allgemein der Ansicht war, daß ein derartiger Ausflug wahrscheinlich seinen Untergang bedeuten würde.

Janet Symonds wußte nicht, warum das Auto, in dem sie fuhr, in der Nähe von Reading von der Straße abbog und über einen holperigen Feldweg dem Ufer zusteuerte. Es war ihr klar, daß sie eine Gefangene war. Buncher hatte sie das fühlen lassen, als er bei einer Tankstelle halten mußte.

»Sie haben vor allem den Mund zu halten und ruhig zu sein«, sagte er drohend. »Ich habe den Auftrag bekommen, Sie zu Mr. Milton Sands zu bringen. Wenn Sie das nicht glauben wollen, dann lassen Sie es bleiben. Aber ich dulde unter keinen Umständen, daß Sie mir Scherereien machen.«

Als der Wagen am Ufer hielt, zog er sie aus dem Auto. Sie trat einen Schritt zurück, als sie das Hausboot sah, aber Bud Kitson und seine Frau waren sofort zur Stelle und redeten auf sie ein.

Sie führten Janet in den großen, geräumigen Salon, der hellerleuchtet und schön möbliert war.

»Wo ist denn Mr. Sands?« fragte sie.

Sie klammerte sich noch immer an diese Illusion.

»Sie müssen noch etwas warten«, entgegnete Kitson unfreundlich. »Nicht nur Sie wollen Mr. Sands sprechen. Ich will ihn mir auch kaufen. Er ist daran schuld, daß ich ins Kittchen gekommen bin. Drei Tage habe ich im Portland-Gefängnis gesessen, bis man herausfand, daß Mr. Sands mir nur einen Streich gespielt hatte. Glauben Sie mir, ich habe ebenso dringend den Wunsch, ihn zu sehen, wie Sie. Aber das hat noch Zeit.«

»Wer hat mich denn hierhergebracht?« fragte sie schwach.

»Sie sind aus einem guten Grund hierhergekommen. Wenn Sie vernünftig sind, können Sie das Boot sehr schnell wieder verlassen«, sagte die Frau. »Es gehört einem Herrn, der sich in Sie verliebt hat. Warum er sich soviel Umstände mit einer gewöhnlichen Stenotypistin macht, verstehe ich allerdings nicht«, fügte sie geringschätzig hinzu. »Es wäre besser, wenn Sie jetzt in Ihre Kabine gingen.«

Sie begleitete sie in einen Raum, der halb so groß war wie

der Salon. Auch dieses Zimmer war neu ausgestattet und für ihren Empfang vorbereitet.

Die Tür wurde hinter ihr verschlossen. Das einzige Fenster der Kabine lag nach dem Ufer zu, und sie sah sofort, daß ein dunkler Streifen Wasser sie vom Lande trennte. Sie hätte wohl die Aufmerksamkeit der Leute erregen können, die zufällig am Ufer vorbeigingen, aber sie wußte instinktiv, daß ein solches Verhalten gefährlich sein würde.

Es blieb ihr nichts anderes übrig, als geduldig und ruhig die Entwicklung der Dinge abzuwarten. Erst gegen Mitternacht hörte sie, daß ein Auto sich dem Ufer näherte. Als der Wagen hielt, sprachen mehrere Männer leise miteinander. Sie sah einen großen Herrn über die Landungsbrücke an Bord gehen. Kurz darauf klopfte es an ihre Tür, und eine Frau fragte, ob sie wach sei. Janet hatte sich nicht ausgezogen und folgte der Frau, die hier anscheinend als Dienstmädchen angestellt war, nach dem großen Salon.

Sie erkannte den Mann, der am Ende des langen Tisches stand, obwohl sie ihn bisher nur einmal gesehen hatte. Sir George Frodmere konnte man auch nicht leicht verkennen. Er verneigte sich vor ihr, und auf seinen Wink verließen die beiden anderen Herren, die zugegen waren, den Raum.

»Warum haben Sie mich hierhergebracht?« fragte sie ruhig und gefaßt.

Er sah sie nachdenklich an. Sie war tatsächlich schöner, als er erwartet hatte.

»Meine verehrte junge Dame«, begann er liebenswürdig, »ich bedaure unendlich, daß ich Sie hierherbringen mußte. Aber Sie sind jung und vielleicht romantisch veranlagt, und so hoffe ich, daß Sie meine Lage begreifen werden. Ich hoffe sogar, daß Sie die nötige Sympathie für mich haben, um mir zu helfen.«

Sie schwieg. Es hatte ja keinen Zweck, seine Erklärung zu unterbrechen. Und sie mußte vor allem erfahren, was er beabsichtigte.

»Wollen Sie nicht Platz nehmen?« sagte er verbindlich.

»Nein, danke, ich möchte lieber stehen.«

»Dann muß ich auch stehenbleiben«, entgegnete er lächelnd.

»Nun, das ist ja auch nicht so wichtig. Wahrscheinlich wissen Sie, wer ich bin?«

»Ja.«

»Und Sie sind sicher auch über meine Familie orientiert?«

Er schaute sie fragend an, aber sie schüttelte den Kopf.

»Außer Ihrem Namen weiß ich nichts von Ihnen, Sir George.«

»Dann wissen Sie also nicht, daß ich der Erbe eines großen Vermögens bin, und zwar einer halben Million Pfund. An die Erbschaft ist aber die Bedingung geknüpft, daß ich bis zu einem gewissen Alter verheiratet sein muß. Bis jetzt habe ich es nicht für nötig gefunden, mich mit einer Frau zu belasten. Das klingt sehr unhöflich, aber Sie werden wahrscheinlich verstehen, was ich meine.«

Sie nickte. Sie hatte genug von Sir Georges Privatleben gehört, um die Bedeutung seiner Worte zu erfassen.

»Übermorgen werde ich nun achtunddreißig Jahre alt, und bis dahin muß ich verheiratet sein. Erst jetzt ist mir zum Bewußtsein gekommen, in welcher kritischen Lage ich mich befinde. Ich bin nicht im mindesten darauf vorbereitet gewesen, denn erst gestern haben mich meine Rechtsanwälte wieder an die Notwendigkeit erinnert, daß ich mich sofort verheiraten muß. Deshalb bin ich gezwungen, schnell eine Wahl zu treffen. Aber ich hoffe, daß sie glücklich ist, denn sie ist auf Sie gefallen.«

»Mich wollen Sie heiraten?«

»Ja. Ich weiß, daß Sie sehr hart zu kämpfen hatten . . . Und ich schätze und verehre Sie ganz besonders. Sie besitzen alle Eigenschaften, die mich glücklich machen könnten.«

Trotz der sonderbaren Situation mußte sie lachen.

»Aber das ist doch einfach unmöglich, Sir George! Ich kann Sie doch nicht so ohne weiteres heiraten.«

»Ich glaube, daß Sie die Möglichkeiten unterschätzen, die sich Ihnen durch meine Wahl bieten. Ich brauche eine Frau, die ich sofort nach der Trauung wieder verlassen kann.«

Er schaute sie durchdringend an, aber seine Worte schienen keinen Eindruck auf sie zu machen.

»Ich sage Ihnen, ich brauche eine Frau, von der ich mich direkt nach der Trauung wieder trennen kann«, wiederholte er mit besonderem Nachdruck. »Ich bin bereit, Ihnen als Hochzeitsgeschenk die Summe von hunderttausend Pfund zu überreichen.«

»Aber es gibt doch Hunderte von jungen Mädchen, die nur zu gern Ihren Vorschlag annehmen würden, Sir George«, entgegnete sie bestürzt und verwundert.

Er sah, daß sie errötete, und wußte, daß sie jetzt an Milton Sands dachte.

»Ja, es gibt Hunderte von jungen Mädchen«, wiederholte er, »aber es ist keine unter ihnen, die mir zusagt, keine, der ich trauen könnte. In Ihnen habe ich die Frau mit all den Eigenschaften gefunden, die ich schätze. Und ich wiederhole Ihnen in aller Form, daß Sie mich nach der Trauung sofort wieder verlassen können. Vorher überreiche ich Ihnen einen Scheck über hunderttausend Pfund.«

»Sie scheinen zu vergessen, Sir George, daß ich seit einigen Monaten mit Mr. Sands zusammenarbeite.«

»Ich wüßte nicht, was das zu sagen hätte.«

»Nun, dann will ich es Ihnen klarmachen. Mr. Sands hat mich in der letzten Zeit über vieles aufgeklärt, damit ich ihm beruflich helfen kann, und ich habe viele Dinge erfahren, von denen ich früher keine Ahnung hatte. Ich halte Ihr ganzes Benehmen mir gegenüber nur für ein Betrugsmanöver. Was Sie mir da eben erzählten, unterscheidet sich nicht wesentlich von den Geschichten, die andere berüchtigte Betrüger in solchen Fällen vorbringen.«

Der Baronet wurde dunkelrot vor Zorn, denn ihre Worte hatten ihn schwer getroffen.

»Wollen Sie mir denn nicht glauben, Miss Symonds?«

»Offen gestanden, nein.«

»Nun, Sie werden mir schon glauben müssen. Innerhalb zweier Tage heiraten Sie mich. Ich habe mir schon eine besondere Genehmigung besorgt.«

»Trotz alledem glaube ich es nicht«, entgegnete sie fest.

»Sie verlassen sich darauf, daß Milton Sands Ihnen zu Hilfe

kommt und Sie aus dieser Situation befreit«, erwiderte er mit einem boshaften Lächeln. »An Ihrer Stelle würde ich mich nicht so sehr auf ihn verlassen. Sie können aber mir und auch Ihren Freunden einen guten Dienst erweisen, wenn Sie auf meinen Vorschlag eingehen. Ich gebe Ihnen die Versicherung, daß Ihre Heirat mit mir auch Mr. Sands einen großen finanziellen Vorteil bringen wird.«

»Ich möchte mich nicht weiter mit Ihnen über diese Sache unterhalten. Sie können eine Frau doch nicht gegen ihren Willen heiraten!«

Mit diesen Worten wandte sie sich um und ging in ihre Kabine zurück.

Sir George machte keine Anstrengungen mehr, mit ihr zu sprechen, aber eine Stunde später klopfte Mrs. Kitson an ihre Tür und brachte ihr ein Tablett mit Speisen.

»Sie brauchen sich nicht zu fürchten. Etwas müssen Sie ja schließlich essen.«

Janet hatte bis dahin alles abgelehnt, aber jetzt fühlte sie großen Hunger. Die Mahlzeit war ausgezeichnet zubereitet. Es stand auch eine kleine Porzellankanne mit Schokolade dabei, und gerade starke Schokolade eignet sich hervorragend dazu, den Geschmack von Morphiumpräparaten zu überdecken.

Janet fiel in einen schweren, traumlosen Schlaf, hatte aber trotzdem ein quälendes Gefühl. Schließlich tanzte ein großes, helles Licht vor ihren Augen. Sie versuchte, es mit der Hand abzublenden. Dabei kam ihr plötzlich zum Bewußtsein, daß sie etwas am Finger hatte, das früher nicht dort gewesen war. Langsam kam sie zu sich und starrte auf den schmalen, goldenen Ring an dem vierten Finger ihrer rechten Hand. Sie sah sich verwundert und verstört um und entdeckte, daß sie sich zusammen mit mehreren Menschen im Salon befand. Sir George war zugegen und schaute sie merkwürdig an. Neben ihm standen Kitson und seine Frau, und außer ihnen bemerkte sie noch einen verhältnismäßig schlanken Mann von mittlerer Größe. Er hatte weiße Haare und trug die Kleidung eines Geistlichen.

»Was hat das zu bedeuten?« fragte sie atemlos vor Entsetzen.

»Fühlen Sie sich nicht wohl, Lady Frodmere?« fragte der Mann im schwarzen Talar.

»Lady Frodmere?« wiederholte sie dumpf.

»Sie sind jetzt Lady Frodmere, meine Frau«, erklärte Sir George.

»Aber ich habe Sie doch nicht geheiratet!«

Der Geistliche lächelte.

»Ich sehe, daß Sie noch etwas verwirrt sind, Mylady. Ich habe Sie selbst mit George Frodmere getraut, und Sie waren bei vollem Bewußtsein.«

»Aber das ist doch unmöglich!« rief sie. »Sie konnten mich doch nicht trauen. Ich habe nicht geantwortet –!«

Der Geistliche schüttelte den Kopf.

»Sie haben alle Fragen richtig beantwortet, die ich an Sie stellte. Für gewöhnlich nehme ich ja Trauungen nicht gerade um Mitternacht vor, aber ich kann Ihnen die Versicherung geben, daß Sie jetzt Lady Frodmere sind.«

Sie sank in den Stuhl zurück und zitterte am ganzen Körper. Es war ein entsetzlicher Gedanke. Was hatten die Leute nur mit ihr gemacht? Ihre Vernunft sagte ihr, daß etwas nicht stimmen konnte. Aber der Geistliche stand doch vor ihr, und auf dem Tisch lag ein Dokument – eine Trauungsurkunde! Sie sprang auf und schaute sie an. Schwarz auf weiß stand ihre eigene Unterschrift darunter. Das war zuviel für sie. Mit einem Schrei floh sie den Gang entlang in ihre Kabine, schlug die Tür hinter sich zu und türmte alle Möbelstücke dagegen auf, die sie in dem Raum finden konnte.

»Also, die Sache wäre erledigt«, sagte Sir George im Salon.

»Kann ich die Nacht über hier an Bord bleiben?« fragte der Geistliche.

»Ich würde Ihnen den guten Rat geben, fortzugehen, Pentridge«, erwiderte Sir George. »Ihre Anwesenheit könnte auffallen.«

Der angebliche Geistliche zog seinen Talar aus und legte den weißen Kragen ab.

»Ich kann dieses Zeug nicht leiden. Es hat furchtbar in die

Haut eingeschnitten. Nun, wie habe ich die Trauung vollzogen?« fragte er lachend.

»Großartig haben Sie Ihre Sache gemacht«, entgegnete der Baronet und klopfte ihm befriedigend auf die Schulter. »An Ihnen ist direkt ein Schauspieler verlorengegangen, Penty. Haben Sie das Geld dabei?«

»Ja, ich habe es bei mir. Hier sind zweitausend Pfund. Das ist allerdings eine ziemlich hohe Anleihe für jemand, der erledigt ist.«

»Aber ich leihe es doch nur für ein paar Tage von Ihnen, Mr. Pentridge«, sagte Sir George lächelnd, als er die Scheine nahm und sie in seine Brieftasche legte. »Wir werden ja bald beweisen können, daß Sands gelogen hat, und dann schwimme ich in Geld.«

»Hoffentlich gelingt Ihnen das. Und wenn Sie keinen Erfolg haben sollten –«

»In diesem Fall werde ich durch meine Heirat ein Vermögen in die Hand bekommen. Für den Dienst, den Sie mir erwiesen haben, sollen Sie einen reichlichen Anteil erhalten. Übrigens sind die Papiere wiedergefunden worden, die Sie an Soltescu verkauft haben.«

Pentridge sah ihn schnell an.

»Hat er die Sache aufgegeben?«

»Wen meinen Sie denn?« fragte Sir George überrascht.

»Natürlich Milton Sands. War es Ihnen denn nicht von Anfang an klar, daß er sich die Papiere angeeignet hatte?«

»Milton Sands!« wiederholte Sir George ungläubig.

»Ja!« Bud Kitson schlug mit der Faust auf den Tisch. »Das stimmt. Kein anderer konnte sie genommen haben. Mir ist jetzt alles klar. Er fuhr in demselben Zug wie wir nach Paris. In Monte Carlo hatte er sein ganzes Geld verspielt und mußte nun irgend etwas beginnen. Toady Wilton sah doch, wie er das Kasino verließ, und sprach mit ihm. Dann kommt er nach London zurück und hat plötzlich genügend Geld, um ein Detektivbüro in der Regent Street zu eröffnen –«

»Aber dann möchte ich nur wissen, warum er überhaupt ein Detektivbüro aufgemacht hat!« sagte Sir George.

»Das war doch die einzige Möglichkeit, sich die Belohnung für die Wiederbeschaffung der Papiere zu sichern, ohne Argwohn und Verdacht zu erregen. Die Sache ist vollkommen klar und durchsichtig!«

»Also so verhält es sich«, meinte Sir George und nickte. »Dann hätte ich ja eventuell noch eine Chance, mich mit Milton Sands zu vergleichen. Aber nach alledem wird es wohl sehr schwer sein.«

»Ich habe auch noch ein Hühnchen mit ihm zu rupfen!« rief Kitson wild. »Ich lasse mich nicht umsonst nach Portland ins Gefängnis schleppen!«

Sir George sah den wütenden Mann nachdenklich von der Seite an. Wahrscheinlich konnte er ihn noch bei der Durchführung seiner Pläne brauchen, bevor er ihn ganz fallenließ.

Er verabschiedete sich von Pentridge, der zur Stadt zurückkehrte.

»Ist das Fenster gesichert? Sie kann doch hoffentlich nicht durch das Kabinenfenster entkommen?«

»Nein, das ist unmöglich«, entgegnete Bud. »Ich habe Eisenstangen daran befestigt.«

»Gut«, erwiderte Sir George befriedigt.

22

»Die Sache hat Sie schwer mitgenommen«, meinte Eric Stanton.

Milton saß teilnahmslos am Tisch und starrte ins Leere. Die Zigarre zwischen seinen Fingern war ausgegangen.

»Ja, da haben Sie recht«, sagte er jetzt. »Mir hat noch nichts im Leben so sehr zugesetzt.«

»Kommen Sie mit in die Stadt und erholen Sie sich.«

Auf dem Heimweg hatten sie in der Nähe eines Vergnügungsparks einen Reifenschaden. Während der Chauffeur das Rad wechselte, gingen sie durch die Reihe der Würfelbuden und Schießstände und blieben schließlich vor einem größeren Zelt stehen. Ein auffallend bemaltes Schild verkündete, daß hier eine wandernde Theatergruppe Vorstellungen gab. Die Schauspieler und Schauspielerinnen standen in ihren Kostümen auf einer erhöhten Plattform.

»Der Mann dort kommt mir so bekannt vor«, sagte Eric plötzlich und wies auf einen Schauspieler, der mit lauttönender Stimme die Umstehenden zum Besuch des Theaters aufforderte.

»Und die Frau dort muß ich auch schon gesehen haben«, erwiderte Milton und zeigte auf eine reichlich geschminkte Dame, die auf einem Stuhl saß und mit einem Kollegen sprach.

»Es ist doch merkwürdig, daß man sich manchmal einbildet, gewisse Leute schon zu kennen, die man plötzlich trifft«, fuhr Milton fort. »Jedem von uns ist das schon begegnet.«

Er folgte einer plötzlichen Eingebung und nahm Eric mit in die Vorstellung, die mittlerweile begonnen hatte. Sie kauften reservierte Plätze in der Nähe der Bühne, und der erste Akt war beinahe zu Ende, als Milton einen Zettel schrieb. Er schickte ihn durch einen Angestellten hinter die Bühne und erhielt auch gleich darauf die Antwort, daß der Schauspieler ihn nach der Vorstellung sprechen würde.

»Ich habe eine Idee«, erklärte Milton, »aber ich weiß nicht, ob ich recht habe.«

Eric schüttelte den Kopf.

»Sie sind wieder einmal geheimnisvoll, und ich weiß nicht, was Sie beabsichtigen.«

Die Vorstellung endete erst gegen zwölf Uhr, und die Schauspieler kamen einzeln aus dem Zelt ins Freie. Ein etwas untersetzter Mann trat auf Milton Sands zu.

Sie musterten sich einen Augenblick, als sie einander gegenüberstanden, und Milton sah, daß der Mann verlegen wurde.

»Ich glaube, wir haben uns schon kennengelernt«, bemerkte der Detektiv ruhig.

»Ich glaube nicht«, entgegnete der andere ablehnend.

»Würden Sie vielleicht so liebenswürdig sein und mich in mein Hotel begleiten? Ich möchte einige Fragen an Sie richten.«

»Nein, das lehne ich entschieden ab.«

»Dann muß ich die Polizei rufen und Sie verhaften lassen.«

»Das können Sie nicht. Ich habe Sie überhaupt noch nicht gesehen!«

»Machen Sie doch keine Geschichten. Ich will Ihnen gern für Ihre Bemühungen zahlen, wenn Sie mir einige Informationen geben können«, erklärte Milton lächelnd. »Wenn Sie vernünftig sind, gehen Sie mit mir.«

Diese Zusicherung beruhigte den Schauspieler, und er begleitete die beiden.

Sie fuhren zu einem nahegelegenen Hotel, in dem Eric ein Zimmer nahm, und setzten sich bei einem Glas Wein zusammen.

»Wie kam es denn, daß Sie heute nachmittag auf dem Hausboot von Sir George waren?« fragte Milton nach einigen einleitenden Bemerkungen. »Und warum haben Sie behauptet, daß Sie das Boot gemietet hätten?«

»Darüber möchte ich nichts weiter sagen«, entgegnete der Mann zurückhaltend.

Milton zog seine Brieftasche heraus und legte fünf Banknoten auf den Tisch. Jede hatte einen Wert von fünf Pfund.

»Wenn Ihre Informationen nützlich für mich sind, zahle ich Ihnen diese Summe.«

Der Mann sah das Geld gierig an.

»Unter diesen Umständen bin ich schließlich nicht abgeneigt, Ihnen die Geschichte zu erzählen. Wir haben ja nichts Schlimmes getan, sondern uns einfach engagieren und bezahlen lassen.«

»Wer hat Sie denn engagiert?«

»Ein eleganter Herr. Ich glaube, er heißt Sir George Frodmere. Außerdem war noch ein gewisser Mr. Kitson bei ihm.«

»Ach so, Bud Kitson.« Milton nickte.

Der andere grinste.

»Der hat mir eine merkwürdige Geschichte erzählt. Eine hübsche Schauspielerin sollte zu dem Boot kommen, die immer von zwei jungen Leuten belästigt wurde. Sie wollte sich dort vor ihnen in Sicherheit bringen. Ich und meine Kolleginnen sollten eine Familienszene auf dem Hausboot spielen und die beiden Herren hinters Licht führen. Wir bekamen zehn Pfund für unsere Bemühungen und sollten von morgens bis zur Abendvorstellung auf dem Boot bleiben.«

»Jetzt verstehe ich alles«, sagte Milton. »Hier haben Sie Ihre fünfundzwanzig Pfund. Ich will Sie nicht weiter stören.«

Er verließ das Zimmer, öffnete draußen seine Aktentasche, nahm eine Browningpistole heraus und untersuchte sie. Er überzeugte sich, daß das Magazin gefüllt war, steckte die Pistole in seine Hüfttasche und ging dann zu Eric zurück.

»Wir wollen noch einmal zu dem Hausboot fahren und es gründlich untersuchen. Da Kitson zu der Gesellschaft gehört, ist es ratsam, daß wir uns vorsehen.«

Es gab noch einen kleinen Aufenthalt, bevor sie abfahren konnten, und die Kirchenuhren schlugen eins, als sie zum Themse-Ufer kamen.

»Wir sind da«, sagte Milton und zeigte auf die beiden weißen Pfosten, die die Anlegestelle markierten.

Der Wagen hielt, sie stiegen aus und gingen nach dem Fluß zu. Es war eine dunkle Nacht, und es regnete.

»Wir müssen falsch gegangen sein«, rief Eric plötzlich.

»Warum denn?« fragte Milton erstaunt.

Aber dann sah er plötzlich, daß das Hausboot nicht mehr am Ufer lag. Sie fanden wohl die Pfosten, an denen es vertäut gewesen war, und im Schein ihrer Taschenlampen entdeckten sie auch Fußspuren und die Stelle, wo die Landungsbrücke am Ufer aufgelegen hatte. Aber das Hausboot war verschwunden.

»Wie spät ist es?« fragte Sir George.

»Halb eins«, entgegnete Kitson.

»Der Schlepper muß jeden Augenblick ankommen.«

»Der Schlepper?« fragte Bud erstaunt.

Sir George nickte.

»Sie lassen uns hier sicher nicht in Ruhe, denn sie werden bald auf unserer Spur sein. Die Schauspieler haben ihren Zweck erfüllt, aber ich brauche mehr Zeit, um zum Ziel zu kommen. Deshalb habe ich einen Schlepper engagiert, der uns den Strom hinunterbugsieren soll. Ich kenne eine ruhige, nette Bucht weiter unten, in der wir wochenlang liegen können, ohne daß man uns dort sucht.«

»Aber wird denn das alte Boot die Fahrt aushalten?« fragte Kitson zweifelnd.

Sir George lächelte.

»Der Schlepper muß das Boot längsseits festmachen, dann kann so leicht nichts passieren. Ich habe auch schon Anweisung gegeben, daß er die Taue sofort loswerfen soll, wenn wir in der Nähe der Bucht sind. Wir müssen den alten Kasten dann selbst mit Stangen und Rudern bis zu einer guten Landungsstelle bringen und dort vor Anker gehen.«

Sir George schaltete das Licht im Salon aus und öffnete eins der Fenster, die auf den Fluß hinausführten.

»Da kommt er schon.«

Mitten im Strom konnten sie die dunklen Umrißlinien des kleinen Dampfers sehen. Die roten und grünen Lichter leuchteten hell in der Dunkelheit.

Nach kurzer Zeit war das Hausboot von den Pfosten losgemacht und an dem Schlepper befestigt. Langsam fuhren sie auf den Strom hinaus.

»Die einsame Bucht befindet sich auf dem Landgut von Lord Chanderson, und es trifft sich vorzüglich, daß er gerade heute abend nach Frankreich abreist. Ich hörte es auf dem Rennplatz, als er mit einem anderen Herrn darüber sprach. Niemand wird uns dort beobachten, und wenn uns das Glück günstig ist, können wir uns bequem drei Wochen lang versteckt halten. Haben Sie das Boot verproviantiert, wie ich Ihnen gesagt habe?«

Kitson nickte.

»Was soll denn aus ihr werden?«

Sir George lächelte.

»In drei Wochen kann viel passieren. In dieser Zeit kann selbst eine eigensinnige junge Dame ihre Meinung ändern. Augenblicklich bin ich allerdings in einer etwas unangenehmen Lage, Kitson. Das werden Sie auch verstehen. Wir haben ja schon öfters solche Situationen miteinander erlebt.«

»Das könnte ich nicht gerade behaupten«, entgegnete Bud kühl. »Mich hat man zwar mehrmals ins Gefängnis gesteckt.

– Pentridge gab Ihnen doch zweitausend Pfund«, sagte er dann unvermittelt. »Davon möchte ich auch meinen Teil haben.«

»Selbstverständlich«, entgegnete Sir George beruhigend. »Wir teilen, wenn die Sache vorüber ist. Sie sollen nicht zu kurz kommen, weil Sie zu mir halten. Ich kann bald über ein großes Vermögen verfügen, und Sie wissen doch auch, daß ich ein wertvolles Landgut besitze.«

»Damit können Sie mir nicht imponieren. Das Ding ist über und über mit Schulden und Hypotheken belastet. Meiner Meinung nach besteht Ihr ganzes Besitztum aus den zweitausend Pfund, die Sie in Ihrer Brieftasche haben. Und ich muß schon darauf dringen, daß Sie mir einen Teil davon abgeben.«

»Wir wollen die Sache in einigen Tagen weiter besprechen«, sagte Sir George bestimmt.

»Nein, wir müssen sie jetzt ins reine bringen«, brummte Bud Kitson. »Unsere gemeinsame Verbindung war bis jetzt für mich nicht gerade sehr vorteilhaft, und ich verlange endlich einmal eine größere Summe.«

Sie standen beide auf dem Oberdeck und sahen auf den dunklen Fluß hinunter, während der Schlepper langsam stromabwärts dampfte.

»Ich habe bei Ihnen wirklich keine Seide spinnen können«, fuhr Kitson fort. »Und die tausend Pfund, die Sie mir jetzt geben werden, sind noch lange keine Entschädigung für all meine Mühe.«

Sir George lachte.

»Tausend Pfund soll ich Ihnen geben? Mein lieber Mann, Sie sind wohl nicht mehr ganz bei Verstand! Ich brauche den ganzen Betrag, ich kann nichts davon entbehren. Ich habe Ihnen doch vorhin schon gesagt, daß Sie Ihre volle Belohnung erhalten, wenn wir die Sache zu einem guten Abschluß gebracht haben.«

»Und ich sage Ihnen, daß ich meine Hälfte jetzt sofort haben will«, entgegnete Bud Kitson heftig.

Sir George wandte sich zu ihm um und trat ihm im Dunkeln entgegen.

»Sie bekommen jetzt gar nichts. Sie müssen warten, bis ich Ihnen etwas gebe, wenn die Zeit dazu gekommen ist.«

»Sie ist jetzt gekommen«, erwiderte Kitson hartnäckig.

Sir George drückte dem Amerikaner plötzlich die Pistole in die Rippen, und Bud hob automatisch die Hände hoch.

»Sie bekommen Ihr Geld, wenn ich soweit bin. Sie können mich nicht dazu zwingen, daß ich es Ihnen jetzt gebe.«

»Wenn ich nun aber ans Ufer gehe, die Polizei rufe und ihr alles mitteile?« fragte Kitson frech.

»Welchen Nutzen hätten Sie davon? Sie saßen doch schon einmal im Portland-Gefängnis. Wollen Sie wieder dorthin wandern? Wenn Sie Ihre Drohung wahrmachen sollten, werde ich schon dafür sorgen, daß Sie wieder hinkommen.«

»Ich glaube, das wird Ihnen kaum gelingen.«

»Auf Ihren Glauben kommt es gar nicht an«, entgegnete Sir George mit einem rauhen Lachen. »Ich kenne Ihr Vorleben ganz genau. In Monte Carlo wurde ein Mann ermordet, und Sie standen dabei und rührten keinen Finger, um den armen Teufel zu retten. Seit der Zeit haben Sie den Mörder erpreßt. Das ist an und für sich schon strafbar, außerdem sind Sie auch der Beihilfe zum Mord schuldig.«

»Sie wissen zuviel«, sagte Bud Kitson merkwürdig langsam und ruhig.

Blitzschnell schlug er Sir George die Pistole aus der Hand, und die Waffe fiel polternd auf das Deck.

»Lassen Sie mich los«, brüllte der Baronet, als Bud ihn an der Kehle packte.

Sie rangen miteinander auf dem Deck des großen Hausbootes. Plötzlich sprang Kitson zurück und schlug Sir George mit einem Kinnhaken zu Boden, so daß dieser besinnungslos liegenblieb. Vorsichtig beugte er sich über ihn, durchsuchte seine Taschen und fand, was er haben wollte. Er steckte die Brieftasche und die Pistole Sir Georges ein, zog dann ohne weitere Umschweife den Bewußtlosen an die Reling und warf ihn ins Wasser. Einige Zeit blieb er noch dort stehen und schaute in die dunklen Fluten, aber es war nichts mehr von Sir George zu sehen. Schnell ging er über das Deck und rief den Kapitän des Schleppers.

»Machen Sie Ihre Taue los und lassen Sie das Hausboot treiben!« befahl er.

Er hörte den Maschinentelegrafen, der das Signal zum Stoppen gab. Der Kapitän stieg von seiner kleinen Brücke und kam nahe an die Reling.

»Ist etwas nicht in Ordnung?« fragte er.

»Machen Sie das Hausboot los«, wiederholte Bud.

»Ich kann Sie aber doch nicht mitten im Strom treiben lassen!« entgegnete der Kapitän verwundert.

»Dann bringen Sie das Boot bis ans Ufer und lassen Sie es dort liegen«, erwiderte Kitson.

»Wo ist denn der andere Herr?«

»Der ist schon nach unten gegangen und hat sich schlafen gelegt.«

Der Kapitän zögerte.

»Und was wird aus meiner Heuer?«

Kitson nahm einen Geldschein aus der Tasche, lehnte sich über die Reling und reichte ihn hinüber.

»So, damit sind Sie bezahlt.«

Der Kapitän trat unter eine Lampe und erstaunte über die Höhe des Betrages.

»Ich werde Ihnen das Wechselgeld herausgeben.«

»Sie können den Rest behalten. Bringen Sie mich nur bis zum Ufer und fahren Sie dann fort.«

Aber selbst, als der Kapitän den Auftrag ausgeführt hatte, konnte er sich noch nicht beruhigen und fragte, ob er nicht noch weitere Hilfe leisten sollte.

»Ich kann den Kasten schon allein festmachen«, erklärte Bud.

Er wartete eine halbe Stunde, bis die Lichter des Schleppers um die Biegung des Flusses verschwunden waren. Bis jetzt hatte alles geklappt. Er hatte das Hausboot nicht festzumachen brauchen, denn es war auf einer Schlammbank festgefahren und rührte sich nicht von der Stelle. Kitson ging nach unten. Seine Frau lag auf einer Couch im Salon.

»Sir George ist über Bord gefallen«, sagte er kurz, nachdem er sie geweckt hatte.

Sie sahen sich einen Augenblick an und verstanden sich.

»Mach dich fertig, damit wir fortgehen können. Wir müssen uns beeilen.«

»Was wird denn aus dem Mädchen?«

»Die kann hier bleiben. Die kleine Meinungsverschiedenheit zwischen mir und Sir George ist doch nur zu ihrem Besten.«

Die Vorbereitungen waren bald getroffen. Er wechselte seine leichten Schuhe gegen ein Paar kräftige Stiefel aus und durchsuchte dann Sir Georges Kabine. In einem Handkoffer fand er eine große Summe Bargeld.

Seine Frau war schon längst fertig und wartete auf ihn.

»Wäre es nicht besser, wenn wir sie riefen?« fragte sie.

»Nein, wir haben keine Zeit zu solchen Dummheiten. Wir müssen jetzt vor allem an uns selbst denken.«

»Was ist denn aus ihm geworden?« fragte sie und zeigte mit dem Kopf nach dem Deck.

»Halt den Mund und stell keine albernen Fragen.«

Als er vorhin auf dem Deck stand, hatte er geglaubt, die Spitze des Bootes sei dem Ufer so nahe, daß man von dort aus an Land springen könnte. Aber jetzt bemerkte er zu seiner Überraschung, daß ihn ein breiter Streifen Wasser vom Ufer trennte.

»Das Boot ist ins Treiben gekommen«, sagte er mit einem Fluch und eilte aufs Oberdeck, um sich besser umsehen zu können.

Das Fahrzeug trieb tatsächlich langsam nach der Mitte des Stroms. Ein kleines Rettungsboot schwamm an einem Seil hinterher. Nach einigen Anstrengungen gelang es Kitson, es heranzuziehen. Er half seiner Frau hinein und kletterte dann selbst nach.

Er fand ein paar Ruder und trieb das Boot mit kräftigen Schlägen ans Land.

»Das ist der beste Ausweg für uns. Das Mädchen werden sie morgen schon finden. Passieren kann ihr nichts.«

23

Janet Symonds erwachte aus einem unruhigen Schlaf. Sie hatte das Gefühl, daß irgendeine Gefahr drohte. Obwohl sie unter keinen Umständen hatte einschlafen wollen, hatten sie die aufregenden Ereignisse des Tages und die lange Fahrt doch müde gemacht.

Es fiel ihr auf, daß das Boot sich nach der einen Seite neigte, und als sie durch das kleine Fenster schaute, bemerkte sie, daß es mitten im Strom trieb. Schnell räumte sie die Möbel fort, die sie vor der Tür angehäuft hatte. Sie lief den Gang entlang und erwartete, daß sie die anderen treffen würde, aber sie konnte niemand entdecken. Das Licht im Salon brannte allerdings noch, aber es war niemand dort.

Nun wurde ihr plötzlich die gefährliche Lage klar, in der sie sich befand. Das Boot sank!

Sie lief wieder nach unten und rief nach Sir George. Aber sie bekam keine Antwort.

Die anderen hatten sie im Stich gelassen. Sie erinnerte sich daran, daß sie vorher ein kleines Ruderboot gesehen hatte, das hinten an dem Hausboot befestigt war. Aber auch das war verschwunden.

Langsam, mit leisem Knacken und Ächzen, sank das Boot tiefer und tiefer. In ihrer Verzweiflung suchte sie nach einem Rettungsring, konnte aber keinen finden. Sie war zu schwach, um ein paar Planken loszureißen, die sie hätten über Wasser halten können.

Aber plötzlich tauchten weiter stromaufwärts Lichter auf und näherten sich schnell. Janet hörte das Geräusch eines Motors und rief mit aller Kraft um Hilfe.

Eric Stanton, der vorn im Boot saß, hörte den Schrei und sah in der Fahrtrichtung die dunklen Umrisse des Hausbootes. Er rief etwas zurück, und der Motor stoppte sofort, gerade noch rechtzeitig. Milton, der am Steuer saß, brachte das Boot längsseits des sinkenden Fahrzeugs.

Ohne einen Augenblick zu zögern, sprang er an Bord. Als sein Fuß den Boden des Decks berührte, legte sich das Hausboot auf die Seite und versank in den Fluten. Aber er hatte Janet mit starken Armen gepackt. Beinahe hätte der Strudel des untergehenden Bootes sie in die Tiefe mitgerissen. Milton kämpfte verzweifelt, und endlich, nach einer Zeit, die ihm wie eine Ewigkeit erschien, kam er wieder an die Oberfläche und atmete die frische Nachtluft.

Das Motorboot nahm beide auf.

»Janet ist ohnmächtig geworden«, sagte Eric. Er zog seinen Mantel aus und deckte damit die Bewußtlose zu. Zärtlich blickte er sie an. Endlich hatte er seine Schwester wiedergefunden.

Am nächsten Morgen ging die Sonne strahlend auf, und Janet öffnete schlaftrunken die Augen. Sie schaute sich um und bemerkte, daß Mary President neben ihrem Bett saß und ein Buch auf den Knien hatte. Sie lächelte schwach und schlief wieder ein. Als sie zum zweitenmal erwachte, war Mary President immer noch bei ihr, aber statt des Buches hielt sie eine Zeitung in der Hand, und auch der Boden war mit Zeitungen bedeckt.

»Wie geht es Ihnen jetzt?«

»Viel besser«, sagte Janet und richtete sich auf.

»Fühlen Sie sich wohl genug, all die vielen Bilder von Donavan zu sehen?« fragte Mary vergnügt. »Er hat das Derby gewonnen.«

»Das Derby?« fragte Janet verständnislos.

»Ja. Wir waren doch gestern zusammen beim Rennen in Epsom – haben Sie das denn ganz vergessen?«

Janet schüttelte den Kopf.

»War das erst gestern?« fragte sie verwundert. »Es kommt mir vor, als wären inzwischen viele Jahre vergangen.«

Monsieur Soltescu saß in Paris im Hotel und las in einer Zeitung den Bericht über den Tod Sir Georges in der Themse. Er las auch, daß Bud Kitson und seine Frau in den frühen Morgenstunden in der Nähe von Reading von der Polizei aufgegriffen worden waren.

»Ja, so geht's«, sagte er in philosophischer Ruhe und machte auf dem schneeweißen Tischtuch mit seinem Bleistift eine ungefähre Kalkulation, wieviel Geld er bei dieser Geschichte verloren hatte.

RATGEBER

Bücher von Fachleuten - der ideale Weg zum guten Rat, ohne Wartezeiten und große Kosten. Jederzeit individuelle Beratung und gezielte Information zu ganz persönlichen Themen, über Beruf und Wirtschaft oder für Hobby und Freizeit. Konkrete Konzepte, praktische Methoden und erprobte Rezepte bieten zeitgemäße Möglichkeiten, um sich rundum richtig wohlfühlen zu können.

PSYCHOLOGIE LEBENSHILFE

BEER, ULRICH

Selbsttherapie. So helfe ich mir bei Depressionen, Lebenskrisen, Schlafstörungen, Stress, Übergewicht.
10896 DM 8,80

BERGLER, REINHOLD

Vorurteile erkennen, verstehen, korrigieren.
10424 DM 12,80

BIERACH, ALFRED

Wege zu einem Supergedächtnis. Lern- und Merktechniken.
10360 DM 8,80

BOECKEL, JOHANNES F.

Meditationspraxis. Technik und Methoden.
10824 DM 9,80

BOHNENKAMP, AXEL

Tarot als Lebenshilfe. 22 Stufen zu einem Leben voll Harmonie und innerer Kraft.
11770 DM 12,80

BUSCAGLIA, LEO

Leben-lieben-lernen. Brücken bauen – nicht Barrieren.
10362 DM 12,80

BUZAN, TONY

Kopf-Training. Anleitung zum kreativen Denken. Tests und Übungen.
10926 DM 9,80

Nichts vergessen! Training für ein Supergedächtnis.
10385 DM 12,80

DICKSON, ANNE

Frau sein. Selbstfindung, Selbstvertrauen, Selbstbewußtsein. 10956 DM 12,80

DOBBINS, RICHARD D.

Der Weg zu seelischer Kraft. Wie man seine seelische Gesundheit fördert. 10431 DM 9,80

EDER, RUTH

Der pflegeleichte Geliebte Frauen und die neuen Männer
13510 DM 12.80
Dieses Buch beweist anhand von zahlreichen Interviews, daß sich das Verhältnis zwischen Geliebten grundlegend verändert hat: in ein Liebesverhältnis gleichwertiger Partner.

FEDRIGOTTI, TONI

Erfolg durch Erfolgsbewußtsein
13505 DM 12.80
Lernen Sie durch Änderung Ihrer Denkgewohnheiten, sich auf Erfolg zu »programmieren«.

FENSTERHEIM, HERBERT/ BAER, JEAN

Leben ohne Angst. Unsicherheiten, Ängste, Phobien erkennen, verstehen, beherrschen.
11343 DM 12,80

Sag nicht ja, wenn Du nein sagen willst.
11297 DM 12,80

FEUERABENDT, SIGMUND

Das Yoga-Sutra.
10456 DM 9,80

FREITAG, ERHARD F.

Hilfe aus dem Unbewußten. Der spirituelle Weg zum Erfolg.
10957 DM 12,80

Kraftzentrale Unterbewußtsein. Der Weg zum positiven Denken.
10888 DM 12,80

FREITAG, E. F./ZACHARIAS, C.

Die Macht Ihrer Gedanken. Das Praxisbuch zur »Kraftzentrale Unterbewußtsein«. Ein Trainingsprogramm.
10357 DM 12,80

GIBSON, JOAN

Hab Vertrauen. Wie wir Einsamkeit und Selbstzweifel überwinden können.
10461 DM 9,80

HÖHN, REINHARD

Examen ohne Angst
10479 DM 12.80
Der Autor zeigt, wie jeder seine Prüfungsängste aus eigener Kraft überwinden kann.

JAMPOLSKI, GERALD G.

Lieben heißt die Angst verlieren. Vergnügliche Lebenshilfe ohne beschwerliche Theorien und Philosophien.
10381 DM 9,80

KLEIN, BERNARD

Die Macht des Traumes. Durch bewußtes Träumen ungenutzte Geisteskräfte freisetzen. 10410 DM 9,80

KURTH, HANNS

Lexikon der Traumsymbole.
10917 DM 14,80

So deute ich meine Träume. Mit Beispielen und Erläuterungen von 400 Traumsymbolen.
10507 DM 9,80

LAUSTER, PETER

Selbstbewußtsein kann man lernen. Programme für Selbstsicherheit und Selbstvertrauen.
10960 DM 9,80

Der Persönlichkeitstest. Ein Programm zur Entfaltung Ihrer Persönlichkeit.
10739 DM 9,80

LAUTENSCHLÄGER, FRANZ/ HAMM, MICHAEL/ LAGERSTRØM, DIETER

Wellness – Die neue Fitness. Ihr persönliches Ernährungs-, Bewegungs- und Harmonieprogramm für die neunziger Jahre.
10394 DM 12,80

LENTNER, GERHARD VON

Kartenlegen I + II.
10966 DM 17,80/10967 DM 16,80

LE CRON, LESLIE M.

Selbsthypnose. 10692 DM 12,80

LERMER, STEPHAN

Selbstfindung und Lebenskunst. Vom Umgang mit Liebe und Angst. 10356 DM 9,80

MALTZ, MAXWELL

So können Sie werden, wie Sie sein möchten. Methoden der Selbstbildpsychologie. 10455 DM 14,80

MENG CHAO-LAI/ WOLFGANG EXEL

Die Heilkunst der Chinesen. Anleitung zur Selbsthilfe.
10437 DM 12,80

MENSEN, HERBERT

Das neue ABC des autogenen Trainings. 10753 DM 9,80

PACZENSKY, SUSANNE VON

Der Testknacker. Wie man Karriere-Tests erfolgreich besteht. 10363 DM 9,80

REITER, UDO (HRSG.)

Meditation – Wege zum Selbst. 11305 DM 9,80

RYBORZ, HEINZ

Die universellen Kräfte Ihrer Psyche. Der Weg zu einem neuen Leben. 10929 DM 12,80

Die Kunst zu überzeugen. Die wirksame Beeinflußung von Partnern, Freunden, Kunden, Gegnern. 10963 DM 12,80

Die Kunst, Ihr Leben zu meistern. Es gibt eine Lösung für jedes Problem. 10941 DM 12,80

Jeder kann es schaffen. Ein Buch für die Selbstbehauptung in Beruf und Alltag. 10440 DM 12,80

Lebe besser, lebe gern Wie man seine schöpferischen, geistigen und seelischen Kräfte entdeckt, entwickelt und nutzt 13509 DM 12.80 Ein praktisches Lebenshilfebuch, anhand dessen jeder sein Leben positiv verändern kann.

Wer ist dein Freund? Wer ist dein Feind? Wie man Menschen besser erkennt. 10358 DM 14,80

SALTUS, CAROL

Das Körperzeichen. Was der Körper über die Persönlichkeit verrät. 10406 DM 14,80

SCHNEIDER, WOLF

Deutsch für Profis. Wege zu gutem Stil. 11536 DM 12,80

TEPPERWEIN, KURT

Die hohe Schule der Hypnose. 10962 DM 14,80

Die»Kunst« mühelosen Lernens. Neue Lernmethoden machen es Ihnen leicht. 10459 DM 12,80

TILL, MARIETTA

Die Heilkraft des Atems. 50 Atemübungen für Körper, Geist und Seele. 10432 DM 8,80

VASSEUR, J. & J.

Goldmanns Großes Vornamenbuch. 10872 DM 9,80

WELTLEIN, THOMAS

Nimm dein Herz in deine Hand. Partnersuche – Schritt für Schritt. 10457 DM 9,80

WILKES, MALTE W.

Die Kunst, kreativ zu denken. Die beiden erfolgreichen Ratgeber – »Kreativität ist Kribbeln im Kopf« und »Denkfehler, Denkfallen, Denkblockaden« in einem preiswerten Sonderband. 10150 DM 10,00

Denkfehler, -fallen. 10898 DM 5,80

WINTER, JOSEF A.

Überwindung von Krankheit und Angst. Die Erkenntnisse der psychosomatischen Medizin. 10450 DM 12,80

SEXUALITÄT UND PARTNERSCHAFT

DICKSON, ANNE

Die Harmonie der Innenwelt. Die neue Sexualität der Frau. 10996 DM 12,80

DEVI, KAMALA

Tantra-Sex. Die modernen Liebestechniken des Ostens. 10743 DM 12,80

DEWY, DONNA U. RODGER

Die Lamaze-Methode. Der Weg zu einem positiven Geburtserlebnis. 10814 DM 9,80

DICKSON, ANNE

Frau sein. 10956 DM 12,80

DODSON, BETTY

Sex for One - Die Lust am eigenen Körper 10475 DM 12.80 Dieses Buch konfrontiert uns mit einem der ältesten und hartnäckigsten Tabus: der Selbstbefriedigung.

EYSENCK, HANS J.

Das Partnerbuch. Anleitung zum Glücklichsein. 6877 DM 9,80

LOWEN, ALEXANDER

Liebe und Orgasmus. Persönlichkeitserfahrung durch sexuelle Erfüllung. 11356 DM 14,80

Lust. Der Weg zum kreativen Leben. 11367 DM 14,80

MEYER, HERMANN

Die neue Sinnlichkeit. Das intime Glück der Nähe. 10375 DM 9,80

RAMSDALE, D.A./ DORFMANN, ALAN

Sexuelle Energie und Ekstase. Der Weg zu höchstem Glücksgefühl. 10368 DM 14,80

RUEGER, RUSS A.

The Joy of Touch. Der Spaß, einander anzufassen. 10916 DM 12,80

WENDT, HERMANN

Das neue Sex-Buch. Die schönsten Übungen der Sexualtherapie. 10429 DM 9,80

GESUNDHEIT UND SCHÖNHEIT

ABEHSERA, MICHAEL

Heilerde – die natürliche Medizin. 10420 DM 9,80

ALTER, JUDY

Das Stretching-Handbuch Dehnen, Strecken und Stärken 13517 DM 14.80 Alles über Stretching - mit ausführlichen Übungsanleitungen und Erläuterungen über die gesundheitliche Bedeutung des Stretching.

APPEL, WALTER A.

Die Macht des Mondes Wie man den Mondeinfluß testen und nutzen kann 13519 DM 12.80 Mit Hilfe von Berechnungstabellen kann jeder die Auswirkungen der Mondperioden auf sein gesamtes Leben feststellen.

BRUSSEAU, PEGGY

Body Love Sanfte Übungen für einen schönen Körper. 10477 DM 12.80 Ein praktisches Übungsprogramm, das zu einer neuen positiven Sicht des eigenen Körpers, aber auch zu mehr Ausgeglichenheit und Zufriedenheit führt.

DERLON, PIERRE

Die geheime Heilkunst der Zigeuner. Die Kraft der Pflanzen, Wurzeln und Erden. 10303 DM 12,80

DOWNING, GEORGE

Massage und Meditation. Die meditativen Grundlagen für eine Vertiefung der Massage. 10460 DM 9,80

Partner-Massage. 10742 DM 9,80

FABER, STEPHANIE

Kräuterkosmetik. 200 Kosmetikrezepte mit Heilkräutern – hausgemacht. 10809 DM 12,80

Schön ab vierzig. 10873 DM 9,80

Ganzheitskosmetik. 224 S., Paperback. 30506 DM 22,80

Natürlich Schön. Kosmetik zum Selbermachen. 228 S., Paperback. 30501 DM 19,80

FAHRENKAMP, SIBYLLE

Die Kunst fit und nicht fett zu sein. Ein Weg durch den Irrgarten der Schlankheitskulte.
10991 DM 14,80

GESUNDHEITSRATGEBER FAMILIE

Schnelle, praktische und preiswerte Anleitungen zur Selbsthilfe – ärztlich und wissenschaftlich geprüft!
Allergien.
10463 DM 9,80
Herzkrankheiten.
10449 DM 9,80
Kopfschmerzen.
10444 DM 9,80
Notfälle.
10454 DM 9,80
Rückenschmerzen.
10446 DM 9,80
Streß.
10458 DM 9,80

GRÜNACKER, HERTA

Fleck weg ohne Gift.
Die Öko-Fleckputz-Fibel.
10423 DM 8,80

GROSS, HUGO MAX

Biorhythmik.
Wie Sie Ihre Lebenskurve in den Griff bekommen. Eine Anleitung zur Erstellung der persönlichen Lebenskurve. 10761 DM 12,80

HAAS, DR. ELSON M.

Gesund durch alle vier Jahreszeiten. Leben mit der Natur. 10399 DM 14,80

HAAS, ROBERT

Die Dr. Haas Leistungsdiät
Das Ernährungsprogramm für Gesundheit, Fitneß und Sport
13525 DM 12.80
Das ideale Ernährungsbuch für Ausdauer, Leistungsfähigkeit und Gesundheit von Sportlern und für Fitneß im Alltag.

HAMMERSCHMID-GOLLWITZER, JOSEF

Wörterbuch der medizinischen Fachausdrücke.
Sämtliche medizinischen Fachausdrücke in alphabetischer Reihenfolge mit 300 informativen Zeichnungen und Fotos. 10057 DM 12,-

HANSSEN, MAURICE

E = eßbar?
Was Sie über die Zusatzstoffe in Ihrer Nahrung wissen sollten.
10416 DM 9,80

HEYN, BIRGIT

Die sanfte Kraft der indischen Naturheilkunst.
Das ganzheitliche Heilverfahren des Ayurveda. 10367 DM 12,80

HINGST, WOLFGANG

Zeitbombe Kosmetik.
Der kritische Report über moderne Schönheitsmittel. Mit Vorschlägen zu natürlichen Alternativen.
10418 DM 14,80

HIRSCHMANN, FERRY

Strahlen – die gesunde Energie.
10986 DM 12,80

JÄGER, GERHARD

Gesundheit aus Pflanzensäften.
Rezepte, Cocktails, Kuren.
10417 DM 9,80

KELLER, ERICH

Das Handbuch der ätherischen Öle
Helfen, Heilen, Pflegen
13504 DM 9.80
Eine für jedermann verständliche Erklärung und praktische Anleitung zur Anwendung ätherischer Öle.

KJELLRUP, MARIANN

Bewußt mit dem Körper leben.
Eutonie: Durch Spannungsabbau zu Harmonie und Wohlbefinden.
10304 DM 9,80

KOCH, EGMONT R.

Umweltschutz zu Hause.
Was jeder tun kann!
10466 DM 12,80

KOCH, EGMONT R./MAYWALD, ARMIN/KLOPFLEISCH R.

Entgiften. Was jeder zu Hause tun kann
10485 DM 12.80
Dieser Ratgeber zeigt jedem, wo und wie er in seinem persönlichen Bereich Gefahren begrenzen oder ausschließen kann.

KOLL, ROLF D.

Grundkurs Bioenergetik.
Theorie und Praxis der Selbstbefreiung. – Mit über 100 praktischen Übungen. 10447 DM 14,80

KUNZ, KEVIN UND BARBARA

Durch die Füsse heilen.
Anleitung zur Reflexzonentherapie.
10359 DM 9,80

LANGE-ERNST, MARIA-E.

Bluthochdruck – Kampf dem leisen Killer.
Das Herz als Lebensmotor: bewußte Ernährung, ausreichende Bewegung und Vermeidung von Alltagsgiften. Paperback.
10400 DM 19,80
Der Schmerz als Signal.
Biologische und medikamentöse Hilfen zur Schmerzbewältigung.
Paperback 10468 DM 19,80
Die Haut – unsere empfindsame Hülle. Ganzheitliche Pflege von außen und innen.
Paperback 10442 DM 19,80
Gesund und natürlich essen - ein Leben lang
Wie wir uns und unsere Kinder richtig ernähren.
Paperback. 13512 DM 19.80
Ein praktischer Ernährungsratgeber zur Vermeidung von Mangelerscheinungen und zur Stärkung der Gesundheit und Widerstandskraft.
Gesund durch Spurenelemente.
Minerale als Bausteine der Zellaktivität, Brücken des Stoffwechsels, Verstärker des Abwehrsystems.
Paperback. 10396 DM 19,80
Fünfzig Jahre dreißig sein. Jung bleiben, Kraft gewinnen, Lebensfreude steigern, Selbstheilung aktivieren. Paperback. 10407 DM 19,80
Müden Beinen auf die Sprünge helfen
Hilfen und Vorbeugung bei schweren Beinen, Krampfadern und Venenerkrankungen
Paperback. 13518 DM 19.80
Dieses Buch informiert über die zahlreichen Vorsorgemaßnahmen, die jeder treffen kann, um Venenleiden vorzubeugen und zu lindern.
Rätselkrankheit Allergien.
Ursachen, Erkennungs- und Behandlungsmöglichkeiten bei Heuschnupfen, Asthma, Hauterkrankungen, Insektenallergien und vielem mehr. Paperback. 10415 DM 19,80
Schlafen können. Natürliche Hilfsmittel gegen Schlafstörungen.
Paperback. 10433 DM 19,80

LERMER, STEPHAN

Krebs und Psyche. Der Einfluß der Seele auf die körperliche Gesundheit. 10364 DM 14,80

LODES, HILTRUD

Atme richtig. Der Schlüssel zu Gesundheit und Ausgeglichenheit.
10305 DM 9,80

MACFAYDEN, RALPH J.

Weg mit der Brille! Wie man durch tägliches Training die Sehkraft verbessert. 10848 DM 9,80

MAHESHWARANANDA, PARAMHANS SWAMI

Yoga gegen Rückenschmerzen
10476 DM 12.80
Ein praktisches Übungsbuch zur Therapie und Vorbeugung von Rückenschmerzen.
Yoga und das tägliche Leben.
10445 DM 12,80

CHAO-LAI MENG/ WOLFGANG EXEL

Die Heilkunst der Chinesen. Anleitung zur Selbsthilfe. 10437 DM 12,80

MERTZ, BERND A.

Grundlagen der klassischen Astrologie
13516 DM 9.80
Das ideale Handbuch für alle, die einen praktischen Zugang zur Astrologie suchen.

MEYER-ANDERSEN, MERVÉE

Bodystyling für Frauen. In nur 12 Wochen schlank und fit. 10993 DM 14,80

MOEGLING, KLAUS

Die chinesische Bewegungsmeditation Tai Chi Chuan. Ein Lehrbuch für Anfänger und Fortgeschrittene. 10425 DM 14,80

Sanfte Massagen. Akupressur, Yin-Yang-Massage, Polarity, Eutonie, Esalen-Massage, Rolfing, Tantsu, Kum Nye, Lockerungs- und Entspannungsmassagen. 10412 DM 12,80

NAMIKOSHI, TOKUJIRO

Shiatsu. Heilung durch die Fingerspitzen. 10765 DM 9,80

NATURAPOTHEKE

Rezepte von Mutter Natur. 10256 DM 9,80

NEHBERG, RÜDIGER

Medizin-Survival. Überleben ohne Arzt. 10430 DM 12,80

NOTELOVITZ, MORRIS/ WARE, MARSHA

Aufrecht bis ins hohe Alter! Osteoporose – erkennen, vorbeugen, mildern. 10945 DM 12,80

OPPENHEIMER, MOSCHE PAUL

Dehnübungen – Die Oppenheimer-Methode. Band I: Einzelübungen. 10395 DM 9,80

Dehnübungen – Die Oppenheimer-Methode. Band II: Partnerübungen. 10462 DM 9,80

PROTO, LOUIS

Das Energie-Programm
Ohne Müdigkeit durch den Tag
13508 DM 9.80
Ein umfassendes Programm gegen Müdigkeit mit energiespendender Kost und zahlreichen praktischen Übungen zur Regeneration.

REDIES, HANS DR. MED.

Kinderkrankheiten. Vorbeugen, erkennen, heilen. Das unentbehrliche Nachschlagewerk für jede Mutter. Neu überarbeitet. 10693 DM 12,80

REGER, KARL HEINZ

Hildegard-Medizin. Die natürlichen Kräuterrezepte und Heilverfahren der hl. Hildegard von Bingen. 10932 DM 14,80

REICHERT, HEDWIG

Bade dich gesund! Das Sprudelbad. 10380 DM 7,80

RIEGLER, DR. EWALD

Dr. Rieglers Migräne-Diät. - Schmerzfrei ohne Medikamente. 10987 DM 9,80

RYWERANT, YOCHANAN

Die Feldenkrais-Methode. Die neue Bewegungstherapie. Mit einem Vorwort von Moshe Feldenkrais. 10382 DM 14,80

SCHREIBER, MICHAEL

Die Kunst des Laufens. In zwölf Schritten zum Marathonläufer. Das erste Marathon-Buch mit einem exakten Trainingsprogramm. 10464 DM 12,80

SCHWESTER BERNARDINE

Schwester Bernardines Heilkräuterbuch. Der Rezept- und Erfahrungsschatz der bekanntesten »Kräuterschwester«. 10376 DM 9,80

Schwester Bernadines Hausmittelbuch. Neue Rezepte aus der »großen Apotheke Gottes«. 10401 DM 7,80

SCHWIND, PETER

Alles im Lot. Körperliches und seelisches Gleichgewicht durch Rolfing. 10302 DM 9,80

SLOTOSCH, GERDA

Jeden Morgen fünf Minuten Gymnastik. Eine Gymnastik für Gesundheit und Schönheit. 10552 DM 8,80

TILL, MARIETTA

Die Heilkraft des Atems. 50 Atemübungen für Körper, Geist und Seele. 10432 DM 8,80

TRAEDER, NORBERT

Das Bodybuilding-Handbuch. Tips zum Training, zur Ernährung und zur gesamten Lebensweise. 10443 DM 12,80

Das Figur- und Fitneß-Handbuch für Frauen. Ernährung, Trainingsprogramme, Körperpflege. 10452 DM 12,80

ULRICH, WOLF

Alte Heilweisen neu entdeckt. 10856 DM 9,80

GESUNDE ERNÄHRUNG/KOCHEN

BACKEN

10253 DM 9,80

COCKTAILS UND DRINKS.

Köstliche Rezepte mit und ohne Alkohol 10273 DM 9,80

DIÄT

Schlank, gesund, schön. 10255 DM 9,80

EINMACHEN

10259 DM 9,80

FABER, STEPHANIE

Vollwertig frühstücken
Köstlich und gesund in den Tag
13524 DM 9.80
Ein Frühstücksbuch aus der Vollwertküche mit vielen Anregungen und Rezepten für Gesundheit, Schönheit und Wohlbefinden.

DAS FISCH-KOCHBUCH

10271 DM 12,80

GANZ OHNE FLEISCH

Gesund mit vegetarischer Küche. 10250 DM 9,80

DAS GEMÜSEKOCHBUCH

10266 DM 9,80

GESUND DURCH BALLASTSTOFFE

Schmackhafte Gerichte für eine gesunde Ernährung. 10280 DM 9,80

HANSSEN, MAURICE

E = eßbar? Was Sie über die Zusatzstoffe in Ihrer Nahrung wissen sollten. 10416 DM 9,80

HAGLER, LOUISE

Soja total – Das vegetarische Kochbuch der Sojabohne. Dieses Kochbuch zeigt, wie ungeheuer vielseitig die Soja-Bohne ist. 10465 DM 12,80

DAS HONIGBUCH

Gesünder süßen mit Honig – 100 tolle Rezepte. 10279 DM 9,80

HÜLSENFRÜCHTE

Leckeres mit Bohnen, Linsen und anderen Hülsenfrüchten. 10284 DM 9,80

JÄGER, GERHARD

Gesundheit aus Pflanzensäften. - Rezepte, Cocktails, Kuren. 10417 DM 9,80

JÜNEMANN, MONIKA UND WOLFGANG

Zum Essen gern. Vegetarische Lekkerbissen für Leib & Liebe.
10421 DM 9,80

DAS KARTOFFEL-KOCHBUCH

150 Variationen zum Thema Kartoffel. 10268 DM 12,80

MEIN KRÄUTERBUCH

Für Küche und Gesundheit.
10262 DM 9,80

DAS LAMM-KOCHBUCH.

10270 DM 12,80

LARIDON, TREES/MAES, WILLY

Makrobiotisch Kochen.
Gesunde Ernährung verlängert das Leben. 10301 DM 14,80

MARMELADEN, KONFITÜREN, GELEES.

Süße Verführungen auf dem Frühstückstisch: Rezepte mit Früchten aller Art. Mit genauen Anleitungen zum Konservieren. 10269 DM 9,80

MEYER, AXEL

Die Kunst des Backens
10488 DM 9.80
Der Klassiker unter den Brotbackbüchern! Mit Vollwert-Rezepten für Brot- und Vollkorngebäck in zahlreichen Variationen.

Müsli-Buch
10489 DM 7.80
Eine exzellent bebilderte, liebevolle Zusammenstellung zahlreicher Müsli-Variationen für einen schwungvollen und gesunden Tagesbeginn.

MEYER, BIRGIT & AXEL

Vegetarische Küche
Neue Variationen kulinarischer Kochkunst
10487 DM 9.80
Vegetarische Gerichte, die gesund sind, lecker schmecken und Anregungen zu eigenen Kreationen bieten.

PASTA-BUCH

Die schönsten Nudelgerichte.
10252 DM 9,80

REGNET, URSULA/ VON LICHTENFELS, HELENE

Großmutters gute Weihnachtsbäckerei
10103 DM 9,80

RICHTIG SALZEN

Gesund und schlank mit Salz.
10281 DM 9,80

RÜTTING, BARBARA

Mein Kochbuch. Naturgesunde Köstlichkeiten aus aller Welt.
10838 DM 9,80

SAHLIN, SIGRI

Trocknen und Dörren
Beeren, Obst, Gemüse, Pilze und Kräuter natürlich konservieren
13514 DM 9.80
Alles Wissenswerte über Konservierung von Nahrungsmitteln und viele Rezepte für deren schmackhafte Verwendung.

SCHAEFFER, MICHAEL

Tee – Die Zeremonie des Genießens.
Ein informatives, praktisches und unterhaltsames Buch rund um den Tee mit vielen Rezepten.
10448 DM 9,80

SCHÖNFELDT, SYBIL GRÄFIN

Das Kochbuch für Studenten.
10434 DM 7,80

Nüsse, Mohn und Mandelkern.
Leckere Vollwertgerichte für das ganze Jahr. 10441 DM 7,80

DAS SCHOKOLADENBUCH.

Alles aus Schokolade – köstliche Cremes und Puddings, Torten und Kuchen, Eis, Drinks, Pralinen und die berühmte Mousse au chocolat.
10283 DM 9,80

WILLIAM SHURTLEFF UND AKIKO AOYAGI

Das Miso-Buch.
Herstellung, Sorten, Kochen mit Miso und Rezepte.
10428 DM 12,80

Das Tofu-Buch.
Herstellung, Verwendung, Ernährungswert und Rezepte.
10413 DM 12,80

UHLE, MARGRET

Was kann man überhaupt noch essen?
ABC der gesunden Nahrungsmittel
10483 DM 12.80
Dieses Handbuch der gesunden Nahrungsmittel bietet Warenkunde, Produktinformation, Rezepte und viele praktische Tips.

DAS VOLLKORN-KOCHBUCH.

Vollkornkost für eine gesunde und ausgewogene Ernährung – aber auch für eine raffinierte Küche.
10285 DM 9,80

ZELTNER, RENATE

Das Vollwert-Backbuch.
Rezepte für Kuchen und Torten, Plätzchen, Pizzen und Pasteten, Brot und Brötchen. 10392 DM 9,80

Das Vollwert-Kochbuch. Raffinierte Schlemmereien aus der Vollwertküche. 10389 DM 9,80

HOBBY UND FREIZEIT

NEHBERG, RÜDIGER

Medizin Survival. Überleben ohne Arzt. 10430 DM 12,80

HÄKELN

Die neue Häkelschule.
10263 DM 9,80

REIBETANZ, RENÉ

Das Fahrrad-Handbuch.
Ausstattung, Kauf, Reparatur, Fahrradtouren. 10426 DM 9,80

SCHÖNE STRICKMODELLE

Jacken, Pullunder, Westen und Pullis. 10254 DM 9,80

STRICKEN

Die neue Strickschule.
10251 DM 9,80

GARTEN

BALKON, TERRASSE, BLUMENKASTEN

10258 DM 9,80

BIOLOGISCHER NUTZGARTEN

Giftfreier Anbau von Obst und Gemüse. 10264 DM 9,80

DER INTENSIVGARTEN

Hoher Ertrag auf kleinstem Raum.
10261 DM 9,80

DER KLEINE GARTEN

10277 DM 9,80

MEIN ROSENGARTEN

Alles, was man als Rosenliebhaber wissen sollte. 10282 DM 9,80

DER NATURGARTEN

10275 DM 9,80

DER STEINGARTEN

10276 DM 9,80

WASSER IM GARTEN

Das Feuchtbiotop – Anlage und Pflege. 10265 DM 9,80

DER WINTERGARTEN

10278 DM 9,80

RECHT

ALLE DEUTSCHEN VERFASSUNGEN

Mit einer Einführung von Prof. Dr. Rudolf Schuster, München.
11397 DM 14,80

DEUTSCHE VERFASSUNGEN

Paulskirchenverfassung, Preußische Verfassungsurkunde, Reichsverfassung, Weimarer Verfassung, Ermächtigungsgesetz u.a.
8020 DM 12,80

DIEMANN, DIETER/EDGAR DÖRNER

Der Weg zur Eigentumswohnung. Mit Checklisten. 10414 DM 14,80

KEMPFLER, HERBERT

Wie gründe und leite ich einen Verein? Gründung, Anmeldung, Mitglieder, Mitgliederversammlung, Vorstand, Haftung, Austritt, Ausschluß, Auflösung. 10696 DM 12.80
Ein unentbehrlicher juristischer Ratgeber für Laien.

VANDERBORG, CLAUSS

Wie mache ich mich selbständig?
10478 DM 12.80

GELD

DIEMANN, DIETER/ EDGAR DÖRNER

Der Weg zur Eigentumswohnung.
10414 DM 14,80

KAUFMANN, ROBERT

Kredit-Tricks – ganz legal.
10393 DM 9,80

LASSIG, ROLAND

So spart man Einkommensteuer 1990.
Der bewährte Ratgeber, um Steuern zu sparen. 13528 DM 9,80
So spart man Lohnsteuer 1990.
Die legalen Tricks, Steuern zu sparen. 13530 DM 9,80

VANDERBORG, CLAUSS

So versichere ich mich richtig.
10451 DM 9,80

BERUF UND AUSBILDUNG

BOLLES, RICHARD NELSON

Job-Hunting. Ein Handbuch für Berufseinsteiger und -aufsteiger.
10361 DM 14,80

HÖHN, REINHARD

Examen ohne Angst
10479 DM 12.80

HOFSTETTER, JOSEPH

So bewerbe ich mich richtig. Ein Ratgeber für alle Stellungssuchenden. 10549 DM 9,80

OSTRANDER/SCHROEDER

Superlearning. Leichter lernen ohne Streß. Die revolutionäre Lernmethode. 11318 DM 12,80

PACZENSKY, SUSANNE VON

Der Testknacker. Wie man Karriere-Tests erfolgreich besteht.
10363 DM 9,80

SCHNEIDER, WOLF

Deutsch für Profis. Wege zum guten Stil. 11536 DM 12,80

MANAGEMENT

BIERACH, ALFRED

Wege zu einem Supergedächtnis. Lern- und Merktechniken für Vergeßliche. 10360 DM 8,80

RYBORZ, HEINZ

Die Kunst zu überzeugen.
10963 DM 12,80

ASTROLOGIE

APPEL, WALTER A.

Die Macht des Mondes.
Wie man den Mondeinfluß testen und nutzen kann.
13519 DM 12,80 (Sept.)
Mit Hilfe von Berechnungstabellen kann jeder die Auswirkungen der Mondperioden auf sein gesamtes Leben feststellen.

ASTRO-ANALYSIS.

Das große Handbuch der Astrologie. Sonderausgabe. 928 S. Geb. 30509 DM 39,80

BOSSLE, DR. RUDOLF

Die Charakterzüge der Sternzeichen.
Über 1000 Tests belegen die Charaktereigenschaften der 12 Sternzeichen. 10998 DM 12,80

LÖHLEIN, HERBERT A.

Handbuch der Astrologie.
Liebe – Ehe – Partnerwahl. 10517 DM 16,80

MERTZ, BERND A.

Grundlagen der klassischen Astrologie.
13516 DM 9,80
Das ideale Handbuch für alle, die einen praktischen Zugang zur Astrologie suchen.

SUN BEAR & WABUN.

Indianische Astrologie der Erde.
Das Medizinrad:
Roter Habicht. 21. März 19. April.
10975 DM 5,80
Biber. 20. April – 20. Mai.
10976 DM 5,80
Hirsch. 21. Mai – 20. Juni.
10977 DM 5,80
Specht. 21. Juni – 22. Juli.
10978 DM 5,80
Stör. 23. Juli – 22. Aug.
10979 DM 5,80
Braunbär. 23. Aug. – 22. Sept.
10980 DM 5,80
Rabe. 23. Sept. – 23. Okt.
10981 DM 5,80
Schlange. 24 Okt. – 21. Nov.
10982 DM 5,80
Wapiti. 22. Nov. – 21. Dez.
10983 DM 5,80
Schneegans. 22. Dez. – 19. Jan.
10972 DM 5,80
Otter. 20. Jan. – 18. Feb.
10973 DM 5,80
Puma. 19. Feb. – 20. März.
10974 DM 5,80

WHITE, SUZANNE

Die chinesische Astrologie. 10915 DM 12,80

CARTOON

Cartoons - die Trüffel unter Comics und Karikaturen, geistreiche Verpackung für boshafte Anmerkungen zu Menschlich-Allzumenschlichem, Spiel-wiese für brillante Köpfe mit spitzer Feder.

BESCHLE, ALFRED

Beziehungskisten – rein und raus. 6927 DM 7,80

BOLLEN, ROG

Knallfroschs Freunde 2. Neues aus der Serengeti. 6949 DM 7,80

BRODMANN, ALFRED

Crocodiles first!
Die Visionen des Alfred Brodmann
7916 DM 19.80
Den Maximen von Einstein, MikkeyMouse und John Lennon verpflichtet, breitet Brodmann das ganze Spektrum unserer »kosmischen« Existenz vor uns aus. Im großen Sonderformat.

BROWNE, DIK

Hägar der Schreckliche
Der kleine Jubelband.
7905 DM 7,80
Auf zu neuen Taten
7914 DM 7.80
Neues vom wilden Wikinger - mit brandaktuellem Material!
Hägar - Das (fast endgültige) Wikinger-Handbuch
6995 DM 9.80
Das vierfarbige Hägar-Grundlagenwerk zum neuen Superpreis.
Klar zum Entern! Hägar sticht in See. 6912 DM 7,80
Eheglück. 6918 DM 7,80
Gut gegeben! Das erste Taschenbuch mit ganzseitigen Hägar-Strips. 6928 DM 7,80
Hägar. Trautes Heim...
6933 DM 7,80
Helga. Ein Leben an seiner Seite.
6937 DM 7,80
Der kleine große Hägar-Superband. 6944 DM 10.–
Harte Zeiten. 6964 DM 7,80
Ein Mann – ein Wort.
6965 DM 7,80
Ohne Furcht und Tadel.
6966 DM 7,80
Sieg und Niederlagen.
6971 DM 7,80
Viel Feind, viel Ehr! 6972 DM 7,80
Alle Mann an Bord. 6979 DM 7,80
Auf geht's. 6982 DM 7,80
Üb' immer Treu und Redlichkeit.
6988 DM 7,80
Hägar – Liebe geht durch den Magen. Das Wikinger-Buch vom Schlemmen. Vierfarbig.
Format 18 x 18 cm. 6920 DM 9,80
Hägar – Drum prüfe, wer sich ewig bindet...
Viehrfarbig. Format 18 x 18 cm.
6923 DM 9,80
Hägar – wenn einer eine Reise tut... Das Wikinger-Buch vom Wegfahren und Heimkommen.
Viehrfarbig. Format 18 x 18 cm.
6925 DM 9,80
Hägar – Wer immer strebend sich bemüht.
Vierfarbig. Format 18 x 18 cm.
6946 DM 9,80
Hägar – Die lieben Kleinen.
Vierfarbig. Format 18 x18 cm.
6947 DM 9,80
Hägar der Schreckliche.
Großformat. 10183 DM 12,80
Neuestes von Hägar dem Schrecklichen. Großformat.
Brosch. 10180 DM 19,80,
Pappband 10181 DM 24,80

Fremdsprachige Hägar-Schullektüre:

Hägar the Horrible. Save our souls! Original English Version.
6915 DM 7,80
Hägar Terribilis. Der erste Hägar in lateinischer Sprache! 6994 DM 7,80
Hagar le Viking. La Victoire ou la Mort! 6931 DM 7,80

BÜRGER, JOCHEN

Warum meldet sich eigentlich kein Schwein?
7909 DM 7.80
Jochen Bürger, ein neuer Stern am Cartoon-Himmel, hat sich des Schweinealltags angenommen und gewinnt diesem tierischen Thema immer wieder herrlich neue Seiten ab.

GAYMANN, PETER

Flossen hoch! Die Wahrheit über die Tierwelt. 6926 DM 7,80
Huhnstage. In Deutschland gehen die Hühner um. 6924 DM 7,80
Unheimliche Begegnungen.
6942 DM 7,80

HALBRITTER, KURT

Die freiheitlich rechtliche Grundordnung. Mit einem Vorwort von Klaus Staeck. 8965 DM 9,80
Halbritters Tier- und Pflanzenwelt.
Format 18 x 18 cm. 8630 DM 14,80
Halbritters Waffenarsenal. Format 18 x 18 cm. 8462 DM 12,80

KOCHAN, STANO

Teuflische Positionen. 6959 DM 7,80

LARSON, GARY

Far Side Collection
Auf Safari
7913 DM 7.80
Larson-Cartoons machen süchtig.
Dumme Vögel. 6945 DM 7,80
Ich und du. 6950 DM 7,80
Ruf des Urwalds 6948 DM 7,80
Unter Büffeln. 6938 DM 7,80
Unter Bären. 6939 DM 7,80
Unter Schlangen. 6940 DM 7,80
Zuerst die Hose . . .
7907 DM 7.80
Der neue Band vom Meister des hintersinnigen, makabren, subtilen, schrägen Humors.

PETRI, PETER

Nicht von Pappe. Das endgültige Führerscheinbuch. 8948 DM 7,80

PLATT, CHARLES/Zeichnungen von Gray Jolliffe

Katzen mögen's heiß.
Wie halte ich mir einen Menschen?
8891 DM 9,80

RAUSCHENBACH, ERICH

Du gehst mir auf'n Keks!
6993 DM 7,80
Eine Nummer nach der anderen...
Ein Cartoonbuch zum Selbermalen.
6929 DM 7,80
Ich bin schon wieder Erster!
6962 DM 6,80
Lieschen. 6975 DM 5,80
Lieschen II. Mit den Waffen einer Frau. 6932 DM 7,80
Lieschen III.
Wenn ich einmal groß bin
7912 DM 7.80
Rüdiger – Lange Nase, kurzer Sinn. 6990 DM 6,80
Sport macht Spaß. 6935 DM 7,80
Super oder normal? 6981 DM 6,30

RENÉ

Bill Body
Der Schrecken des Sports
7910 DM 8.80
Eine »Sportskanone« ganz besonderer Art bricht in die Phalanx der Hägar, Garfield & Co. ein: Bill Body. Wenn er zuschlägt, bleibt kein Auge trocken.

SINÉ

Was steht denn da?
6930 DM 7,80

TETSCHE

Neues aus Kalau.
STERN-Cartoon. 6953 DM 9,80
Tetsches Tierleben.
Format 18 x 18 cm, durchgehend vierfarbig. 6911 DM 12,80

KRIMI

OUT: wilde Knallerei, blutige Gemetzel, simple Stories.
IN: raffinierte Komplotte, eigenwillige Typen, explosive Dynamik - Krimis vom Feinsten. Beste Garantie dafür: klassische Topautoren und ungewöhnliche New-comer aus Deutschland und der englisch-amerikanischen Szene bei Goldmann.

ADAMS, HAROLD

Die vierte Witwe
5086 DM 9.80
Einfach Mord. 5055 DM 8,80
Lügen haben schöne Beine.
5070 DM 7,80
Malt die Stadt rot. 5061 DM 7,80
Killer im Haus. 5065 DM 8,80

ALLINGHAM, MARGERY

Das Haus am Golfplatz.
3001 DM 7,80
Mode und Morde. 3243 DM 7,80

ASIMOV, ISAAC

Die 'Schwarzen Witwer' bitten zu Tisch. 4922 DM 7,80

BAUMRUCKER, GERHARD

Schwabinger Nächte. 2003 DM 7,80

BIEBRICHER, ROLF

Ein Schloß in Graubünden.
5063 DM 7,80

BLAKE, NICHOLAS

Das Biest
4889 DM 8.80
Der Morgen nach dem Tod.
3276 DM 7,80

BLOBEL, BRIGITTE

Tödliche Schlingen.
5014 DM 8,80

BROMUND, DIETER

Mord ist nichts für feine Nasen.
5044 DM 7,80

CAIN, JAMES M.

Die Frau des Magiers
5092 DM 8.80
Doppelte Abfindung .
5084 DM 8.80

CHRISTIE, AGATHA

Alibi. 12 DM 6,80
Das Geheimnis von Sittaford.
73 DM 6,80
Das Haus an der Düne. 98 DM 6,80
Der rote Kimono. 62 DM 6 80
Dreizehn bei Tisch. 66 DM 6,80
Ein Schritt ins Leere. 70 DM 6,80
Mord auf dem Golfplatz. 9 DM 6,80
Nikotin. 64 DM 6,80
Tod in den Wolken. 4 DM 6,80

CHASTAIN, THOMAS

Der große Blackout
5433 DM 3.80

CRUMLEY, JAMES

Der tanzende Bär
(Kerle, Kanonen und Kokain)
4965 DM 8.80

DOODY, MARGARET

Sherlock Aristoteles. 5215 DM 8,80

DOWNING, WARWICK

Ruhe sanft im Wasserbett.
4592 DM 7,80

DURBRIDGE, FRANCIS

Der Andere. 3142 DM 5,80
Die Kette. 4788 DM 5.80
Die Puppe. 4940 DM 5,80
Das Halstuch. 3175 DM 5,80
Ein Mann namens Harry Brent.
4035 DM 5,80
Es ist soweit. 3206 DM 5,80
Melissa. 3073 DM 5,80
Im Schatten von Soho.
3218 DM 5,80
Paul Temple jagt Rex.
3198 DM 5,80
Paul Temple – Der Fall Kelby.
4039 DM 5,80
Tim Frazer. 3064 DM 5,80
Tim Frazer weiß Bescheid.
4871 DM 5,80
Paul Temple – Banküberfall in Harkdale. 4052 DM 5,80
Wer ist Mr. Hogarth?
4938 DM 5,80

ELLIN, STANLEY

Jack the Ripper und van Gogh
4984 DM 8.80

FLEMING, JOAN

Erst die Pflicht, dann das Vergnügen. 4231 DM 7,80

FREELING, NICOLAS

Keine Schuld an ihrem Tod.
5257 DM 7,80
Van der Valk und der Schmuggler
5090 DM 8.80
Van der Valk und die Katzen.
5076 DM 7,80

GARDNER, ERLE STANLEY

Der dunkle Punkt. 3039 DM 5,80
Der schweigende Mund
2259 DM 9.80
Der zweite Buddha. 3083 DM 5,80
Lockvögel. 3114 DM 5,80
Per Saldo Mord. 3121 DM 5,80
Ein schwarzer Vogel.
2267 DM 8,80

GOLDMANNS MORDSSACHEN

Der Gorilla und andere kriminelle Geschichten
9220 DM 8,80
Der kleine Schrecken und andere kriminelle Geschichten
9256 DM 9,80
Er ruhe in Frieden und andere Geschichten aus dem Giftschrank Hale. 9384 DM 9.80
Wer tötet schon eine Katze? und andere Geschichten
9360 DM 9.80

GOLDSBOROUGH, ROBERT

Per Annonce: Mord. 5062 DM 8,80
Mord in e-moll. 5034 DM 8,80

GOUGH, LAURENCE

Bewegliche Ziele
5081 DM 8.80
Die Tote am Haken
5080 DM 8.80

GUNN, VICTOR

Das Wirtshaus von Dartmoor/Die Treppe zum Nichts/Gute Erholung Inspektor Cromwell
Drei Fälle für »Ironsides« in einem Band. 5097 DM 10.-
Im Nebel verschwunden/Tod im Moor/Der Tod hat eine Chance
Drei Fälle für »Ironsides« in einem Band. 5098 DM 10,-
Roter Fingerhut.
267 DM 7,80
Die Lady mit der Peitsche.
261 DM 6,80
Der Mann im Regenmantel.
2093 DM 8,80

HAEFS, GISBERT

Das Triumvirat. Und andere kriminelle Geschichten. 5035 DM 7,80
Die Schattenschneise
5046 DM 8.80
Mord am Millionenhügel.
5613 DM 8,80

HALL, PARNELL

Der Mann, der nein sagen konnte
5085 DM 9.80

HANSEN, JOSEPH

Frühe Gräber.
5073 DM 8,80
Keine Prämie für Mord.
5454 DM 7,80
Mondschein-Trucker. 5020 DM 7,80
Tote Hunde bellen nicht.
5059 DM 7,80
Verbrannte Finger. 5451 DM 7,80

HEALEY, BEN

Falsche Kunst und echte Bomben.
4377 DM 7,80

HIGGINS, GEORGE V.

Der Anwalt 5087 DM 9.80
Die Freunde von Eddie Coyle
5083 DM 9.80

HILL, REGINALD

Der Calliope-Club. 4991 DM 8,80
Noch ein Tod in Venedig
5219 DM 8.80
Kein Kinderspiel. 5054 DM 9,80

KAMINSKY, STUART

Nacht auf dem Roten Platz.
5067 DM 8,80
Roter Regen
5089 DM 9.80
Rotes Chamäleon.
5072 DM 8,80

KNOX, BILL

Die Tote vom Loch Lomond
5025 DM 8,80
Mit falschen Etiketten.
4966 DM 8,80
Seefahrt bringt Tod. 5015 DM 8,80
Zwischenfall auf Island.
4899 DM 7,80
Tödliche Fracht. 4906 DM 8,80
Frachtbetrug. 4909 DM 8,80

KRISTAN, GEORG R.

Das Jagdhaus in der Eifel.
5650 DM 7,80
Ein Staatsgeheimnis am Rhein.
5019 DM 8,80
Fehltritt im Siebengebirge.
5003 DM 8,80
Schnee im Regierungsviertel.
5068 DM 7.80
Spekulation in Bonn.
5050 DM 7,80

MARSH, NGAIO

Bei Gefahr Rot. 4968 DM 8,80
Das Schloß des Mr. Oberon.
4954 DM 9,80
Das Todesspiel. 4990 DM 7,80
Der Champagner-Mord.
4917 DM 8,80
Der Handschuh. 4934 DM 7,80
Der Tod auf dem Fluß.
4997 DM 8,80
Der Hyazinthen-Mörder.
5036 DM 8,80
Mord in der Klinik. 5040 DM 8,80
Der Tod des Narren. 4946 DM 8,80
Der Tod im Frack. 4908 DM 8,80
Der Tod und der tanzende Diener.
4974 DM 9,80
Ein Schuß im Theater.
4046 DM 7,80
Fällt er in den Graben, fällt er in den Sumpf 4912 DM 8,80
Hinter den toten Wassern.
5033 DM 7,80
Letzter Applaus. 5008 DM 9,80
Mord im Atelier. 5000 DM 8,80
Mord vor vollem Haus.
4994 DM 8,80
Mylord mordet nicht.
4910 DM 8,80
Ouvertüre zum Tod. 4902 DM 8,80
Stumme Zeugen. 5028 DM 7,80
Tod im Lift. 4980 DM 8,80
Tod im Pub. 4986 DM 8,80
Tod in der Ekstase. 5016 DM 7,80

MOLSNER, MICHAEL

Der ermordete Engel.
Die Euro-Ermittler. 5002 DM 7,80

MULLER, MARCIA

Das Geheimnis des toten Fischers.
4988 DM 7,80
Nette Nachbarn. 5029 DM 8,80

NEELY, RICHARD

Die Nacht der schwarzen Träume.
4778 DM 8,80
Du bist Mariott. 4790 DM 7,80

PETER, ELLIS

Mord zur Gitarre. 3219 DM 8,80

PLÖTZE, HASSO

Heimtückisch. 5024 DM 7,80

RITCHIE, SIMON

Toronto, tödlich. 5056 DM 8,80

ROSS, JONATHAN

Begraben wird später.
5075 DM 8,80

SADLER, MARK

Der Tod der Schwalbe.
5047 DM 7,80

SAYERS, DOROTHY

Es geschah im Bellona-Klub.
3067 DM 6,80
Geheimnisvolles Gift.
3068 DM 7,80
Mord braucht Reklame.
3066 DM 6,80

SCHRENK, PETER

Ein fremder Tod. 5053 DM 8,80
Ohne Obligo. 5071 DM 9,80

STOUT, REX

Zu viele Köche. 2262 DM 7,80
Der rote Bulle. 2269 DM 7,80
Orchideen für sechzehn Mädchen.
3002 DM 7,80
P.H. antwortet nicht.
3024 DM 7,80
Goldene Spinnen. 3031 DM 7,80
Das Geheimnis der Bergkatze.
3052 DM 7,80
Das Plagiat. 3108 DM 7,80
Morde jetzt – zahle später.
3124 DM 7,80
Zu viele Klienten. 3290 DM 7,80
Der Schein trügt. 3300 DM 7,80
Gambit. 4038 DM 7,80
Vor Mitternacht. 4048 DM 7,80
Die Champagnerparty.
4062 DM 7,80
Gift la Carte. 4349 DM 7,80
Wenn Licht ins Dunkle fällt.
4358 DM 7,80
Per Adresse Mörder X.
4389 DM 7,80

SYMONS, JULIAN

Damals tödlich.
4855 DM 8,80
Mit Namen Annabel Lee.
5247 DM 8,80
Der Kreis wird enger.
4104 DM 7,80
Die Spieler und der Tod.
4469 DM 7,80
Roulett der Träume
4792 DM 9.80
Wer stirbt schon gerne in Venedig. 5013 DM 8,80

TAIBO II, PACO IGNACIO

Das nimmt kein gutes Ende
5252 DM 7.80

THOMPSON, JIM

Liebe ist kein Alibi. 5045 DM 7,80

TRUMAN, MARGARET

Mord an höchster Stelle
4943 DM 8,80
Mord im CIA.
5069 DM 9,80
Mord im Diplomatenviertel
5005 DM 9.80
Mord im Weißen Haus.
4907 DM 8,80
Mord in Georgetown.
5041 DM 9,80

UPFIELD, ARTHUR W.

Bony stellt eine Falle.
1168 DM 6,80
Der Kopf im Netz. 167 DM 6,80
Die Giftvilla. 180 DM 6,80
Die Leute von nebenan.
198 DM 6,80
Der sterbende See. 214 DM 6,80
Der neue Schuh. 219 DM 6,80
Der Schwarze Brunnen. 224 DM 6,80
Der streitbare Prophet.
232 DM 6,80
Bony und die schwarze Jungfrau. 1074 DM 5,80
Bony wird verhaftet.
1281 DM 6,80
Bony und der Bumerang.
2215 DM 6,80
Freunde sind unerwünscht.
1230 DM 6,80

WAINWRIGHT, JOHN

In einer einzigen Nacht.
5066 DM 8,80

WALLACE, EDGAR

A.S. der Unsichtbare. 126 DM 5,80
Bei den drei Eichen. 100 DM 5,80
Das Gasthaus an der Themse.
88 DM 6,80

Das Geheimnis der Stecknadel. 173 DM 6,80
Das Geheimnis der gelben Narzissen. 37 DM 6,80
Das Gesetz der Vier. 230 DM 6,80
Das Gesicht im Dunkel. 139 DM 5,80
Das Steckenpferd des alten Derrick. 97 DM 6,80
Das Verrätertor. 45 DM 6,80
Das geheimnisvolle Haus. 113 DM 6,80
Das indische Tuch. 189 DM 6,80
Das silberne Dreieck. 154 DM 5,80
Der Banknotenfälscher. 67 DM 6,80
Der Brigant. 111 DM 6,80
Der Derbysieger. 242 DM 5,80
Der Diamantenfluß. 16 DM 6,80
Der Dieb in der Nacht. 1060 DM 6,80
Der Doppelgänger. 95 DM 5,80
Der Engel des Schreckens. 136 DM 5,80
Der Frosch mit der Maske. 1 DM 6,80
Der Hexer. 30 DM 6,80
Der Joker. 159 DM 5,80
Der Juwel aus Paris. 2128 DM 5,80
Der Mann aus Marokko. 124 DM 6,80
Der Mann im Hintergrund. 1155 DM 6,80
Der Mann, der alles wußte. 86 DM 6,80
Der Mann, der seinen Namen änderte. 1194 DM 5,80
Der Preller. 116 DM 5,80
Der Redner. 183 DM 6,80
Der Rächer. 60 DM 6,80
Der Safe mit dem Rätselschloß. 47 DM 6,80
Der Teufel von Tidal Basin. 80 DM 6,80
Der Unheimliche. 55 DM 6,80
Der Zinker. 200 DM 6,80
Der goldene Hades. 226 DM 5,80
Der grüne Bogenschütze. 150 DM 6,80
Der grüne Brand. 1020 DM 6,80
Der leuchtende Schlüssel. 91 DM 6,80
Der rote Kreis. 35 DM 6,80
Der schwarze Abt. 69 DM 5,80
Der sechste Sinn des Mr. Reeder. 77 DM 6,80
Der sentimentale Mr. Simpson. 1214 DM 6,80
Der unheimliche Mönch. 203 DM 5,80
Der viereckige Smaragd. 195 DM 6,80
Die Abenteuerin. 164 DM 6,80
Die Bande des Schreckens. 11 DM 6,80
Die Gräfin von Ascot. 1071 DM 6,80
Die Melodie des Todes. 207 DM 6,80
Die Millionengeschichte. 194 DM 5,80
Die Schuld des anderen. 1055 DM 6,80
Die Tür mit den 7 Schlössern. 21 DM 6,80
Die blaue Hand. 6 DM 6,80
Die drei Gerechten. 1170 DM 6,80
Die drei von Cordova. 160 DM 5,80
Die gebogene Kerze. 169 DM 5,80
Die gelbe Schlange. 33 DM 6,80
Die seltsame Gräfin. 49 DM 6,80
Die toten Augen von London. 181 DM 6,80
Die unheimlichen Briefe. 1139 DM 5,80
Die vier Gerechten. 39 DM 6,80
Ein gerissener Kerl. 28 DM 6,80
Feuer im Schloß. 1063 DM 6,80
Gangster in London. 178 DM 6,80
Geheimagent Nr. sechs. 236 DM 6 80
Großfuß. 65 DM 6,80
Gucumatz. 248 DM 6,80
Hands up. 13 DM 6,80
Im Banne des Unheimlichen. 117 DM 6,80
In den Tod geschickt. 252 DM 6,80
John Flack. 51 DM 6,80
Kerry kauft London. 215 DM 6,80
Lotterie des Todes. 1098 DM 5,80
Louba, der Spieler. 163 DM 6,80
Mr. Reeder weiß Bescheid. 1114 DM 5,80
Nach Norden, Strolch! 221 DM 6,80
Neues vom Hexer. 103 DM 6,80
Penelope von der Polyantha. 211 DM 6,80
Richter Maxells Verbrechen. 41 DM 6,80
Turfschwindel. 155 DM 6,80
Töchter der Nacht. 1106 DM 6,80
Zimmer 13. 44 DM 6,80
Überfallkommando. 75 DM 6,80

WALLACE, PENELOPE

Eine feine Adresse. 5017 DM 7,80

WEINERT-WILTON, LOUIS

Die chinesische Nelke. 53 DM 8,80

WERY, ERNESTINE

Nachtkerze. 5623 DM 8,80

WOODS, SARA

Das Haus zum sanften Mord. 4915 DM 7,80
Ein kleines, kleines Grab. 5051 DM 7,80
Ihre Tränen waren Tod. 4921 DM 8,80
Wer zuletzt schießt... 5023 DM 8,80
Die Wahrheit und nichts als die Wahrheit. 5037 DM 8,80
Weine nicht, kleine Jennifer. 5058 DM 8,80
Wer Antony eine Grube gräbt. 5064 DM 8,80

MEISTERWERKE DER KRIMINALLITERATU

ARNAUD, GEORGES

Lohn der Angst. 6233 DM 8,80

CAIN, JAMES M.

Zarte Hände hat der Tod. 6243 DM 9,80

CHRISTIE, AGATHA

Alibi. 6202 DM 7,80
Das Haus an der Düne. 6220 DM 7,80
Der rote Kimono. (Mord im Orient-Expreß). 6227 DM 8,80
Dreizehn bei Tisch. 6234 DM 8,80

DURBRIDGE, FRANCIS

Das Halstuch. 6216 DM 7,80

FRANCIS, DICK

Grand-Prix für Mord. 6247 DM 9,80

FREELING, NICOLAS

Bluthund. 6236 DM 8,80
Die Formel. 6221 DM 9,80
Wie ein Diamant auf Wunden. 6238 DM 8,80
Valparaiso. 6245 DM 8,80

GUNN, VICTOR

Schritte des Todes. 6246 DM 8,80

MARSH, NGAIO

Ouvertüre zum Tod. 6205 DM 8,80

PETERS, ELLIS

Der Tod und die lachende Jungfrau. 6237 DM 8,80

POSTGATE, RAYMOND

Das Urteil der Zwölf. 6249 DM 8,80

STOUT, REX

Der rote Bulle. 6226 DM 8,80

SYMONS, JULIAN

Am Ende war alles umsonst. 6235 DM 8,80
Wenn ich einmal tot bin. 6248 DM 8,80

TAIBO II, PACO IGNACIO

Eine leichte Sache. 6240 DM 9,80

UPFIELD, ARTHUR W.

Der sterbende See. 6209 DM 7,80
Todeszauber. 6244 DM 8,80

WALLACE, EDGAR

Die vier Gerechten. 6230 DM 8,80

WEINERT-WILTON, LOUIS

Die weiße Spinne. 6250 DM 8,80